강한 견해

강한 견해

설재인 장편소설

아작

작가의
말

　본문 전에 작가의 말을 먼저 싣는 건 왠지 아주 저명한 외국 소설가의 책에서나 본 광경인 것 같지만 뭐, 법으로 정해진 것은 아니니 멋대로 하련다.

✳

　《강한 견해》는 2021년 발행된 《붉은 마스크》의 속편이다(그러므로 전작을 읽지 않으면 이 소설이 완전히 이해되지는 않는다). 《붉은 마스크》를 써서 아작에 투고하던 당시 나는 언제 저축이 동나고 아사할지 헤아리며 체념의 콧노래를 부르던 백수였고, 지독한 알코올 중독 상태에 놓여 있었다(지금은 백수가 아니지만 중독은 나아질 기미를 보이지 않는다). 책에 실릴 프로필 사진을 찍으러 갔던 날, 아작의 편집장님이 간과했던 점이 바로 그거였다. 편집장님은 별생각 없이 속편을 쓰지 않겠느냐고 물었고 돈이 절실했던 나는 손을 벌벌 떨며 두 달 만에 속편을 써서 가져갔다.

장담하건대 사진 찍던 그날 편집장님은 《붉은 마스크》가 이렇게까지 안 팔릴 줄 몰랐을 거다. 안 팔렸는데 어떻게 속편을 내. 그런데 놀랍게도 하필 내가 갑자기 자신의 밑에서 출판노동자로 일을 시작하는 바람에(맙소사…) 안 내줄 수도 없게 되었다. 안 낸다고 했다가 삐쳐서 도망가면 어떻게 한단 말인가(나는 퇴사가 취미인 사람이다). 그래서 아작에서는 울며 겨자 먹기로 《붉은 마스크》 출간일 이후 1년을 기다려 속편을 찍게 된다. 전편을 아무도 모르는데 속편은 얼마나 더 모르려나 싶어 회사의 금전적 손해가 좀 걱정되긴 하는데, 어차피 내 월급은 달라지지 않을 거니까 뻔뻔하게 굴려고 한다.

《붉은 마스크》는 코로나 바이러스로 한창 전 세계가 떠들썩하던 시기의 수능시험일을 배경으로 했다. 영어듣기평가 시간 중간에 갑자기 마스크가 피부로 변해 더는 벗을 수 없게 된 '변이체'와 변이하지 않은 '미변이체'로 사람들이 나뉜다. 변이체들은 코와 입을 잃은 대신 아가미로 호흡하며 서로 일종의 텔레파시를 통해 대화한다. 군에서 변이체들에게 총을 쐈봤는데 죽지도 않는다. 심지어 누구누구는 더한 능력도 가지고 있다. 경악과 혼란의 와중에 누군가는 선한 행동을 하며 또 누군가는 저열하기 짝이 없게 구는데 놀랍게도 대부분은 절망하면서도 열심히 생존한다.

《붉은 마스크》의 에필로그는 사태로부터 6년 후를 조망했다. 그리고 이 책《강한 견해》는 그 에필로그로부터 다시 10년이 흐른 시점에서 이야기를 시작한다. 그러니, 다시없을 마지막 수능시험일로부터는 16년이 흐른 뒤다. 변이체는 '안피류(顔皮類)'로, 미변이체는 '비구류(鼻口類)'로 명명된다.

✳

편집장님은《붉은 마스크》를 안 읽은 사람도《강한 견해》를 읽을 수 있도록 프롤로그를 써줬으면 했지만 그걸 내가 어떻게 한단 말인가…. 나는 원래 수능 공부 할 때도 요약을 못해서 손가락이 부르트도록 깜지를 쓰던 무식한 인간이다.

그래도 꼭 이 책을 읽어야 할 이유를 들자면 아마《강한 견해》가 설재인의 모든 작품 리스트 중 가장 이질적인 문장과 내용으로 가득하다는 걸 꼽고 싶다. 30년이 지나도 이런 글은 못 쓸 거다. 이유는 자명하다. 이 소설은 설재인이 아니라 술에 푹 젖은 수세미가 썼기 때문이다.

✳

《붉은 마스크》에 실린 '작가의 말'에서 나는 이것이 느린 멸종이 아닐까, 라고 썼다.《강한 견해》를 쓰며 수세미 씨는 진화와 퇴화, 멸종의 경계를 흐릿하게 만들고자 노력했다. 그 경계는 사실 대단히 인간의 시점과 기준에 따라 제멋대로 정해진 것이 아닐까. 누가 멋대로 종을, 우등과 열등을, 생존과 소멸을 논한단 말인가. 저 위 차원에 있는 존재가 보면 사망조차도 그저 또 다른 형태의 변이일지 모른다.

보통 어둠 속에서 술에 취해 키보드를 두드린 후, 그중의 8할을 지우고 2할을 살리는데 다음 날의 오전 시간을 썼던 수세미 씨가 이야기하고 싶던 건 대충 그런 궤변이다. 그리고 《강한 견해》의 결말은 아주 꽉 닫혀 있음을 미리 고지한다.

2022년 초여름
설재인

16년 전, 《붉은 마스크》

남희재(19)
고교 자퇴생, 비구류

진운고 정교사인 장희란의 딸. 아이를 임신한 것을 알게 된 장희란이 고등학교를 자퇴시켜, 수능날 변이의 순간까지 시험장의 밖에 머물렀던 모범생. 이듬해 안피류인 딸 남강한을 낳고, 주예성이 통제하는 진운고에 머물며 특혜에 가까운 보호를 받는다.

민유림(24)
진운고등학교 수학과 기간제 교사, 비구류

수능날, 진운고 본부요원으로 예성 혼자 시험을 보는 독실을 감독했다. 이후 진운고에 수용되었다가 진운고를 무력화하려는 정부를 돕는 거짓 증언을 한 후 황승조와 함께 도주한다.

박종민(30)

YSA아카데미 강사, 비구류

남자친구를 찾아야 한다는 남희재를 동료 강사 애덤과 함께 돕다가
얽혀 들어간 영어강사. 먹고살 길이 없어진 이후 진운고에서 머물며
주예성과 김정심의 동료가 된다.

김찬억(55)

미황고등학교 정교사, 비구류 — 사망

진운고로 수능 감독을 나온 미황고 정교사. 비구류 중 가장 먼저 목을
스스로 긋고 사망하였다.

주예성(22)

사수생, 안피류

진운고 격리시험실에서 혼자 수능을 보던 중 변이했다. 죽지 않는
안피류의 특징을 적극적으로 이용해 정부에 맞서고, 동족들의 구심
점이 된다. 대다수 안피류와는 다른 능력을 가지고 있으나 박종민
외에는 이를 알지 못한다. 진운고의 양대 우두머리 중 한 명으로, 남
희재와 남강한을 가장 각별히 보살핀다.

황승조(19)

진운고등학교 3학년, 비구류

남희재의 남자친구로 요리특기생이었다. 진운고에 수용된 이후에
도 남희재의 옆을 지켰으나, 딸이 안피류의 모습을 하고 태어나자
극도의 불안 상태에 시달리다가 민유림과 함께 거짓 제보를 하고
탈출한다.

김정심(48)

진운고등학교 급식조리사, 비구류

동생인 김정숙과 청인들의 소통을 도우며 일했으나, 변이 이후 세가
역전되어 그간 무시 받던 동생이 뭇 사람들에게 그 값을 치르려 드
는 행위를 무력하게 바라본다. 남강한의 가장 정성어린 양육자.

김정숙(45)

진운고등학교 급식조리사, 안피류

농인이었다. 텔레파시로 소통할 수 있는 안피류가 된 이후 지배력
을 드러내며 진운고의 양대 우두머리 중 한 명이 된다. 남희재와 남
강한을 각별히 여기는 김정심과 주예성을 이해하지 못한다.

남강한(16)

안피류

진운고에서 태어나 한 발자국도 벗어나지 않고 자랐다. 여섯 살 때
엄마인 남희재가 쫓겨난 이후로는 김정심과 주예성의 양육 아래 살
았으나, 뜻밖의 사건으로 인해 진운고를 나와 안피류들이 모여 있는
펜션 이터널에 위탁된다. 여느 안피류와 다른 능력을 가지고 태어
났으나, 여섯 살 때 주예성에게 말한 후로는 아무에게도 들키지 않
았다.

● 안피류

진운고

김찬억
미황고등학교 정교사
(비구류 중 가장 먼저 사망)

박종민
전직 YSA아카데미 강사
강한이 삼촌이라 부른다.

김정심 ──자매── **김정숙**

김정심
전직 진운고 조리사
강한이 할머니라 부른다.

김정숙
전직 진운고 조리사
진운고의 우두머리

● **주예성**
진운고의 우두머리
강한이 이모라 부른다.

남희재
강한의 생물학적 모

──모녀── **장희란**
전직 진운고 교사
현직 국가안정청장

│ 모녀

남강한

사계백반

민유림
전직 진운고 수학과 기간제 교사

황승조
강한의 생물학적 부

1

김정숙이 경련을 일으키며 쓰러지더니 숨을 멈춘 다음 날, 강한은 그 누구도 아닌 예성을 붙들었다. 아니라고, 내가 그런 것이 아니라고. 절대로 나는 둘째 할머니를 미워하지 않았다고, 아니 둘째 할머니가 무섭고 싫기는 했지만, 한 공간에서 함께 있는 것을 죽어라 피했지만, 가끔 둘째 할머니를 향해 담장 밖의 사람들이 불행과 징벌의 저주를 퍼붓는 소리가 들려올 때마다 슬그머니 동조하고 싶었을 때도 있었지만, 그렇지만 정말로 죽어버리라고는 말하지 않았다고. 이모와 약속한 대로 정말 꿋꿋이, 착한 아이가 되어 무수히 많은 순간을 참지 않았느냐고. 왜 자신의 노력은 알아주지도 않고 의심부터 하려 드는 거냐고.

10년.

10년의 세월 동안 불쑥불쑥 치솟는 증오와 환멸, 분노, 모든 것을 파괴해버리고 싶은 욕구를 꾹 참아낸 내가 얼마나 대단한지 이모는 정녕 모르나. 내 인생에 믿을 사람이라곤 당신밖에 없다고, 그렇게 가르쳐놓고서는. 강한은 꾹 쥔 두 주먹을 엉덩이 근처에 떨어뜨린 채 눈물방울을 뚝뚝 흘렸다. 중안피와 아가미 없는 비구류인 첫째 할머니라면 그러지 않았을 텐데, 안피류인 강한의 얼굴 절반을 붉은 중안피가 덮고 있었기에, 눈물이 지나가니 얼굴은 울기 전보다 조금 더 붉은 기가 돌았다. 마치 핏줄기로 젖은 것처럼 번들거렸다. 그렇게 우는데 예성은 묻지도 않았다. 솔직히 말하라고 다그치지도, 변명을 바라는 듯 다가오지도 않았다.

「씨발, 내가 한 게 아니라고, 이모.」

강한이 일부러 거친 어휘를 골라 뱉었는데도 예성은 빳빳하게 굳은 시신을 누인 침상의 머리맡에서 움직일 생각을 하지 않았다. 강한의 얼굴을 바라보지도 않았다. 저렇게 등을 보이는 행위가 강한에게 얼마나 끔찍한 기분을 불러일으키는지 정확히 아는 자의 행동이었다. 예성은 강한의 모든 걸 꿰뚫고 있었다. 강한을 기쁘게, 신나게, 우울하게, 슬프게, 그리고 죽고 싶게 만드는 방법을 전부 다 아는 사람이었다.

예성은 강한의 세상이 돌아가는 축이었다. 견고한 기준. 절대적인 법칙. 끝이 없는 하늘. 꺼지지 않는 땅. 벽. 구덩이. 친구. 선생. 수호자. 심판자.

엄마보다 더 엄마여야만 하는 자.

「너를 탓하는 게 아니야.」

그런 사람의 머리에서부터 어처구니없는 말들이 흘러나왔다.

「내가 첫 바늘땀부터 잘못 꿰었는지도 모른다는 사실을 이제 깨달은 거지.」

「그딴 식으로 빙빙 돌리지 말고 이해가 되게 말을 하라고.」

「그냥 모두….」

강한은 예성의 눈가에 잡히기 시작한 나이의 흔적들을 쥐어뜯고 싶다는 충동에 휩싸였다. 어쩌면 예성이 이미 자신의 생각을 읽었을지도 모르는 일이지만. 예성은 먼 곳을 보며 말을 이었다.

「모두 그때 끝냈어야 하는 건데, 너무 오래 끌었던 거지.」

「혼자만 아는 말로 지껄이지 말고 똑바로 알아듣게 말하라고.」

「너보고 다 죽이라고 들쑤실 걸 후회한다는 거야, 강한아. 그랬으면 지금쯤 얼마나 편했을까.」

뭐라고? 강한은 자신이 들은 말을 믿을 수가 없어서 재차 물었다. 지금 뭐라고 하는 거야? 내가 여섯 살이었을 때부터 남을 절대로 증오하면 안 된다고 진드기처럼 붙어 세뇌시키던 당신, 행여나 누군가와 나쁘게 엮일까 두려워 온갖 관계를 철저히 자신의 통제하에 넣던 당신이? 강한은 그 통제를 싫어하진 않았다. 예성은 어쨌거나 좋은 양육자였고, 유일한 친구였다. '친구'의 정확한 의미가 종민 삼촌이 설명했던 그대로라면…. 종민은 말했다. 친구란 가족보다도 더 편한 존재야. 어떤 말이나 정말 솔직히 할 수 있고, 힘든 일, 비밀스러운 일 다

털어놓을 수 있고, 이런 자세도 할 수 있을 정도로 다정한 사이인 거지. 그러면서 강한의 어깨를 휘감곤 말랑한 팔뚝을 만지작거렸다. 등나무 벤치 아래에서였고, 매미의 사체가 발밑에 굴러다녔다. 아마 6년 전쯤의 일이었을 터이다. 종민은 그 광경을 목격한 예성에게 혼쭐이 나고 나서 강한에게 사과했다. 강한은 그게 잘못인 줄도 몰랐었다. 어차피 안피류인 강한의 말을 비구류인 종민의 부족한 감각기관이 들을 수 있을 리 없었지만. 종민은 그렇게 매일 대답도 듣지 못할 말들을 늘어놓았다.

예성은 손으로 퍼석해진 자신의 얼굴을 쓰다듬었다. 다리가 풀리는 듯 힘없이 의자를 뒤로 밀더니, 엉덩이를 간신히 부딪치며 주저앉았다.

「앉아, 강한아.」

꼿꼿하게 서 있는 강한에게 예성이 말했다. 조금 있으면 시신을 염할 비구류들이 어둠을 틈타 교내로 들어올 것이었다. 잠들어 있는 안피류들 중 어느 누구도 눈치채지 못하도록 노력하며 조용히 김정숙의 시신을 밖으로 날라 재로 만들 것이었다. 그리고 그 노력은 당연히 물거품이 될 터였다. 돈을 잔뜩 주고 비구류들의 입단속을 시도해볼 순 있겠지만, 과연 통할까. 10년 전 안피류 하나가 죽었을 땐 정숙이 직접 그의 중안피와 목을 칼로 난도질하고 토치로 검게 태웠다. 죽은 사람이 안피류라고 아무도 주장할 수 없게끔. 그러나 김정숙의 얼굴과 목을, 예성은 차마 그렇게 만들 수 없었다. 게다가 김정숙은 그냥 안피류가 아니었다. 진운고의 '그' 김정숙이 죽었다는 사실이 알려지는 건 시간문제였다. 어떻게 헤쳐나가야 할까. 그럴 수는 있을까. 아무 생각도 들지 않았다. 예성은 지끈거리는 관자놀이를 엄지로 꾹꾹 눌렀다. 강한이 의자를 뒤로 끄는 소리가 들렸다.

만약 다 무너진다면… 두렵지는 않다고 스스로의 마음을 다스렸다. 어차피 지금의 삶은 다시금 지난해졌고, 차라리 다 끝나버렸으면 좋겠다는 위험한 발상도 자주 들었으니까.

10년 전, 여섯 살이던 강한이 자기도 모르는 사이에 안피류 남자 하나의 목숨을 앗아간 이후 정숙과 예성은 사건을 무마하기 위해 안간힘을 써야 했다. 죽은 남자가 안피류라는 날조와 헛소문을 용인하지 않겠습니다, 그는 막 입소한 비구류였고, 비구류 사이의 싸움에 휘말려 사망했습니다, 우리는 최선을 다해 범인을 색출하고 있습니다… 그렇게 발표했음에도 교내의 사람들은 자꾸만 뜬소문을 듣고는 발작적으로 소리를 지르거나 울거나 드러누웠다. 굳이 그딴 식으로 극적인 장면들을 연출했다. 예성은 왜인지 알았다. 사람들은 공포를 전염시키길 좋아하니까. 자기 혼자 불행해하고 두려움에 떠는 건 손해라고 여기니까. 견고했던 교내의 시스템은 그렇게 와해될 뻔했다.

그때 정숙의 손이 희재를 벌레 쫓듯 너무나도 쉽게 털어내버렸다.

고루하고 뻔한 마녀의 서사가 그토록 쉽게 사람들의 마음에 들러붙어 어두운 그늘을 키워낼 수 있다니. 예성은 10년이 지난 지금도 그때의 광기를 떠올리면 아찔했다. 희재를 내쫓은 해. 저 여자가 살인자다, 저 여자 때문이다, 저 여자는 심지어 안피류를 낳은 괴물이지 않으냐… 강한과 같은 모습을 가진 안피류들조차 희재를 괴물로 칭했다. 그러나 그들이 강한을 괴물로 대하지 않는 것은 몹시 심한 모순이었다.

「다들 매일 봤잖아. 얼마나 미친 여자처럼 자기 애를 대하는지도. 운동장에서 어떤 짓을 하는지 매일 봤잖아.」

「제정신인 여자가 아니었지.」

사람들이 수군대는 가운데, 정숙은 그렇게 희재를 희생양 삼아 모든 화살을 돌리며 자신이 세운 시스템의 붕괴를 막아냈다.

나도 나갈게. 예성은 희재의 눈앞에서 키보드를 두드렸다. 같이 나갈게. 나가서 어떻게든 살자. 여긴 지옥으로 변하고 있어. 저 사람들을 견딜 수 없어.

그러나 희재는 물었다.

"언니가 왜?"

예성은 깜박이는 커서만 바라보았다. 희재가 다시 물었다.

"우리 애는 같이 내보낼 수 없다면서. 나만 나가라면서. 그런데 언니가 뜬금없이 왜 나가?"

몹시 실망한 희재의 표정을 예성은 잊을 수 없었다.

"언니는 뭐야? 어떻게 그렇게 책임감이 없어? 우리 애한테 그렇게 잘해줄 때는 언제고, 이제 지배력이 약해질 것 같으니까 애를 버리고 내빼려 하는 거야? 나가고 싶었는데 내 핑계도 생겼겠다, 좋다, 이거야?"

희재는 등을 돌려 짐을 쌌다. 교내에 내려앉은 고요가 불길했다. 모두가 숨을 죽이고 벽에 귀를 댄 채 희재의 몸짓과 소리를 끈덕지게 염탐하는 중이었다. 저 마녀가 나가려 할까. 언제 나갈까. 누군가는 조금 더 악한 마음을 먹기도 했다. 마녀가 나가지 않겠다고 발버둥을 치면 좋겠다. 그러면 적법하게 사지를 찢어버릴 수 있을 테니까. 얼마나 후련할까!

희재는 눈치가 빨랐다. 순순히 떠나는 것도 그 이유에서였다. 강한을 두고 가라는 말에 복종한 것도. 강한을 지키려다 자신이 고대의 여자들처럼 돌팔매에 맞고 살갗이 벗겨져 죽임을 당할 수도 있다는 사실을 희재는 공기에 떠도는 냄새를 통해 알았다. 코가 없는 안피류들은 더 이상 맡을 수 없는 냄새였다.

그러니 강한을 함께 버리겠다고 말하는 예성을 용서할 수 없었다. 예성은 살아서 강한을 키워내야 했다. 잘 키워내야 했다. 그게 예성의 의무였다. 그럴 게 아니라면 처음부터 어쭙잖은 친절을 모녀에게 베풀어선 안 됐다. 멋대로 쏟아부은 친절로 자기만족을 얻다가 이제 와서 내팽개치는 것은 사람의 도리가 아니었다. 그건 자기 마음 편하자고 하는 짓이었다.

"나는, 바깥에서 어떻게든 잘 살 거야."

희재는 떠나며 말했다.

"살아서 내 딸을 보러 올 거야. 언니가 얼마나 약속을 잘 지켰는지 반드시 확인하러 올 거야."

돌아올 것을 예고하는 희재의 말에, 멀찍이서 마녀의 추방을 지켜보던 사람들 사이로 조용한 일렁임이 훑고 지나갔다. 아직 젊은 아이를 저대로 내처선 안 된다며 끝까지 동생을 설득하려 들던 정심은 자리에 없었다. 종민은 맨 앞에 서 있었는데, 팔짱을 끼곤 희재가 아니라 예성을 샅샅이 관찰하고 있었다. 유일하게 예성의 비밀을 아는 자의 의심 어린 눈이었다.

그리고 강한은 화단에서 고양이와 놀고 있었다.

「강한아. 엄마한테 인사 안 하니.」

예성이 묻자 화단에서 대답이 날아왔다.

「엄마 싫어.」

「엄마 가시잖아. 엄마 이제 못 본다니까?」

「좋아.」

「강한아, 제발. 엄마 슬프게 할 거야?」

「싫다고 했잖아. 여기서 놀래.」

예성은 고개를 푹 숙였다. 희재는 운동장을 천천히 가로질렀고, 교문을 여는 사람들에게는 눈길 한번 주지 않은 채 그 밖으로 걸어 나갔다. 예성은 참을 수가 없어서 뒤돌아 강한에게로 뛰어갔다. 네가 지금 무슨 짓을 했는지 아느냐고 물으며 아이를 때리고 싶었다. 손바닥으로 등을, 팔뚝을, 다리를, 엉덩이를, 뺨을, 머리를 때리고 싶었다. 울며 자지러질 때까지 후려치고 싶었다.

그러지 못한 것은 강한이 고양이의 엉덩이를 어루만지며

눈물을 뚝뚝 흘리고 있었기 때문이었다.

아이는 자기가 살려면 어떤 길을 택해야 하는지 본능적으로 알았다.

어린아이들은 자기를 둘러싼 세계의 권력관계를 가장 빠르게 파악하고 예민하게 반응하는 존재니까.

그리고 정숙이 숨을 멈춘 지금, 예성은 아무리 애써도 그 죽음과 희재의 뒷모습을 따로 떼어 생각할 수 없었다.

2

　10년간 똑같은 운동장을 보아왔으니, 이 계절의 이 날씨 오후 세 시쯤엔 어떤 방식으로 해가 모래알을 비추고 어떤 모양으로 그늘이 지는지 강한은 잘 알았다. 그러나 거기까지였다. 강한의 세상은 교문에서 끝났고, 자신이 익히 아는 태양이 그 바깥에도 여전히 밝은 빛을 뿌리는지 강한은 전혀 알지 못했다. 우주라는 것, 외계라는 것의 존재를 강한은 예성이 보여주던 만화영화를 통해 빈번히 접했고, 저 바깥보다 어쩌면 차라리 하늘로 도망하는 것이 더 쉬울지도 모른다고 자주 생각했다. 강한은 어렸을 때의 일을 기억했으니까. 하늘에서 내려온 거대한 물체를 타고 하늘로 올라가 다시는 돌아오지 않은, 코가 크고 머리가 곱슬거렸던 어느 삼촌의 등. 열여섯이 되는 지금까지, 위에 걸린 하늘로 향하는 것이 땅을 달려

교문을 돌파하는 것보다 더 현실적으로 느껴졌다.

　그러나 지금 그 교문이 열리고 있었다. 학교를 벗어나는 순간 가장 더럽고 미운 말로 최선을 다해 예성을 상처 주리라 굳게 다짐하고는 밤새도록 중얼중얼 대사를 외웠는데, 막상 차창 앞으로 사람들의 팔과 얼굴이 몰려들자 강한은 연습한 것을 모두 잊어버렸다. 머릿속이 새하얘진 채로 운전석의 예성에게로 고개를 획 돌렸다. 예성은 굳은 표정으로 속도를 조절하는 중이었다. 사람들이 다치지 않도록 느린, 그러나 동시에 눈앞에 아무도 없는 것처럼 무시할 수 있도록 빠른 속도였다.

　예성이 밖으로 나갈 때마다, 자신을 위해 무언가를 구해 올 때마다 이러한 종류의 지옥도를 마주해야 했다는 걸 강한은 지금껏 몰랐다.

　그런데 그렇게 열심히 키워놓고서는 억울한 자신을 진범으로 몰아가 모르는 곳에 버리려 한단 말인가?

　「이모, 나 윗배가 아파. 이상해. 이모, 나 너무 어지럽고 눈앞이 안 보여. 아파.」

　강한이 말하자 예성이 대답했다.

　「멀미야.」

　멀… 뭐? 강한은 알지 못하는 단어였다.

　「그게 뭔데?」

　「그런 게 있어. 참아, 얼마 안 가서 내릴 거니까.」

　「아프다고!」

「이모가 말했지, 참으라고. 네가 차를 처음 타서 그러는 거야. 왜, 저 사람들 사이에 그냥 내려줘? 어?」

「이모는 악마야. 엄마도 내쫓더니 이제 나도 죽으라고 내몰지.」

예성은 잠시 멈칫하더니 말했다.

「네가 죽지 않는 걸, 네가 제일 잘 알잖아.」

강한은 눈을 크게 떴다가 다시 감고는 세차게 도리질을 했다. 수많은 팔과 얼굴의 바다를 뚫은 차는 점점 속력을 내기 시작했다.

예성은 잔인하게 말하고 싶었다. 아주 태초부터 예성 자신에겐, 어린 너보다는 덜 어린 너의 엄마가 소중했다고. 누구에게도 보이지 못한 속내를 지금 내보일 수는 없기에 참았다.

＊

차가 멈춘 것은 겨우 40분 정도를 달린 후였으나, 강한은 난생처음 겪는 속도와 변화하는 시각의 자극에 압도되어 양쪽 눈을 두 손바닥에 묻은 채 끙끙 소리를 내는 중이었다.

나를 용서했으면. 핸들에 손을 올려놓은 채로 예성은 강한에게 들킬세라 아주 작게 속삭였다. 조금만, 아주 조금만 버텨주었으면. 이해해주었으면. 겁먹지 말아주었으면.

예성이 아무것도 강한에게 설명하지 못한 이유는 강한이 너무 어리기 때문이었다. 열여섯 살인 아이는 아직 생각을 남에게 들리지 않도록 숨기는 법을 몰랐다. 중학교 3학년이지,

기존의 세상이 헤아리던 대로라면. 예성은 자신을 이해해주지 못하고 자꾸만 뻗대는 강한을 볼 때마다, 과거의 기준에 따라 그의 미숙함을 가늠하곤 했다. 아이였다. 너무나도 약한 나이라고 예성은 생각했다.

「다 왔어. 이제 일어나자.」

예성이 말하자 강한은 대답 없이 오히려 몸을 더 심하게 구부렸다.

「얼른. 고집부려 봤자 바뀌는 거 없어.」

「이모 죽이고 싶어.」

「죽이고 싶으면 죽여. 할 수 있잖아.」

「씨발… 진짜 존나 싫어.」

강한이 저런 식으로 욕을 뱉을 때마다 예성은 아이에게 그간 모아두었던 영화들을 보여준 것을 후회했다. 그저 바깥세상을 간접적으로나마 경험하라는 의미에서였는데. 아이는 게걸스럽게 영화를 집어삼켰고, 가장 자극적인 대사들을 제 것으로 만들어 뱉어내곤 했다. 아차, 싶었을 땐 이미 늦어 있었다.

예성은 먼저 밖으로 나가 트렁크를 열었다. 바리바리 싸놓은 강한의 짐이 가득했다. 멀리서 누군가 저벅저벅 걸어오는 소리가 들리는데도 무시하고 그 짐을 챙기는 척했다. 갓난아기였던 강한이 자신보다 더 커지는 동안 밖으로 나다니며 모아왔던 그 수많은 퇴적물, 강한은 아마도 물려줄 대상이 없으니 죽을 때까지 모를 그 애정과 책임감의 상징들…. 몇 달이면 작아지곤 하던 유아복과 아이가 좋아할지 않을지 알 수 없어서 손에 잡히는 대로 쓸어 왔던 장난감, 기억도 못 할 애착 딸랑이와 꼬질꼬질해질 때까지 들고 다니던 담요들…은 아니었다. 그런 건 이미 버린 지 오래였다. 지금 챙긴 짐은 강한이 예성의 그림자를 벗어나기 위해 강박적으로 탐했던 것들에 가까웠다. 자물쇠가 달린 일기장, 살을 훤히 드러내는 옷, 마지막 수능 이전의 풍경을 담은 사진들이 가득한 스크랩북 같은 것들. 강한은 그런 아이템을 강렬히 탐하면서도, 정작 그 대부분을 예성이 구해 온다는 사실은 모르는 척했다.

「오느라 고생했어.」

차에 다가선 여자가 말했다. 그러고는 아직도 부루퉁한 표정으로 조수석에 앉아 있는 강한에게 인사를 했다.

「네가 강한이구나.」

「안녕하세요.」

아무리 화가 나도 처음 보는 사람에 대한 예의는 지키는 아이였다. 예성이 어떻게든 그렇게 아득바득 키워냈다. 강한은 마침내 조수석을 나와 땅에 발을 디뎠다. 그러고는 여자에게 다시 고개를 숙였다. 얼굴은 땅을 향했지만 눈은 치켜뜬 채로 여자를 바라봤다. 예성의 또래 같아 보인다고 강한은 생각했다.

「강한아, 여기는 김미솔 이모고. 당분간 여기서 지낼 거야. 미솔 이모는 내 친구지만 나랑 달라, 착한 이모야. 그러니까… 아마 화날 일은 없을 거야.」

강한은 아무 대답도 없이 입을 꾹 닫고 있었다. 저 사람은 내 비밀을 알까? 교내에선 전적으로 예성을 믿었기에 한 번도 품어본 적 없는 의문이, 울타리를 벗어나자마자 피어올랐다. 내가 생각 하나로 자신을 죽게 만들 수 있다는 걸 알까? 풀어버린 지 얼마 되지도 않은 수명의 족쇄를 다시 채울 수 있는 사람이란 걸?

생각을 들키기 전에 얼른 다른 말을 해야 했다.

「당분간이 얼마만큼이야?」

예성에게서도, 미솔에게서도 바로 대답이 나오지 않았다. 어른들에겐 자기에게 불리한 이야기가 나오면 입을 싹 닫아버리는 경향이 있다. 그래서 강한은 늘 궁금해했다. 혹시 어른들에겐 자기들끼리만 통하는 또 다른 의사소통 방법이 있는 게 아닐까? 교내의 비구류들은 안면을 남의 귀에 함부로 대고 그렇게 비밀스러운 의견을 나누곤 했었다.

이윽고 예성이 대답했다.

「아마 오래는 아닐 거야. 한 1, 2년 정도… 그 정도로 예상하고 있어.」

열여섯 살에게 그게 얼마나 긴 세월인지 기억하지 못하는 어른의 말투였다.

「일단 들어가자. 묵을 곳도 알려주고, 여기저기 안내를 먼저 좀 해줘야 하니까.」

미솔이 말하더니 앞장서서 걸었다. 예성은 강한의 손을 잡았다. 놔. 강한이 뿌리치려 들어도 다시 단단히 고쳐 잡았다.

「쫓아내면서 갑자기 왜 이래? 이제야 죄책감이 들어?」

강한이 물었다. 미솔이 듣든 말든, 자신을 두고 혀를 차든 말든 상관없었다.

「쫓아내는 게 아니야. 먼저 도망쳐 있는 거지. 나도 곧 올 거야.」

「도망쳐? 어디서?」

「조금만 지나면 다시 만나게 될 거야, 조금만 기다려….」

곧 눈앞에 커다란 건물들이 모습을 드러냈다. 저게 뭐야? 강한의 눈이 휘둥그레졌다. 건물들의 모양이 이상했다. 평소 보던 학교처럼 밋밋한 직육면체의 조합이 아니었다. 낮은 곳, 높은 곳, 둥그런 곳, 올록볼록한 곳. 외벽에 도드라지게 붙어 있는 각종 희한한 무늬나 조각상. 건물 앞에 펼쳐진 마당도 이상하긴 매한가지였다. 땅을 더 깊게 파낸 후 시퍼렇게 칠해놓은 구덩이가 한가운데 있었는데 대체 무슨 용도인지 짐작할 수조차 없었다. 구덩이는 아주 컸다. 강한은 그 구덩이에서 눈을 떼지 못하며 조심조심 걸었다. 저렇게 생긴 건물들도, 저렇게 큰 구덩이도 난생처음 보았다. 딱딱한 땅 위에 모래를 얇게 덮은 운동장은 파고 싶어도 팔 수 없는 곳이었다. 강한이 파낼 수 있는 건 화단 정도가 다였다. 어느 날 인사도 없이 팩 죽어버린 고양이를 묻었던 곳. 그곳엔 정심 할머니가 심어놓은 고구마가 자라고 있었는데 그해에 유독 큰 고구마가 열렸다.

「취향 참….」

예성이 탄식하듯 말하자 미솔이 되물었다.

「조잡하지?」

「손님들이 무얼 좋아할지 몰라서 모두 준비했어요, 같은 느낌이잖아.」

「수영장에 음악분수 기능도 있는 거 알아?」

「설마 틀어본 거야?」

「딱 한 번. 처음 왔을 때 음악분수 가동 시간 공지하는 팻말이 있었어. 물 나오는 거 보고 물 부족할까 두려워서 얼른 껐지. 노래도, 클래식이었는데… 제목은 모르고, 어디서 많이 들어본. 영혼 없는 클래식.」

「유물이네.」

「유물이지.」

그 둘이서 무슨 이야길 하는지 통 이해할 수 없어서 강한은 주위를 휘 둘러보았다. 그들이 들어온 방향이 아니라 다른 쪽 길가에 커다란 기둥 같은 것이 하나 서 있었다. 뭐라고 쓰여 있는 거지? 강한은 눈을 가늘게 떴다. 이제 글은 얼추 읽을 수 있었다. 그게 다 예성이 보여주던 영화들 덕이었다. 자막을 읽고 싶어서 스스로 글을 공부했다. 지금처럼 생경한 단어들로만 이루어진 조합을 맞닥뜨릴 때도 있었지만. 엄마가 글자 때문에 어린 강한을 그토록 괴롭히던 일들을 강한은 잊지 않았다. 그러나 그때의 장면 장면들은 너무 희미해서, 언젠가는 잃어버릴지도 모른다는 생각이 종종 들곤 했다.

펜…션…이…터…널.

한 글자씩 더듬거리며 읽었다.

그때 사람들이 건물에 딸린 각각의 방으로부터, 문을 열고 걸어 나오기 시작했다.

3

펜션 이터널.

하필 그 이름이었던 게 참 우습다고 미솔은 자주 생각했다. 영생이라니. 아니, 어쩌면 그 이름 때문에 이곳을 선택하고 싶었던 것인지도 모른다. 아니, 아니다. 어쩌면 그런 괴이한 이름을 가진 공간이 미솔과 같은 사람들을 끌어들였을지도. 본디 이름이 귀할수록 생은 기구하다 하지 않는가.

미솔은 죽음을 갈망한다는 것을 숨기지 않는 안피류였다.

그리고 펜션 이터널은 미솔과 같은 소망을 가진 안피류들이 모인 곳이었다.

✳

죽지 않는다는 것을 축복이 아니라 저주로 받아들이는 이들이 생겨났다. 물론 비구류와의 갈등이 격화되었을 땐 모두가 불사를 다행으로 여겼지만, 상대 진영이 저들끼리 싸우고, 분열하고, 겁을 먹고, 제풀에 지쳐 나가떨어지자 곧 벌판에 내리치는 벼락을 끌어들이는 피뢰침과 같이, 남이 생각지 않는 곳들에서 우뚝 솟은 공포를 감각하는 안피류들이 생겨났다.

…이토록 끔찍하고 불편한 세상에서 우리는 결코 끝나지 않는 시간을 살아야 하는 걸까? 전기도 자주 끊기고, 비가 내릴 때마다 물을 받아야 하고, 그날 이전에 누리던 여가나 기쁨이라고는 온데간데없는 땅에서.

커피, 술, 묵직한 흰 쌀밥과 뜨거운 국물의 냄새, 상냥한 입맞춤과 숨 막히는 키스를 누리지 못할 세상에서.

적응하지 못한, 혹은 적응하지 못할 사람들이 미쳐갔다.

물론 일부였다. 대부분의 안피류는 공짜로 얻은 능력을 버겁게 여기며 버리고 싶어 하는 이들을 이해하지 못했다. 이해하지 못한 정도가 아니었다. 비웃고, 경멸하고, 증오하다가, 이내 갈기갈기 찢어버리고 싶어 했다.

그들에겐 어쩌다 얻게 된 특권이 삶의 가장 큰 성취였기 때문이다. 학벌도, 지위도, 돈이나 부동산도 더는 쟁취할 수 있을지, 그 가치들이 오래도록 유효할지 확신이 서지 않는 세계였다. 운이 억세게 좋은 이들을 제외한다면 물거품 같은 가치의 유지는 불가능에 가까웠다. 하다못해 이목구비마저도. 두 눈이 제아무리 예뻐 봤자 코와 입이 없으면 남들과 별로 다를 바가 없어 보인다는 걸, 붉은 중안피를 뒤집어쓴 안피류들은 이제 모두 알았다. 그러니, 죽지 않는다는 사실만이 그 종족의 자존심을 지탱하는 유일한 기둥이 되었다. 자신의 유일한 자존심을 부정하고 쓰러뜨리며 심지어 죽고자 하는 안피류들은, '하등한' 비구류보다도 더한 폭력의 대상이 되었다.

오래전 예성은 미솔과 재수학원을 함께 다녔다. 미솔은 삼수를 하던 예성보다 세 살이 더 많았고, 억지로 진학한 대학을 다니다 다시 수능을 준비하던 케이스였다. 학원 옥상에서 함께 담배를 피우고, 한식뷔페에 가서 요구르트를 네 개 먹다가 쫓겨났다. 사지도 않을 거면서 수산시장을 돌며 비린내를 실컷 맡고 흥정한 후, 그 냄새의 기억을 안주 삼아 편의점 앞에서 노상을 깠다. 굴비를 천장에 달아놓고 맨밥을 퍼먹는 구두쇠처럼. 구두쇠가 되고 싶어서 된 것은 아니었다. 돈이 없었을 뿐. 낡은 핸드폰으로는 항상 못이나 라디오헤드를 틀어놓았다. 그러고는 말했다. 죽고 싶다. 야, 죽기 좋은 날씨 아니냐? 진짜 뒈지고 싶다…. 그런 말을 캐치볼 하듯 나눌 수 있었다는 사실이 삶의 가장 큰 동력이었단 사실을 예성은 미솔이 먼저 대학에 진학하고 혼자가 된 후에야 비로소 깨달았다.

끊겼던 연락이 다시 이어진 것은 두 사람이 진운고등학교와 펜션 이터널이란 각자의 장소에서 저마다의 입지를 다지고 난 후였다. 강한이 여덟 살 때쯤이었을까, 라고 예성은 헤아렸다. 펜션 이터널이 어떤 목표를 가지고 있는지도 그때부터 알고 있었다. 그러나 그러고도 한참이 지난 지금에 와서야, 예성은 미솔에게 연락을 취했다.

「아이 하나만 맡길 수 있을까? 위탁비는 많이 챙겨줄게. 그냥 잠만 재워주고 어디 가지 않게 지키기만 하면 돼.」

✳

「낯가리는구나, 너.」

미솔이 강한을 가볍게 쳤다.

「뭘 그렇게 긴장해? 우리도 다 너랑 똑같은 안피류들인데. 그냥 여긴 안피류들이 모여 사는 곳일 뿐이야. 너희 학교 같은 곳에서 비구류들만 빠진 셈이지. 별다를 거 없어. 긴장할 것도 없고.」

강한은 처음 보는 사람들 때문에 긴장하는 것이 결코 아니었다.

「네 방은 여기야.」

사람들이 빽빽하게 모인 앞마당에서 대충 강한을 소개한 미솔이 가장 큰 건물의 1층에 위치한 방의 문을 열어 보였다.

「무언가 필요하거나 말하고 싶은 게 있을 때마다 저기 마당 중앙에 있는 화이트보드에 적도록 해…. 단순한 건의 사항엔 이름을 적고, 무언가 물품이 필요할 땐 호수까지 같이 적어주면 좋겠어. 네 방은 A104호야. 열쇠는 여기 있고.」

「저 혼자 쓰는 건가요?」

강한이 펜션에 와서 처음 뱉은 말이었다.

「그래, 이제 좀 말할 기분이 드니? 방 크기에 따라 사는 사람 숫자는 다른데, 혼자 쓰는 사람은 지금은 너 하나야.」

「왜 저만요?」

「그럼 뭐, 생판 처음 보는 남이랑 쓸래? 원래 처음 들어왔을 땐 혼자 써. 그러다 같이 쓰고 싶은 사람 생기고 맘 맞으면 옮기기도 하고 그러는 거지.」

미솔이 문밖에서 신발을 벗으며 열쇠로 문을 열었다. 미솔의 뒤를 강한이 따라 들어가다 제지당했다.

「신발 안 벗니?」

미솔이 묻는 소리에 강한은 등 뒤의 예성을 바라보았다.

「애가 학교에서만 살아서.」

예성이 말했다.

「방 안에서 신발을 벗어야 한단 걸 몰라.」

「서양식이네.」

「신발을 왜 벗어야 돼요?」

강한의 신발 안에서 발가락이 곱아들었다. 수치스러웠다. 옷을 다 홀딱 벗어 던지라는 말을 들은 기분이었다.

예성은 말하려 했다. 원래 대부분의 사람들은 그렇게 산다고, 네가 이상하게 왜곡된 우주에서 살았던 거라고. 그러나 미솔의 대답이 조금 더 빨랐다. 뜻밖의 내용이었다.

「네가 같이 살고 싶은 사람이 생기면 이 방을 비워주거나 여기로 들이거나 해야 할 텐데, 그때 가서 바닥 청소 하는 것 보단 그냥 미리 신발을 벗는 게 낫지 않겠니?」

열여섯 살짜리에게 저런 말을 해도 되나. 예성이 고민하는 사이 강한은 천천히 신발을 벗었다. 학교에선 잘 때와 씻을 때 말고 신을 벗을 일이 없었다. 즉 누군가에게 발을 보인 적도 극히 드물었단 뜻이었다.

방에 들어갔을 때도 당황했다. 한 사람만을 위한 화장실은 처음 보았다. 바닥에 딱 붙어 쪼그리지 않아도 되는 변기나 학교의 기다란 수돗가에 비해 너무 작은 세면대, 그리고 기다란 줄 끝에 달린, 작은 구멍이 징그럽도록 많은, 이상한 물체.

「물이 부족할 때가 많아서, 샤워는 정해진 날에만 할 수 있어.」

샤워가 뭔지 강한은 묻지 않았다. 그리고 강한이 태어났을 때부터 그 애를 도맡다시피 했던 예성은 급작스레 몰려온 아득한 불안감에 휩싸였다. 강한이 견뎌낼 수 있을까. 전혀 다른 세계와, 자신만 모르는 삶의 방식들을 체득할 수 있을까.

「이야기해줄 게 너무 많을 거 같아서, 일단 지금은 다 못 하겠다. 생각날 때마다 차근차근히 할게. 짐 정리 먼저 할래?」

「네.」

「그럼 예성이랑 나는 밖에 있을 테니까, 다 되면 불러.」

강한은 침대를 눌러보았다. 학교에서 잠자리로 썼던 철제 침대나 아무리 털어도 모래가 나오던 매트리스와는 전혀 달랐다. 조심스레 누웠다. 등이 닿은 곳이 너무 부드러워서, 그리고 이불이 너무 크고 무거워서 옴짝달싹할 수가 없었다. 괴물의 입에 들어가 삼켜지는 느낌이었다. 비구류들이 게걸스럽게 영양분을 섭취하는 장면들이 자꾸 떠올랐다. 이상하게 얼굴을 일그러뜨리며 소음을 내는 그 질척하고 어두운 입. 무서워져서 얼른 다시 일어났다.

마당에 나와 자신에게 인사를 건네던 사람들을 떠올렸다. 모두 안피류였다. 당연하게도 모두 자신에게 반말을 했다. 어색하지 않았다. 의문도 들지 않았다. 강한은 한 번도 자신보다 어린 안피류를 만난 적이 없었다. 세상에 그런 건 존재하지 않았다.

「왜 엄마가 나갈 때 애를 같이 내보내지 않았던 거야?」

펜션의 누구에게도 대화가 들리지 않을 만큼 걸은 후 미솔이 예성에게 물었다.

「학교의 안피류들이 다 반대했어. 애를 사지로 내모는 짓이라고. 엄마에 대해선 그런 의견이 없었어. 비구류였으니까. 동족이 아니니까. 어디 가서 어떻게 살든 자기들 알 바가 아니었지.」

「동족인 아이에 대해선 인류애가 있던 건가.」

「그렇다기보다는 아마 쟤가 무언가의 열쇠가 될지 모른다, 그러니 놓쳐선 안 된다, 라는 생각이 분명 있었을 거야. 자세히는 몰라도. 그날 이후 태어난 유일한 안피류라고들 하니까…. 중요한 존재지.」

「얼마나 중요하면 지금까지 꽁꽁 숨기고 있었을까. '진운고 애기' 본명이나 얼굴 아는 사람이 얼마나 될까.」

「여기서도 숨겨줘. 정말 부탁이야. 평범한 애인 것처럼 해줘.」

「펜션 사람들은 바깥소식 몰라. 걱정하지 마. 그런 거 신경 쓸 사람들이면 애초에 이 촌구석에 들어오질 않았지.」

「믿을게.」

「근데 엄마를 내쫓은 것도 웃기네. 엄마가, 아니면 아빠가 열쇠일 수도 있지 않나.」

「아빠는 이미 도망가서 없었고, 엄마는…. 사람이 좀, 좀 그랬어.」

「뭐가 그래?」

「너무 빨리 무너져 내리는 게 눈에 보여서… 사람들의 짜증을 샀지. 저런 사람이 열쇠를 쥐고 있을 리가 없다고 다들 생각했었어. 오히려 정신병자로 몰렸지.」

미솔은 예성을 가만히 보았다. 예성은 눈을 거두지 않고 마주했다. 그 일에 대한 감정을 숨기는 것엔 완전히 익숙해졌다.

미솔이 먼저 눈길을 피하곤 마른세수를 했다. 마당으로 산책 나온 사람들이 유난히 많았다. 정말 가뭄에 콩 나듯 들어오는 신입에게서, 아주 작은 부스러기 같은 바깥세상의 정보라도 먼저 얻고 싶은 마음에서였을 터였다. 미솔이 제일 싫어하는 짓이었다. 죽고 싶은 사람들이 정보는 무슨?

「가명이라도 지어주지. 사람들 소문이 얼마나 무서운지 네가 아직 잘 모르는구나?」

「적어도 이 펜션 사람들은 모르겠지. 오랫동안 적절히 고립

된 사람들이잖아. 네가 발설하지 않는 한은 안전해. 그냥 안피류 여자애일 뿐이야.」

강한의 방문이 열렸다. 사람들의 눈길이 고스란히 거기로 쏠렸다. 강한이 놀라며 다시 문을 닫았다. 다 정리했나 보네. 미솔이 먼저 휘적휘적 걸음을 옮겼다. 예성은 바로 뒤따르지 않고 그 등을 조금 멍하니 바라보았다. 그러다 아, 하고 정신을 차렸다. 서둘러야 했다. 학교로 돌아가서, 김정숙이라는 냉혹한 주인이 영영 사라져버린 것을 사람들이 알아채기 전까지 해야 할 일들이 많았다. 견고한 성벽인 줄 알고 쌓아 올린 기이한 고요가 무너지기 전에, 쓸 만한 것들은 주머니에 쑤셔 넣어야 했다. 어쨌거나 아직, 그곳은 예성의 땅이니까.

「애, 잘 부탁할게.」

「너는 어떡하게?」

「나는 죽고 싶지 않은 사람인 거 알잖아. 안정될 때까지만 기다려줘. 그다음에 결정할게.」

「이상하네. 학원에선 누구보다 죽고 싶어 하는 사람이었는데.」

예성이 미솔의 머리에까지 닿도록 웃음소리를 냈다.

「그 죽고 싶다는 말이, 누구보다 잘 살고 싶다는 말이랑 같은 뜻인 거였지. 나한테는.」

예성이 돌아갈 때 강한은 방에서 나오지 않았다.

4

그날 저녁 펜션의 모두는 시퍼런 구덩이의 바닥에서 모였다. 그곳을 수영장이라고 부른다고 미솔이 강한에게 말해주었다. 말도 안 됐다. 영화에서 수영장을 보긴 했지만 그건 이더럽고 메마른 구덩이와는 아주 달랐다. 강한에겐 '펜·션·이·터·널'의 다섯 글자가 전혀 의미의 조화를 이루지 못하는 것처럼 '수·영·장' 역시 어울리지 않는 세 글자의 나열일 뿐이었다.

「다들 봤겠지만, 다시 소개할게요. 여긴 남강한이고, A104호에서 머물 거예요.」

안피류들이 박수를 쳤다. 너도 소개를 직접 좀 해봐. 미솔의 말에 강한은 어쩔 줄을 몰라 하다가, 남강한입니다, 열일곱 살이에요, 하고 아주 작게, 더듬거리며 말했다.

「바깥의 사람들을 만나면, 안피류든 비구류든 간에, 무조건 한 살 많게 말해.」

어렸을 때부터 예성이 가르친 대로였다.

「네가 그 수능 이듬해에 태어났단 걸 말하는 건 어디서든 너무 위험해. 절대로, 절대로 그렇게 말해선 안 돼. 무조건 나이를 올려.」

학교에서는 누구나 자신을 알았으니 이런 말을 할 필요가 없었다. 이렇게 많은 상대가 자신에 대해 완전히 백지인 상태에서 자기 자신을 호명하는 것이 강한에게는 처음 있는 일이었다.

강한은 족히 백 개는 넘을 눈들을 망연자실하게 둘러보았다. 지나치게 거대한 파도 같은 낯섦이 자신의 얼굴을 덮으며 몰아치고 있었다. 아가미가 있다 한들 무슨 소용인가. 강한은 물속에서 눈 뜨는 법을 몰랐다. 아니, 얼굴이 잠길 정도로 많은 물을 본 적도 없었다.

「해일이랑 동갑이네.」

누군가 말하자 여기저기서 동조하는 소리가 터져 나왔다. 어, 그러네. 정말 그러네. 이야, 해일이한테 드디어 친구가 생긴 거야? 그러더니 누군가 크고 높게 부르는 소리가 강한의 머리까지 메웠다. 장해일! 야, 장해일, 너 어딨니?

「네, 저 여깄어요.」

안피류 하나가 어디선가 불쑥 튀어나왔다. 중안피가 남들보다 볼록하게 튀어나와 있는 대신, 온몸은 삐삐 말랐고 특히 팔다리가 아주 가느다랬다. 강한과 다르게 도드라진 목젖을 보고 남자구나, 하고 가늠할 수 있을 정도로 체구가 작았다. 아가미도, 남들보다 훨씬 얇았다.

「우리 해일이가 드디어 또래 친구를 만나는구나. 인사해, 서로. 둘 다 열일곱이네.」

어떻게 '인사해'를 쉽게 실행에 옮길 수 있을까. 강한은 멍하니 상대의 중안피를 바라보았다. 눈을 보기엔 주저되었다.

학교에선 한 번도, 단 한 번도 또래를 만난 적이 없었다. 권력을 노리는 안피류들, 혹은 스스로 목을 긋지 않기 위해 투항하는 비구류들이 구성원의 전부였다. 모두 어른의 나이였고, 자신이 어른이라는 자의식을 곡괭이처럼 휘두르는 사람들이었다. 강한이 이해할 수 없는 속도와 방향으로 행동하고 강한에게도 그러기를 요구하는 사람들. 그게 자신이 태어난 후 지금까지 보아온 인간들의 전부였다.

「몇 월생이야?」

해일이 손을 내밀더니 물었다. 강한은 그 손을 잡으며 사실대로 말했다. 거짓을 말할 짬이 없었다.

「…4월.」

「네가 누나네. 나는 11월생이거든.」

11월? 강한이 본능적으로 되물었다. 그 낱말이 익숙했으니까.

「응. 그 수능날 아침에 태어났어, 나.」

해일이 대답했다. 어제 무엇을 먹었는지 이야기하는 것처럼 가볍게 말했다. 그러나 자신이 얼마나 무거운 사실을 전하고 있는지 정확히 알면서도 아무렇지 않은 척 위장하는 자의 말투였다.

「타이밍 쩔지? 방금 나온 갓난아기한테 어떻게 마스크를 씌웠겠어. 엄마는 안 썼고, 아빠는 쓰고 있었대. 그렇게 아주 희한한 가족이 되어버린 거야. 비구류 아빠, 안피류 엄마, 그리고 아가미 단 나.」

상처받았단 사실을 너무나 여실히 드러내면서도 본인은 꿋꿋하게 말하고 있다고 생각하는, 너무나 가여운 말투.

「어쨌든 반가워. 나도 평생 또래는 처음 봐.」

해일이 대화를 마무리하자 주변에서 어른 안피류들이 역겨운 미소를 지으며 둘을 바라보았다. 이 버석거리는 대화가 저들에게까지 흘러가고 있다는 사실에 쟤는 아무런 수치심을 느끼지 못하는 걸까? 강한은 해일을 향해 어떤 표정도 의도적으로 지을 수 없었다. 해일은 처음 보는 개체였고, 어떻게 반응해야 할지 알지 못할 숙제였으며, 무엇보다, 한 번도 마주친 적이 없던 또래 남자였다. 예성의 오래된 영화 파일들을 통해 접하던 그 환상들, 코와 입을 가진 이들끼리의 간질하거나 또는 눅진한 사랑들. 그게 코와 입이 없는 자신의 삶에선 실현되리라 기대했던 적이 전혀 없기에 강한은 오히려 두근거렸다. 해일에게 마음을 둔 건 결코 아니었다. 그저, 미지의 무언가에 대한 동경에 가까웠다.

그리고 두려움이 반쯤 섞인 호기심도 유효했다.

다음 날 새벽같이 눈을 떠서는 가만히 천장을 바라보다가 무거운 이불을 발로 찼다. 열쇠를 손에 들고 현관문을 나서며 신발을 꿰어 신었다. 신발에 이슬이 내려 차갑고 축축했다. 신발을 벗고선 방 안에 고이 모셔다두는 사람들을 보고 의아했는데, 이유가 있던 것이었다.

사람들이 모였던 수영장을 지나고, 늘어선 독채들을 곁눈질로 바라보며 그 앞을 지나, '펜션 이터널'이 적힌 큰 나무기둥 앞에 섰다. 갈 수 있는 곳이 너무 많아서 아무 방향도 정할 수가 없었다. 온종일을 걸어도 둥그런 운동장 안이었던, 누구든 자신을 발견할 수 있던 곳이 강한의 전부였는데, 강한은 몇 번을 뒤돌아 다시 펜션을 바라보았다. 조금만 더 걸으면 아무도 방의 창문을 통해 자신을 볼 수 없을 터였다. 아무도.

「뭐 하냐?」

갑작스러운 물음이 머릿속을 비집고 날아들었다. 어디서 온 거지. 강한은 사위를 둘러보았다. 안피류가 말을 걸 땐 이게 문제였다. 소리가 아니라서, 방향을 전혀 짐작할 수 없단 것. 비구류인 정심이나 종민이 말을 걸 땐 그들의 얼굴을 바로 찾아내는 게 가능했는데.

「잠깐만 기다려. 나도 나갈게.」

달그락거리는 소리가 들렸다. 목소리의 주인은 방에 있는 모양이었다. 곧 늘어선 독채 중 하나의 문이 열렸다. 해일이 운동화를 들고 나오더니 맨발을 쑥 그 안에 집어넣고는 털털 거리며 뛰어왔다.

「너 진짜 빨리 일어난다. 근데 이 시간에 어딜 가려고?」

강한은 해일의 헝클어진 머리칼이나 아직 잠이 깨지 않은 듯 힘없이 내려앉은 눈꺼풀, 그리고 이부자리에서 나왔을 섬유 먼지가 묻은 검은 티셔츠를 바라보았다. 그냥 들어가서 더 자는 게 나을 것 같은데. 생각하자마자 해일이 대답했다.

「나 원래 잠을 잘 못 자. 졸린데 잠이 안 와. 말똥말똥 누워 있는 게 더 힘들어. 어디 가야 할지 모르면 나랑 주변 한 바퀴나 돌자. 뭐 있는지, 구경시켜 줄게.」

유량이 적지 않은 계곡.

'토·종·닭·백·숙' 따위가 적혀 있는, 버려진 식당.

그날 이후 한 번도 물에 뜬 적 없어 보이는 고무보트 안에는 강한이 처음 보는 희한한 생물들이 뛰어다니고 있었다. 덥석 손으로 잡으려던 강한이 번번이 실패하자 해일이 대신 손을 내밀더니 잽싸게 한 마리를 잡아 건네주었다. 둥그렇게 모은 두 손 안에서 끈끈하고 차가운 것이 펄떡거렸다. 툭툭 움직이는 박동도 느껴졌다. 툭툭. 툭툭. 툭툭. 그러다 점점 느려졌다.

「멈췄어. 죽은 건가?」

강한이 묻자 해일이 대답했다.

「아니, 그렇게 금방 안 죽어. 그냥 지친 거지. 놓아주면 금세 도망갈걸.」

「아니야. 금방 죽던데. 내가 본 것들은. 고양이도. 사람도.」

「그 전에 이미 아팠겠지.」

「아니었어. 네가 뭘 알아.」

강한이 고집을 부렸다. 손아귀에 힘이 들어갔다. 어어. 해일이 강한의 손등을 제 손으로 덮으며 제지했다. 눌러 죽이려고? 그러지 마.

「그만 놓아주자.」

해일의 말에 손아귀를 열었다. 아주 잠시 현실을 자각하는데 시간을 들이는 듯 보이던 끈끈이는 곧 손 밖으로 튀어 나가 눈앞에서 사라졌다. 어디로 갔는지 찾을 수도 없게끔 빠른 속도였다.

조금 더 걸어가면 희한한 곳이 나왔다. 아주 이상하게 생긴 길 위에 아주 커다란 쇠로 만든 무언가가 서 있었다. 강한은 조금 생각을 더듬고 나서야 그게 뭔지 알았다. 마찬가지로 영화에서 본 적이 있었다. 기차. 거기서는 항상 사람이 우르르 내리고 또 우르르 탔다. 그러나 이 기차는 텅 비어 있었다. 바퀴에서 풀이 자라나는 중이었다.

「여기까지야. 볼 건. 이젠 진짜 없어. 온종일 걸어가도 뭐가 안 나와. 내가 가봐서 알아. 더 나가려면 어른들한테 부탁해서 차 타야 돼.」

아무리 걸어도 출발점이 다시 나오지 않는 세상이었기에 되돌아가려면 등을 돌리는 수밖에 없었다. 그들은 다시 보트

와 식당과 계곡을 지났다. 그러다 문득 생각났다는 듯 강한이 물었다.

「언제부터 여기서 살았어?」

「아빠가 죽었을 때부터.」

아빠가 비구류였다고 했지. 대충 들은 기억을 더듬는 강한 앞에서 해일이 재빠르게 말을 이었다. 너무 빨라서 어색했다.

「아빠는 목 그어서 죽은 게 아니야. 병이었어. 아파서 돌아가셨어. 열두 살 때까지 같이 살았어.」

마치 오래 연습한 대사를 이상한 장면에서 내뱉는 배우 같았다. 강한은 해일의 눈을 빤히 들여다보았다.

「그럼 엄마랑 둘이서 자?」

「그럴 땐 둘이 사는 거냐고 묻는 게 맞는 거 아냐?」

「사는 건 사람들이랑 같이 사는 거잖아. 여기 있는 사람들 전부랑….」

해일의 표정이 묘해졌다. 그러더니 손을 뻗어서는, 강한의 등을 툭 쳤다.

「가자. 어른들 다 일어났을걸, 이제.」

강한은 해일을 따라 걸으면서 해일이 머무는 독채에 대해 생각했다. 둘이 머물기엔 지나치게 큰 규모였다. 엄마가 쫓겨날 때 아이 혼자서 커다란 교실을 차지하는 것에 대해 얼마나 많은 사람이 역차별이라며 반대했는지 강한은 똑똑히 기억했다. 해일이 자기 엄마와 둘이서 그 넓은 독채를 쓴다면 분명 이유가 있을 것이다. 엄마 혹은 해일 중 하나가 대단히 특별

할 터였다. 혹은 누군가 함께 독채를 쓸 수도 있었다. 그런데
아빠는 이미 세상에 없다면, 그렇다면 누가 그 모자와 한 공
간을 공유할까?

5

사람들은 모두 '바·비·큐·장'이라는 팻말이 붙은 곳에 모여 있었다. 늦었구나. 어딜 다녀왔는지 몰라도. 미솔이 말하자 해일이 대답했다. 주변에 뭐가 있는지 조금 보여주고 왔어요. 일찍 일어난 것 같길래. 묘하게 주어 없이 말하는 게 강한은 속으로 거슬렸다. 누구랑 다녀온 줄 말하지 않아도 저 여자가 알 거라 생각하는 걸까?

아주 어렸을 때 자신이 좋아했던, 예성이 아주 어렵게 구해 선물했다던, 열 살이 될 때까지 강한이 버리지 않았던 요람 같이 생긴 물체가 곳곳에 놓여 있었다. 그러나 나무가 아니라 철로 만들어져 있었고, 검은 때와 붉은 녹이 덕지덕지 묻은 채였다. 남자 하나가 그 요람 안에 검게 탄 나무를 쏟아 붓더니, 갑자기 총신에 원통형의 무언가가 달린 물체를 끄집어냈다. 총신에서 투명한 파란색 불이 쏟아져 나왔다, 강한은 깜짝 놀라 눈을 깜박였다. 그런 광경은 처음이었다.

곧 요람에서 불길이 치솟아 올랐다. 타닥타닥 소리가 나고, 요람의 건너편에 위치한 사람의 얼굴이 일그러져 보였다. 두려웠지만 강한은 꾹 참았다. 여기 있는 그 어느 누구에게도 얕보이고 싶지 않았다. 자신의 세계가 너무나 작았다는 것을 이미 뼈저리게 알았지만, 그래도 속을 훤히 내보이며 들키고 싶지는 않았다.

그러나 미솔이 커다란 자루를 가져온 순간에는 스스로를 제어하기가 너무 힘들었다. 자루의 모양이 계속해서 변하고 있었으니까. 그 안에 들어간 무언가가 쉴 새 없이 낑낑대는 소리를 내지르고 있었으니까. 고막에 닿는 소리를 내지 못하는 안피류만 가득한 공간을 딱 두 가지 음이 가득 채웠다. 타닥거리는 불의 소리, 목놓아 우는 생명의 소리.

미솔이 자루를 열었다.

새끼고양이였다.

미솔은 그 작은 몸체를 집어 들더니 냄비 안에 집어넣었다.

그리고 그것을 불 위에 올렸다.

강한은 눈을 가렸다. 냄비 안에 들어간 고양이는 고등어 무늬를 가지고 있었다. 운동장에서 매일 엉덩이를 두드리던 그 고양이와 똑같은 무늬였다. 엄마가 떠날 때 자신의 옆에 있던 그 고양이의 자식의 자식의 자식일지도 몰랐다. 무거운 냄비 뚜껑 아래서 우는 소리가 났다. 안에 물이 조금 고여 있었던지 찰박찰박 소리도 함께 울렸다. 강한은 참을 수 없었다. 그래서 눈을 가린 손을 떼고는 가운데로 뛰어들려 했다. 뛰어들어 냄비를 들고는 아까 보았던 그 계곡에, 찬물이 흐르는 바닥에 내려놓으려 했다.

그랬는데, 미솔이 커다랗고 긴 무언가를 들고는 자신의 앞으로 성큼성큼 다가왔다. 그 무언가에서 갑자기 엄청나게 큰 소리가 들렸다. 그 소리를 강한은 알았다. 가끔 진운고에 들어와 이것저것을 고치거나 새 물건들을 만들고 돈을 받아가던 비구류들, 그들의 기계들이 내곤 하던 소리였다.

「여기요.」

옆에서 해일이 왼팔을 내밀었다. 강한의 등을 가볍게 치던 것처럼 아무렇지 않게.

미솔이 기계를 그 팔에 들이밀었다.

내가 지금 무엇을 보고 있나?

강한은 주저앉아서 자신에게 재차 물었다. 피가 흐르는 팔을 부여잡은 해일이 옆에서 나동그라지는 동안. 기계를 끄고 해일의 손을 집어 든 미솔이 아무렇지 않은 표정으로 다시 냄비로 걸어가더니 뚜껑을 열어 손에 든 걸 풍덩 소리가 나도록 넣고는 닫는 동안. 해일의 피가 풀이 드문드문 난 모랫바닥을 적시는 동안. 그리고 아주 미세하게 동요되었던 주변의 공기가 잠잠해지는 동안. 엉덩이와 등에 모래가 잔뜩 묻은 해일이 마침내 비척거리며 자리에서 일어나는 동안. 그의 팔에 다시 자라난 손을 강한이 마침내 확인할 때까지.

「이제 되었어요. 모두 들어가서 각자 오전 시간을 보내도록 하세요.」

미솔의 말에, 바비큐장에 모여 있던 모든 사람이 저벅저벅 소리를 내며 움직여 시야에서 벗어나는 동안.

해일은 모두가 나가고 나서야 천천히 출구로 걸음을 옮겼다. 아무도 남지 않았다. 강한은 해일을 불렀다. 야. 한마디에 해일이 강한을 돌아보았다. 얼굴이 새하얗게 질려서 중안피가 더 선명히 붉어 보였다. 자세히 보니 눈에도 핏발이 가득서 있었다.

「안 아파?」

강한도 알았다. 그처럼 바보 같은 질문을 해선 안 된다는 것을. 그러나 한 번도 이런 상상을 한 적이 없었다. 자신을 비롯한 안피류들이 죽지 않는다는, 상처를 입어도 다시 빠르게 회복한다는 사실을 당연히 알고 있었으나 학교에서는 안피류들이 이렇게까지 다치는 광경을 실제로 본 적이 없었다. 안피류들은 동족끼리도 웬만해서는 서로를 건드리지 않았다. 정말 심한 다툼이라 봐야 가벼운 주먹다짐뿐이었다. 학교에선 그랬다. 분명히. 분명히 그랬다.

「안 아플 리가 없잖아.」

해일이 속삭였다.

「해야 하니까 하는 거지. 나만 하는 거 아니야. 다 해, 여기선.」

강한의 몸이 빳빳하게 굳었다.

「아니, 너는 안 할 거야. 너는 자발이 아니라 위탁이라며… 돈 많이 내고 들어왔다며. 그러니까 괜찮아, 너는 안 해. 걱정하지 마. 그리고 곧 익숙해질걸. 자주 이러니까.」

✳

불길이 사그라질 때까지 요람 위에 올라가 있던 냄비를 어른 하나가 슬그머니 등장해 옮겼다. 강한은 방 안에서 창밖을 통해 그 모양을 바라보다가, 침대에 얼굴을 묻었다. 아무것도 생각하고 싶지 않았다.

처음엔 예성이 자신을 이런 지옥에 버려두고 떠났다는 사실을 믿을 수가 없었다. 정말로 정숙을 죽인 것이 강한이라고 생각해 이런 벌을 내리는 것이 분명하다고 여겼다. 그러나 해일의 말을 다시 되새기면 무언가 이상했다.

자발이 아니고 위탁이라며.

돈 많이 내고 들어왔다며.

이 지옥이 '돈을 내고' 머물러야만 하는 곳일까? 대체 어떤 점이 사람들을 여기 묶어놓고 있는 걸까?

강한은 한 번도 돈에 대해 생각해본 적이 없었다. 사는 건 그냥 사는 거였다. 필요한 것은 예성에게서 나왔다. 가끔 비구류들의 침대가 빌 때, 그 이유 중 하나가 돈이라는 이야길 듣긴 했지만 남의 사정이었고 정확히 알 필요도 없었다. 지금까지는.

이 방문을 걸어 잠그고 지시에 따르려 하지 않는다면 저들이 나의 팔도 자르려 들까?

뼈와 살이 다시 완전히 돋아나기까지의 고통을 나는 정신을 잃지 않고 해일처럼 견딜 수 있을까?

강한은 어렸을 때, 예성이 가슴팍에 총 세 발을 맞은 적이 있다는 이야길 들었다. 어땠어, 아팠어? 강한이 묻자 예성은 농담처럼 가볍게 대답했었다.

「죽을 만큼 아팠지. 아직도 비가 오면 가슴팍이 쑤시고, 총을 보면 구역질이 나.」

살을 가르고 뼈를 자르는 고통이 어느 정도일까. 강한은 기껏해야 서너 번 아주 작은 상처만 입었을 뿐이었다. 고양이가 할퀸 상처, 운동장에서 넘어져 깨진 무릎의 상처, 제멋대로 가위질을 하다 다친 상처 같은. 한번은 예성과 싸우다가 제 분을 참지 못해 주먹으로 교실 벽을 친 적이 있었다. 그러고는 볼썽사납게 눈물을 줄줄 흘리며 날뛰고 말았다. 겨우 그 정도의 통증도 다신 겪고 싶지 않은 경험이었는데….

해일은 괜찮나.

강한은 밖으로 나가서 주위를 두리번거리며 어슬렁어슬렁 해일의 독채 근처까지 걸었다. 그러고는 일부러 그 앞을 얼쩡거렸다. 노크를 할 엄두는 나지 않았다. 해일 말고 다른 사람에게 관심이 있는 건 아니었으니까. 창은 굳게 닫혀 있었고 커튼도 내려간 상태였지만 해일이 아침에 그랬던 것처럼 자신을 발견하리라 믿고 기다렸다.

「왜 거기서 그러고 있어?」

이번엔 문이 아니라 창문이 열렸다.

「괜찮은지 궁금해서.」

「그럴 땐 궁금한 게 아니라 걱정된다고 하는 거야. 가만 보니까 너는 말을 참 희한하게 한다.」

「어쨌든.」

「아까 두 다리로 멀쩡히 들어가는 거 봤잖아. 그랬으면서 뭘.」

강한의 말문이 막혔다. 하고 싶은 말이 따로 있다는 걸 이제 깨달았다. 아까처럼 여기저기로 데리고 다녀줘. 아까처럼 너와 이곳에 대한 이야길 더 해줘. 아까처럼 낯선 것들을 아무렇지 않게 보는 방법을 알려줘. 그리고 무엇보다, 대체 왜 그런 일을 네가 당해야 했는지 이야기해줘….

「강한이 어쩐 일로 여기까지 왔을까?」

또 다른 목소리가 머릿속을 비집고 들어왔다. 아는 목소리였다. 그리고 독채의 문이 열렸다. 기다리던 해일 대신 다른 사람이 걸어 나왔다. 미솔이었다.

「안녕하세요.」

「애는. 좀 전에도 봤으면서.」

「여기가 미솔 이모 집이에요?」

「응. 그렇지. 너 예성이를 이모라고 불러서 나도 이모라 부르는구나? 재미있네.」

「그렇게 부르면 안 돼요?」

「아니. 우리는 다들 이름으로 서로를 부르니까. 미솔 님, 이

렇게 부르면 돼. 이모도 상관없긴 한데 솔직히 조금 낯간지럽
긴 하다.」

「해일이도 여기 살잖아요?」

「어, 맞아.」

「두 분은 가족이에요?」

「해일이한테 관심이 많구나, 너?」

아니에요! 강한은 펄쩍 뛰었다. 혹시 방 안의 해일에게까
지 이 대화가 들릴까?

「가족 맞지.」

미솔이 고개를 끄덕였다.

「숙모야, 내가. 진짜 숙모. 너 숙모가 뭔지는 아니? 해일이
삼촌이, 아, 삼촌이 뭔지 모를 수도 있겠구나. 해일이 아빠의
동생이 내 남편이라는 뜻이야.」

아… 그렇구나. 강한은 어지러웠지만, 대충 알아들은 척하
며 고개를 끄덕였다. 남편, 이라는 단어만 알아들었다. 그러
니까 미솔은 결혼이란 걸 한 사람이란 얘기였다. 두 할머니나
예성 이모, 종민 삼촌과는 다르게. 강한 자신의 엄마와도, 물
론 다르게.

「해일이는 원래 지금 이 시간에 엄마랑 있어야 해.」

「아….」

「그렇지만 확실히 너는 여기 처음이고, 들어오고 싶어서
온 것도 아니니 안내가 필요한데 내가 너무 가만히 내버려뒀
구나. 그렇지?」

강한은 두 손을 늘어뜨린 채 가만히 서 있었다.

「아까도 놀랐을 거고⋯. 예성이가 그런 설명까지는 안 했겠지.」

그 말은, 예성 역시도 이곳에서 무슨 일이 벌어지는지 안다는 뜻인가. 강한은 생각이 자신의 두개골 밖으로 튀어 나가지 않도록 꾹 눌렀다. 아까 손에 쥐었던, 축축하고 벌떡거리는 귀신 같은 물체가 아가미 대신 날뛰는 것 같았다.

「장해일!」

미솔이 불렀다.

「오늘 하루는 나와서 강한이랑 지내라. 궁금한 거 있으면 다 이야기해주고. 숨길 거 없이 다 알려줘. 우리가 숨길 게 뭐가 있니.」

그러더니 강한을 보며 덧붙였다.

「오늘만이야. 너도 매일같이 해일이만 찾아다닐 수는 없어. 해일이가 바쁘거든.」

문이 열리고 해일이 걸어 나왔다. 미솔이 해일의 엉덩이를 툭툭 쳤다.

6

예성은 아무런 설명 없이 진운고의 해산만을 선언하는 교내 방송을 10분 후로 예약해놓고는 차에 올랐다. 예성의 차가 교문을 벗어나고 곧 교내는 난장판이 되었다. 예성은 그 광경을 보기 위해 학교의 주변을 세 바퀴나 돌았다. 예상은 했지만, 반응은 훨씬 빨랐다. 학교 밖에 진을 치고 있던 사람들이 비구류며 안피류며 할 것 없이 천막과 텐트에서 뛰쳐나와 손가락을 뻣뻣하게 세우고 거미처럼 담을 타넘으려 드는 것에서, 그중 몇몇 비구류가 급작스레 목을 긋고 있는 것에서, 그리고 교내에서 희미한 절규가 들려오는 것에서 이미 대략적인 상황이 파악되었다. 정숙의 죽음이, 예성의 부재가, 그리고 강한의 실종이 함께 들통 났으리라. 교외의 사람들은 김정숙과 주예성이 교내 어딘가에 돈을 잔뜩 숨겨놓았다는 소문을 믿을 터였고, 교내의 비구류들은 강력한 초현실적 통제자를 잃었다는 불안과 공포에 시달릴 터였다. 그리고 교내의 안피류 중 일부는 정숙과 예성의 눈을 피해 숨겨두었던 능력을 꺼내 들었을지도 모르고⋯.

돈을 잔뜩은 아니고 조금 남겨놓긴 했으나, 이미 모든 건 예성이 트렁크에 챙겨둔 후였다.

예성은 네 번째로 교문을 지나치며 지난 16년간을 머문 이곳의 모습을 과자봉지처럼 구겨버렸다. 부피가 작아진 기억을 뇌의 가장 깊숙한 곳에 처박아두었다. 희재가 끊지 못하던 그 귀한 주전부리들을 감싸던 포장지처럼. 그것들은 아무리 세게 구겨도 금세 다시 부풀어 오르곤 했지만, 그래서 자꾸만 사람들에게서 특혜다 뭐다, 부터 주예성과 남희재가 그렇고 그런 사이라더라, 라는 쓸데없는 말이 나오게 만들었지만, 예성으로서는 자신의 초점을, 방향을, 그리고 능력을 증명할 수 있는 유일한 길이기도 했다. 희재를 내보내기 전까지. 그리고 이젠 그마저도 끝이었다.

예성의 차는 그 식당을 빠르게 지나쳤다. 민유림과 황승조의 가게. '사계백반'이라는 어처구니없는 이름이 붙어 있는 곳이었다. 황승조는 자기 딸과 네 계절을 다 보내지 못하고 도망쳤는데. 너무나도 가까이 보란 듯 버티고 선 그 식당 때문에 희재가 몇 년간 얼마나 큰 아픔을 감내해야 했는지 그들은 알았을까.

그들이 학교를 벗어나기 위해 했던 거짓말보다, 예성은 식당의 존재가 더 증오스러웠다. 마음 같아선 이미 백 번도 더 둘을 죽였을 터였다.

10여 분을 더 운전한 후 속도를 줄이다, 갑자기 불쑥 튀어나온 구청의 주차장에 차를 댔다. 처음엔 약탈의 대상이었으나, 진운고와 마찬가지로 한차례의 피바람이 휩쓸고 지나간 후엔 썰렁해진 곳이었다. 정숙은 종이호랑이가 된 정부로부터 온갖 청사를 헐값에 사들이는 것을 즐겼다. 꼭 내가 위에 서고 싶었는데 뭐가 문제야, 그 모든 엉터리 제도와 수모와 동태 눈깔 된 공무원들 위에… 그 위에 한 번은 서고 싶었고 내 돈으로 그걸 하는데 뭐가 문제야? 응? 예성은 그때, 대체 그 건물들이 어디에 필요하냐고, 수능일 이전의 무의미한 원한을 해소하는 데 쓸데없는 자본을 낭비하지 말라고 몇 번이고 거듭 말하고 싶었다. 그것은 당신만의 돈이 아니라고도.

예성은 약속한 길이와 횟수대로 경적을 울렸다. 차 밖으로 나와 굳게 멈춘 로비의 회전문 앞에 섰다. 곧 문이 움직였다. 빙글빙글 도는 문의 속도를 따라 시야의 초점이 천천히 함께 돌았다.

회전문 안에는 세 사람이 있었다. 김정심, 박종민, 그리고.

"오랜만이네, 언니."

희재였다.

＊

로비에 위치한 소파에 앉았다. 1층엔 민원여권과가 있었다.

그날 이후 사람들이 찾아가지 않아 버려진 여권이 한가득이었다. 16년이나 묵었으나, 빛을 보지 않아 사진도 글씨도 거의 바래지 않았다. 정심은 그걸 구경하고 있었다. 뭐야, 무슨 재미로? 예성이 패드에 글자를 입력해 묻자 정심은 대답했다.

"사람들의 얼굴을 보고 싶어서 그랬어."

'심심했구나, 우리 할머니.'

"그랬나 보지."

'귀신 나온다는 소문이 파다한데, 귀신이라도 찾아서 같이 놀지 그랬어요.'

그러자 정심은 이미 몇 번을 죽어버린 자의 낯으로 대답했다.

"평생 볼 귀신들은 이미 다 봐서 이젠 아무것도 놀랍지 않아."

예성이 기분 나빠할 가능성조차 생각지 않은 무기력한 말투였다. 우스웠다. 이미 세상을 떠난 동생과 번갈아 도시 이곳저곳을 떠돌아다니며 귀신 노릇을 했다고 지금 와서 실토한들 정심에게 무슨 소용이 있겠는가. 당신이 지금껏 무위도식할 수 있던 이유가 그 귀신들 덕이었다고 한들, 무슨 의미가.

"다 망해버린 나라의 여권 수백 장이라. 되게 좋은 장난감이더라, 야."

종민이 옆에서 빈정댔다. 종민은 나이가 들수록 자꾸만, 자신이 누구의 돈으로 먹고살고 있는지 생각도 않는 사람처럼 굴기 일쑤였다. 가볍게 잽을 날리듯 자주 예성을 툭툭 건드렸다.

예성이 손에 쥐여준 비밀이 약점이라고 여기는 모양이었다.

종민이 뭐라 하든 말든 예성은 묵묵히 정심이 펼쳐놓은 여권을 구경했다. 대한민국에서 평균소득이 가장 높았던 구의청에는 주인 잃은 여권이 아주 많았다. 뭐 하나? 종민의 말에도 예성은 묵묵히 팔락거리는 소리를 내며 엄지 끝으로 여권을 들춰보고, 제자리에 넣은 후 또 하나를 꺼내 보는 짓을 반복했다.

예성은 지금, 희재를 마주 볼 시간을 최대한 뒤로 밀어내기 위해 이토록 꾸물대는 것이었다. 희재를 사람들 밖에, 너무 오래 혼자 두었다. 아마도 영원히 자신은 혼자일 거라고 생각했을 희재를 다시 불러들인 나를 희재는 어떻게 생각할까. 희재의 마음에 머물렀을 서운함이나 분노, 혹은 악의로까지 번졌을 절망을 상상하기가 두려워 예성의 손이 자꾸만 굳어졌다.

"너 여기 살던 건 아니라고 했잖아?"

종민이 희재에게 물었다.

"네."

"그동안 지내던 데는 어딘데?"

"꽤 걸려요, 걸으면."

"그런데 왜 맨날 여기까지 와서 놀았대?"

희재는 대답했다. 그냥요. 세상 모든 일에 이유가 있을 필요가, 굳이. 굳이 따지자면 장난감이 많았어요. 아까 말씀하신 대로.

64

특정할 수 없는 사람들의 능력이 사라지고 있다는 것을 처음 감지해 예성에게 전해준 것은 종민이었다. 정작 자신은 무엇을 보고 있는지조차 깨닫지 못했지만.

"예성아. 네가 이상한 거 보면 말해달라고 했지. 이상한 건 아니고, 아, 잘 모르겠는데. 그런데 뭔가 좀 달라진 게 있어. 4층 사람들. 아니, 그 사람들이 너 같다는 건 아닌데⋯."

비구류가 스스로 목을 긋게 만들 수 있는 예성의 능력을 진운고에서 유일하게 아는 사람이 종민이었다. 자신과 같은 능력을 가진 사람이 또 있을까 봐 예성은 종민을 통해 자신이 파악할 수 없는 사항들을 전해 듣곤 했다.

'뭔데요?'

"자꾸 4층 물고기⋯ 아니, 안피류들이, 너무 자주 싸운다?"

'싸우는 게 왜요. 여기 사람들 다 툭하면 싸우잖아요. 답답해서 그런지.'

"아니, 좀 달라. 처음엔 내가 가서 그냥 뜯어말렸지. 내가 원래 여기저기 마당발처럼 하고 다니잖냐. 그만하시라고, 왜 싸우시는지는 모르겠지만, 뭐 물론 고래고래 토론을 하셔도 나는 못 듣겠지만, 그래도 말로 하시라고. 주먹은 쓰시지 말라고. 그런데 나한테 둘 다 나한테 패드로 이렇게 치더라고. 저 새끼가 말을 씹는다고."

'씹는다고요?'

"어, 대답도 안 한다고. 자길 사람 취급도 안 하는 게 분명하다고 자꾸 그러는 거야. 야, 사람들이 좀 단체로 삐딱해지는 것 같아, 이제."

이런 상황에서 안 삐딱해지는 게 이상한 거 아닌가요. 예성은 그때만 해도 그렇게 썼다가 종민에게 보이기 전에 다시 지웠다.

그러나 점점 불통의 순간이 늘어갔다. 안피류 사이의 긴장감이 팽배해질수록 목을 긋는 비구류도 늘어갔다. 심지어 예성이나 정숙의 말에조차 대꾸하지 않는 안피류들이 생겨났다. 굳이 가까이까지 가서 얼굴을 들이밀거나 어깨를 툭툭 쳐야 비로소 놀라며 돌아보곤 했다. 그러나 멍청한 얼굴로 고개를 갸웃거렸다. 아무리 말해도 들리지 않는다는 듯.

아니었다, '듯'이 아니었던 것이다.

그들은 점점 안피류끼리의 청각을, 뇌끼리 연결되어 의사소통하는 그 작용을 잃어가는 것이 확실했다. 애당초 안피류가 아닌 종민이야 당연히 알 수 없었고, 우연히 얻게 된 능력을 맹신하고 있을 안피류 자신들 역시 감히 상상하지 못하거나 철저히 외면할 추락이었다. 그러나 예성은 언제나 한 발자국 떨어져 있었다. 최악에 익숙해져야 했던 삶을 살았고 절망을 예상해야 마음이 편해지는 하루하루를 견뎠으니 오히려 상황은 명료하게 판단되었다. 갑자기 폭증하는 비구류들의 자해 빈도수와, 부지런하고 심심해하는 종민이 수집해 전해준 안피류들 간의 다툼을 체크한 후 겹쳐보면 더욱 분명히 보였다. 그 분포가 거의 유사했다. 겁이 난 안피류들이 평소보다 훨씬 많이 비구류들에게 분풀이를 하고 있었다.

예성은 혼자 어떻게든 혼란을 봉해보려 발버둥 쳤다. 그러나 사실은 처음부터 알고 있었다. 자신이 아무리 학교에서 떵떵거리며 우두머리 노릇을 한다 한들 실은, 내내 입시만 준비하는 터널 같은 삶을 살다 그 수능날 갑자기 어른이자 순교자 행세를 하게 된 어린애에 불과했고, 그때부터 자신은 단한 뼘도 자라지 않았다는 것을. 실패를 거듭 반복하며 예성은 자신을 지나치게 냉정한 눈으로 평가하는 어린애가 되었다. 어린애가 그런 식으로 자라나게끔 만드는 사회는 병든 것이라고 사람들은 이야기했지만, 자기들이 그런 사회를 만들어간다는 사실은 절대 인정하지 않으려 들었다.

결국, 절대 요구하고 싶지 않았던 정숙의 도움을 얻으려 발걸음을 질질 끌어 앞에 섰는데, 바로 그 순간 정숙의 아가미가 딱 닫히더니 그대로 주인의 목숨을 앗아 갔다. 딱 그날에. 정숙에게 평소 그랬던 것처럼 어떤 악역이든 맡아 이 상황을 해결해달라고 징징대려던 그날에.

쫓아내긴 했지만, 사실 강한이 정숙을 죽인 건지 아닌지 예성은 확신할 수 없었다. 어린애는 어린애를 판단하기 힘드니까. 다만 강한을 펜션 이터널로 데려가면서 반쯤 염원했다. 만약 죽였다면, 그랬다면 차라리 지금 운전대를 잡은 나도 저승으로 처넣어버리기를. 사는 게, 어른인 척 꼿꼿이 허리에 힘을 주고 기립 자세로 버티는 게 지긋지긋하고 힘겨웠다.

그러나 강한은 펜션에 이르기까지 상스러운 욕설을 퍼부으면서도 예성의 털끝 하나 건드리지 않았다.

예성은 미솔을 믿었다. 펜션 이터널에 머무는 사람들의 염원이 순수할 것이라고 믿었다. 죽음을 바라는 이들의 견고한 의지를 믿었다. 강한은 예성이 지금껏 남에게 절대 보이지 않은 단 하나의 카드였다. 행여나 강한의 능력이 들통난다 하더라도 펜션 이터널에서만은 배척받지 않을 것이었다.

✱

네 사람은 구청 밖으로 나와 예성의 차에 올라탔다. 정심은 주인 없는 여권들을 굳이 다 들고 나왔다. 가지고 싶다고 했다. 정심이 이 정도의 소유욕을 드러내는 것을 지금껏 본 적이 없어서 아무도 토를 달지 못하고, 트렁크에 여권을 싣는 것을 도와주었다. 운전석에 앉은 예성은 룸미러로 뒷좌석에 앉은 희재의 얼굴을 훔쳐보았다. 희재도 벌써 서른다섯이었다. 눈가에 둥그런 두드러기 같은 게 생겼고 입꼬리가 조금 처졌다. 그래도 피부는 아직 촉촉했다. 희재가 밖으로 나간 후 예성이 거듭 던졌던 보이지 않는 도움을 희재는 죽어도 모를 터였다. 자신에게 믿을 수 없는 선의를 보였던 그 수많은 사람들이 사실은 다 페이를 받고 연기하는 배우에 불과했단 사실을….

그러나 강한을 돌려주지 않았으니 어쨌거나 예성은 적이고 죄인이었다. 죄인처럼 행동해야, 희재는 예성이 견딜 수 있을 만큼만 미워할 터였다.

7

「궁금한 게 많다며. 먼저 물어봐. 나는 이곳의 모든 게 너무 익숙해서, 네가 뭘 이상하다고 생각할지 모르니까.」

열일곱 살이나 되었는데 숙모가 엉덩이를 토닥이는 장면을 고스란히 들켜서인지, 해일은 갑자기 퉁명스러워졌다. 둘은 예의 그 버려진 식당의 마루에 앉아 있었다. 다리가 아주 많은 벌레가 테이블 위를 기어 다녔다. 강한이 손가락을 내밀려 들자 해일이 말했다. 그거 손으로 만지면 독 올라.

「제일 궁금한 건.」

「엉.」

「너는 왜 여기에 있어?」

해일은 눈썹을 찌푸렸다. 사람'들'이 어떤 이유로 모였는지가 아니라, 해일 자신에 한정해서만 단도직입적으로 물을 줄은 몰랐다. 해일은 잠시 고민했다. 내가 왜 여기 있더라?

「아빠 돌아가시고 엄마가 많이 아팠거든. 그런데 미솔 님이 보살펴주셨어. 그러다 미솔 님이 여기로 오면서 우리도 같이 들어왔지.」

해일은 숙모라는 호칭을 쓰지 않았다. 강한은 물었다. 아팠다고? 엄마가 안피류라며. 아플 수가 있나?

「몸 말고. 미솔 님 말로는, 마음이 아픈 거래.」

「그러면 어떻게 되는데?」

「그건 별로 말하고 싶지 않아.」

침묵이 잠깐 흘렀다. 미안. 강한이 말했다. 그러자 해일이 대답했다. 나도 미안.

「그런데 미솔 이모… 아니, 미솔 님은 여기서 가장 위에 있는 사람인 줄 알았는데. 중간에 들어온 분이었어? 여길 만든 분이 아니고?」

해일의 손을 자르던 미솔의 단호함은 남에게 지배받는 성질의 것이 아니었다. 강한도 그 정도는 느낄 수 있었다.

「응. 숙모랑 우리가 들어왔을 땐 이미 사람들이 꽤 있었어. 그리고 우린 위에 있거나, 뭐 이런 거 없어. 다 똑같아. 회의해서 결정하고, 모든 책임도 똑같이 지고. 다 분담해서 일을 해. 누가 시키고, 그런 거 없어.」

강한은 말도 안 된다고 생각했다.

「그럼 네 왼팔은…?」

아무리 일시적인 고통만 겪는다 하여도, 멀쩡한 팔을 잘라

내는 걸 남의 지시가 아니라 자신의 의지로 받아들이는 게 가능한 일이란 말인가.

「나만 자르는 게 아니야. 다른 분들도 다 마찬가지야. 그냥 우연찮게 그날 내 차례였을 뿐이야.」

「대체 왜?」

「그게 돈이 된대.」

「어떻게?」

「그렇대. 나도 정확히는 몰라.」

「돈이 왜 필요한데?」

「옛날처럼 살고 싶으니까. 나는 잘 모르겠어, 태어났을 때부터 세상이 이랬잖아, 너도 알다시피. 그런데 어른들은 그렇더라고. 아무리 힘든 세상이라도 짐승처럼 살고 싶진 않대. 옆집 아저씨는 계절별로 다른 이불을 쓰고 싶대. 저번엔 어떤 어른들이 폭죽을 잔뜩 사 왔어. 방에 그림을 걸어놓고 싶어 하는 사람도 있고, 아무 옷이나 입는 걸 싫어하는 사람도 있고.」

진운고에서는 그런 걸 요구할 수 없었다. 모두 똑같은 걸 지급 받고 똑같은 이부자리에서 잠을 잤으니까. 과도한 요구를 하는 사람은 퇴출되곤 했다. 그래서 사람들은 희재를, 그리고 이어서 강한을 미워했다. 모녀는 타인에 비해 너무나 많은 것을 가질 수 있었다. 물론 그건 모녀의 잘못이 아니었다.

강한은 다시 해일의 팔이 잘리던 기억을 더듬었다.

「그런데 고양이는 왜….」

「아. 그날은 고양이였는데 매번 바뀌어. 그건. 개나 고양이가 제일 인기가 많긴 해. 그런데 정 없으면 개구리 같은 걸 쓸 때도 있고….」

「아니, 네 손 말고 고양이도 왜 그 안에 들어가야 했어?」

「그건 그냥 상징적인 거야.」

「그러니까 왜….」

「죄를 차곡차곡 쌓아서 벌을 받으려고 하는 거래.」

해일의 목소리는 아침에 아침 해가 떴네, 라고 말하는 듯 무심했다.

「이곳 사람들은 죽는 게 삶의 목표거든. 다 그걸 원해서 모인 사람들이야. 우리끼리 열심히 죄를 지으면 언젠간 벌을 받아 생이 끝날 거라는 걸 믿는데. 나야 엄마가 여기 오는 바람에 덩달아 딸려 왔지만, 뭐….」

자신이 왜 이 낯선 곳에 떨어져야 했는지 강한은 드디어 깨달았다.

✳

「야. 괜찮아?」

해일의 목소리가 들렸다. 창밖인지, 문밖인지, 아니면 제 방에서 앉아서도 여기까지 목소리를 날려 보낼 수 있는 건지. 강한은 무거운 이불 속으로 더 파고들었다. 해일의 말을 듣고서 정신없이 방에까지 달려왔기에 아직도 가슴이 아팠고 아가미가 뻐근했다. 철 이른 땀이 솟아 끈적끈적해진 피부 위로 이불이 벌레처럼 들러붙었다. 온몸이 다 가려웠다. 하지만 이불을 벗어 던질 수가 없었다. 아직 신발을 신고 있단 건 조금 뒤늦게 깨달았다. 신발을 벗을 여유도 내지 못했다. 그것은 애당초 강한이 살아온 방식이 아니었으니까.

아가미가 아주 빠르게 벌름거리는 것이 느껴졌다. 아마 꽤 붉어졌을 것이었다. 흥분하면 피가 그쪽으로 확 쏠린 것처럼 벌게지곤 했다. 아가미 때문에 강한은 어렸을 때부터 감정을 숨기기가 힘들었다.

「야.」

급작스럽게 몸을 짓누르던 무게감이 온데간데없이 사라지고 시야가 밝아졌다. 강한은 벌떡 몸을 일으켜, 멋대로 이불을 손에 든 상대방을 노려보았다.

「미안해. 네가 문을 안 잠갔더라고. 그래서 그냥 들어왔어.」

그게 왜 미안한지 사실 강한은 몰랐다. 학교의 모든 교실에는 잠금장치가 없었고, 아무나 강한의 공간을 들락거릴 수 있었다. 실제로 예성이 눈을 시퍼렇게 뜨고 있는 앞에서 그럴 용기를 낸 사람은 몇 없었지만. 펜션에 와서도 열쇠를 쓴 적은 한 번도 없었다. 이미 열쇠가 어디 있는지 새까맣게 잊고 있었다.

「미안해. 무서울 거 생각 못 하고 함부로 말해서. 난 네가 펜션에 대해 다 알고 온 줄 알았어.」

쟤는 왜 저렇게 미안한 게 많을까. 강한은 침대 위에 뻔뻔하게 올라와 이부자리에 온통 흙을 묻히는 중이었던 제 운동화를 노려보았다. 실은 궁금한 게 산더미였다. 그러나 무엇을 먼저 물어야 할지 고르는 게 쉽지 않았다. 아가미가 계속해서 파득대며 산소를 게걸스레 빨아들이는 것이 느껴졌다.

「나에 대해 얼마나 알아?」

강한이 물었다.

「어…, 돈을 많이 내고 들어왔단 거. 진운고에 있었다는 거. 미솔 님이 옛날에 주예성이랑 친했다는 건 우리도 다 잘 알고 있었거든. 그거밖엔 아는 게 없어. 뭐 어른들은 더 많이 알지도 몰라…. 그렇지만 적어도 나는 거기까지야.」

사실 강한은 그보다 더 먼저 물어보고 싶던 것이 있었다.

「너도, 죽고 싶어?」

상대의 대답을 기다리며 똑바로 눈동자를 응시하는 행위에는 아주 거창한 힘이 든다. 강한은 지금껏 그렇게 누군가의 중안피가 띠는 채도나 콧대의 폭, 그리고 눈썹의 각도를 헤아릴 수 있을 정도로 집요하게 시선을 고정시킨 적이 없었다. 대부분의 경우 사람들이 먼저 강한을 무례하게 뜯어보곤 했으니까. 그 시선은 강한이 고양이나 인형, 혹은 옛날의 예성처럼 사랑하는 상대를 대하는 온도와는 전혀 달랐다. 소름 끼치도록 뜨겁거나 차가웠다.

「아니. 난 아니야. 그렇지만 평생 동안 팔을 잘려야 한다면 차라리 죽어도 될 것 같아. 그건 정말 끔찍하거든.」

그렇게 대답하더니 해일은 머쓱하게 웃었다. 소리는 없었지만 눈꼬리의 모양으로 알 수 있었다. 열 손가락으로는 아직도 강한의 이불깃을 놓지 않은 채였다. 강한의 것과는 다르게 이제 막 마디가 불거지기 시작한 긴 손가락이 어울리지 않게 꼬물꼬물 움직였다. 자신이 뱉은 말을 스스로 의심하는 것처럼 조심스레 구부러졌다.

그래서 강한은 울음을 터뜨렸다. 해일이 왼팔을 잘리던 그 순간 터져 나와야 했지만 높게 쌓은 둑에 막혀버렸던 눈물이었다.

저 애를 저런 식으로 생각하게 만들어서는 안 됐다. 쟤는 죽는 게 뭔지도 모르는 채로, 죽지 않는단 사실이 얼마나 바깥세상의 안피류들을 의기양양하게 만드는지도 모르는 채로 이곳에 처박힌 자들의 비뚤어진 염원을 그대로 복제하고 말았다. 고통을 끊어내기 위한 방법으로 죽음을 상상한다고? 그 고통을 멋대로 타인에게 전가하는 사람을 죽일 궁리를 해도 모자랄 판에?

강한은 벌레와 개구리만 알고 바깥을 모르는 이 남자애에게 보여주고 싶었다. 진운고에서 안피류들이 얼마나 굳건한 위치를 지켰는지. 얼마나 자신들의 존재 자체에 큰 믿음을 품었는지. 좋은 능력을 가지고도, 그 어떤 잘못을 저지르지 않고도 죽고 싶어 한다는 게 얼마나 큰 모순인지.

그리고….

예성의 파일을 통해 보던 옛 비구류들의 드라마와 영화에 대해서. 벌레가 기어 다니거나 누군가가 손장난을 하는 것과는 다른, 배꼽 안쪽에서 서서히 끓어오르는 거품에 대해서.

비구류들도 겪고 황홀해했다는 여러 감정을 느껴볼 기회를 빼앗긴 어린 안피류로서의 박탈감에 대해서. 그런 걸 하나도 모르는 강한의 또래인 해일이 죽음마저 바라도록 만드는 이곳의 어른들은 제정신인가? 자신들이 정말 '옳은 생각'을 하고 있는 중이라고 '생각'해서, 그래서 멋대로 남의 육체를 그딴 식으로 절단하고 있는 걸까?

강한은 그래서 울었다. 무엇을 떠올려도 울음이 멈추지 않았다. 이제 얼굴도 잘 기억나지 않는 엄마는 내가 이런 곳에 끌려왔단 사실을 알까. 내가 그래도 가장 믿었던 예성 이모는 나를 여기 버린 걸까. 다 죽여버리고 나도 자멸하라는 뜻이었던 걸까. 나는 예성의 파일들을 통해 보았던, 그 간질간질하고 향기 나는 순간을 단 한 번도 누리지 못한 채 끝까지 이토록 뻑뻑한 삶을 감내해야만 하는 걸까. 대체 어른 안피류들은 무슨 생각을 하고 있는 걸까. 내 앞에는 텅 빈 길만이 놓였을까, 혹은 미래라는 너무나 과분한 단어가 제 흔적이라도 남긴 채 버티고 있을까….

「울지 마… 왜… 왜 울어.」

아직도 이불을 감아쥔 채로 어쩔 줄을 몰라 하는 해일이 더듬거리자 강한은 말했다.

「야. 그럴 땐 와서 손가락으로 눈물을 닦아주는 거야. 잘린 손도 다시 생겼으면서 왜 그걸 쓰지 못해?」

검지로 눈물을 쓸어주는 것은 종민 삼촌의 방법이었다. 그 삼촌은 눈물도 닦아주고, 머리도 쓰다듬어주다가, 가끔은 엉덩이나 겨드랑이를 슬쩍 만지기도 했다. 도무지 알 수 없는 사람이었다. 그러나 손가락으로 얼굴을 훔쳐주는 것은 확실히, 언제나 유용했다.

해일의 손가락이 다가와서, 강한은 눈을 감았다. 낯선 손가락이 눈꺼풀을 비비는 동작이 피부를 통해 느껴졌다. 예상했던 머뭇거림과 주춤대는 공기도.

눈가에서 몇 번 움직이던 그 손가락이 눈가에서 내려와 중안피도 문질렀다. 눈물의 양이 좀 많았는지 이젠 두어 개의 손가락이 아니라 양 손바닥을 쓰기 시작했다. 강한은 눈을 떴다. 해일이 양손으로 붙들고 있던 자신의 이불을 어디에 두었는지 갑자기 궁금해져서 고개를 조금 돌렸다. 이불은 둘둘 말린 후 아직 흙이 묻지 않은 침대의 구석에 얌전히 놓여 있었다. 바닥에 아무렇게나 떨어뜨렸을 줄 알았는데. 강한은 생각했다. 어차피 침대는 이미 충분히 더러워졌으니까….

「이제 됐어. 그쳤어.」

강한이 말하자 해일이 얼른 손을 뗐다.

눈물이 묻은 손은 끈적끈적했다. 강한은 그 손을 잡고 자기 쪽으로 끌어당겼다. 너한테 꼭 보여주고 싶은 게 있어. 그러니까 앉아. 해일이 두 눈을 끔벅이더니, 침대에 엉거주춤 앉았다. 강한은 일어나서 자신의 짐을 뒤졌다.

8

　진운고가 외부인들의 습격을 받아 쑥대밭이 된 후로부터 일주일이 지나서야 유림과 승조는 그 안에 마침내 발을 들일 수 있었다. 자기들을 기억할 그 어떤 사람도 학교 건물에 남아 있지 않다는 것을 식당에 들른 손님들에게 몇 번이고 확인받고 나서야, 비로소.

　발이 불편한 사람처럼 걸음을 질질 끌며 운동장을 가로지르고는 로비로 들어갔다. 그날의 기억들을 절대 잊을 수 없을 거라 생각했는데, 세월에 따른 기억력의 감퇴는 생각보다 훨씬 셌다. 각각 마흔과 서른다섯이 된 두 사람은 자신들이 머물던 교실이 어디였는지도 잊었다. 그러니 아직도 쓸 만한 것을 약탈하기 위해 건물을 헤집는 다른 사람들과 똑같이, 발길 닿는 대로 쏘다닐 수밖에 없었다.

가끔씩 목에 자상을 입은 채 늘어진 시체를 발견하는 일은 결코 익숙해지지 않았지만.

"사계네가 여긴 웬일이야? 그렇게 돈을 갈퀴로 긁어모으고도 아직 부족해?"

익숙한 이웃들, 땟국물이 흐르는 얼굴로 찌개를 퍼먹은 후 휘청휘청 교문 앞에 쳐놓은 텐트로 돌아가곤 하던 그 이웃들이 복도에서, 계단에서, 교실에서 불쑥불쑥 등장해 둘에게 인사를 했다. '사계네'. 승조와 유림은 어느 순간부터엔가 그렇게 하나로 묶여 불리곤 했다.

"아무것도 없어, 이제 진짜. 물건들이야 진즉 털렸고, 돈이라곤 동전 한 푼조차 볼 수 없네. 다 가지고 튀었는지. 나도 정말 오늘이 마지막이야. 그래도 며칠 전까지는 주워 먹을 부스러기라도 있었는데 오늘은 정말 아무것도 못 구하고 허탕만 쳤지, 젠장할."

투덜대는 이웃에게서 김정숙과 예성이 마지막으로 쓴 두 교실의 위치를 알아낸 두 사람은 곧장 그리로 올라갔다. 이웃이 말했던 대로 그 어느 교실보다 더 참혹한 풍경이었다. 저주를 담은 낙서와 일부러 거기 옮겨놓은 듯 쌓여 있는 시신들. 김정숙이 이 정도로 증오를 살 만큼 독단적인 인물이었던가? 가장 먼저 김정숙을 배신한 장본인이었던 유림과 승조는, 그렇게 물으며 기억과 교실 책상을 동시에 헤집었다. 아무것도 나오지 않았다.

예성의 교실엔 시체는 없었다. 낙서의 내용도 김정숙의 교실에 있던 것과는 달랐다. 대강 요약한다면, 개년아 씹 뜨자, 는 주제가 거의 다였다. 책상 위나 서랍 손잡이에 허연 액체가 튄 자국이 그대로 말라붙어 있는 것을 보고 유림이 눈살을 찌푸렸다. 난 건드리기 싫어. 유림이 뒤돌아서는 바람에 승조가 서랍을 열어야 했다. 비어 있진 않고 묵직했는데, 막상 꺼내놓고 보니 별 쓸 일도 없는 서류만이 가득했다. 잔뜩 구겨져 있는 걸 봐서는 누군가 이미 꺼내서 하나하나 확인해본 모양이었다. 승조는 급작스레, 시험지를 세던 내내 자꾸만 입으로 손을 가져가던 김찬억을 생각했다. 이젠 얼굴은 다 잊었고, 그가 입었던 후리스의 빛깔이 그에 대한 기억의 전부였다.

승조는 서류를 건성으로 확인하는 유림의 옆에서 예성의 책상 위를 훑다가, 책상 유리에 끼워진 구조도를 골똘히 바라보았다. 남강한이라는 세 글자는 옅은 회색으로 인쇄된 남희재의 이름 아래에 검은색으로 쓰여 있었다. 희재를 그딴 식으로 쫓아낸 지 10년이 지났는데도, 그동안 수없이 많이 사람들이 오고 갔을 텐데도, 굳이 남희재의 이름을 적어놓은 것이 참 예성다운 일이라고 승조는 생각했다.

희재가 그런 식으로 자신의 앞에 나타나게 만들었으면서.

*

찌개는 거의 바닥을 드러내고 있었지만 밥에는 숟가락질 한번 제대로 하지 않았다. 엄청 짤 텐데. 굳었던 몸이 풀리자 유림의 머릿속에 가장 먼저 들어찬 생각이 그거였다. 저걸 그냥 먹네, 밥도 없이. 저러니까 빼빼 말랐지. 몇 킬로그램이나 빠졌을까.

주방에 힐끗 시선을 던지니 승조는 칼을 든 채 바보처럼 멍하니 앞만 보고 있었다. 아무래도 셔터를 내리는 게 나을 듯했다. 유림은 나가서 '영업 종료'가 보이도록 팻말을 뒤집어 놓았다. 메모도 적어 붙였다. 개인 사정으로 인해 일찍 종료합니다. 죄송합니다.

마지막 손님이 나가고, 마침내 매장에는 세 사람만 남았다. 눈이 시리도록 밝은 형광등 불빛이, 아직도 얼굴 한복판에 코와 입을 소유한 세 사람의 피부에 세월이란 것이 얼마나 많은 상흔을 남겼는지를 고스란히 드러냈다. 희재는 스물아홉이, 강한은 열한 살이 되었을 터였다. 그 둘의 나이를 셈하는 것은 너무 쉬워서 오히려 적잖이 잔인했다. 10년 전, 열아홉과 한 살이라는 너무나 상징적인 나이에 세상의 하염없는 낙하를 경험해야 했던 모녀니까.

가장 먼저 입을 연 사람은 희재였다.

"되게 맛있네요, 쌤. 짜증나게."

승조가 주방에서 칼을 떨어뜨리는 소리가 들렸다.

"저요, 수능날 이후로 이렇게 딱 한 그릇으로 요리된 밥을 먹어본 적이 없거든요. 죄다 엄청난 구덩이에 재료 처넣은 다음 삽으로 휘젓고 저울로 간 맞춘 그런 밥밖엔 먹어본 적이 없어…. 그런데 쌤은 매일 이런 밥을 드셨을 거 아니에요."

유림은 희재의 맞은편에 놓인 의자를 빼서는 엉덩이를 걸

쳤다.

"아실지 모르겠지만 제가 5년 전에 쫓겨났어요. 딸을 뺏겼어요."

황승조, 그만 나오는 게 어떠니. 유림이 고개를 돌리지 않고 목청만 틔워 불렀다. 곧 주춤대는 인기척이 등 뒤를 맴돌았다. 소주 한 병이랑 컵 세 개 갖고 와. 유림의 말에, 냉장고 열었다 닫는 소리가 들렸다. 냉장고도 있네. 희재가 감탄했다. 유림은 그 냉장고를 얻기 위해, 전기가 끊기지 않도록 하기 위해 얼마나 고생했는지 늘어놓으려 하다가 입을 다물었다. 자신도 학교를 나오기 전까진 모르던 것들이었다.

희재가 학교를 나왔다는 것을 두 사람이 모를 리 없었다. 주예성의 총애를 받던 어린 엄마가 어쩌다 버림받았는지로 온 테이블이 떠들썩하던 게 5년 전의 일이었다. 사람을 죽였단 소문이 가장 유력했다. 그 쾌활하고 강인하던 애가 어쩌다, 왜? 유림은 의문을 품은 채 테이블 사이를 가르며 서빙을 하곤 했다.

승조가 벌써 표면에 물방울이 서리기 시작한 소주병을 테이블에 내려놓았다. 손님들이 남긴 술을 모아놓은, 유림과 승조가 마감 후 마주 앉아 기울이곤 하는 병이었다. 유림이 핀잔을 놓았다. 황승조, 특별한 손님이잖니. 새 병으로 가져와야지. 유림이 핀잔을 놓았다. 곧 새 병이 다시 도착했다. 물론 라벨의 색은 반쯤 바랬다.

"네가 학교를 나왔던 건 알고 있었어. 가게로 찾아올 거라고 생각했는데, 내 생각보단 되게 늦게 왔고. 그동안, 어떻게 지냈어?"

"거지같이 지냈죠, 쌤. 절대로 안 오겠다고 생각했고요. 저 앞 골목에서 몇 번이나 발길을 돌렸는지 셀 수도 없어요. 처음엔 둘 다 죽이겠다고 발악했고, 그다음엔 가장 바쁜 시간대에 불을 지를 거라고 다짐했고, 좀 지나고서는 출입문 앞에 똥을 한 무더기 쌀까 생각했어요. 아무것도 못 했지만요. 그렇게 반 십 년이 갔네요. 죽이긴 무슨, 이젠 주먹질할 힘도 없어요."

승조가 유림의 옆에 어정쩡한 자세로 앉아 있음에도 불구하고, 희재는 옛 애인을 없는 사람처럼 대하고 있었다.

"제가 이제 와서 찾아온 이유가 있어요."

이미 텅 빈 그릇 바닥을 숟가락으로 긁는 소리가, 끅끅, 끅끅끅, 하고 텅 빈 매장을 울렸다. 악에 받쳐 우는 소리처럼.

"김찬억 선생님 기억하시죠? 아니, 쌤은 통성명은 안 했겠구나. 그날 행정실에 있던 사람들 중에서, 목을 그은 분이요. 가장 먼저 목을 그었던 비구류."

"…기억하지."

"황승조. 너는 기억해?"

승조는 고개를 푹 수그리고 있다가 보일 듯 말 듯 아주 작게 고개를 끄덕이며 대답했다.

"…3교시 감독관."

전생에서 잃어버린 것과도 같이 생경하게 느껴지는 단어의 조합이었다.

"맞아."

희재가 고개를 끄덕이더니 다시 유림을 보고 말했다.

"제가 쫓겨나고 얼마 되지 않아서 어떻게 소문을 들었는지 그 선생님 사모님이 저를 찾아오셨어요. 저는 진짜, 얼굴을 들 수가 없었죠. 사실 김찬억 쌤이 죽을 땐 우리도 너무 경황이 없던 때라서, 나중에 죽은 비구류들과는 다르게 약식 장례조차도 치르지 못했으니까…. 그 시신이 거의 버려지고, 그 사람은 없었던 것처럼 깡그리 삭제된 거나 마찬가지였으니까…. 그래서 처음에는, 사모님이 드디어 남편이 어디서 죽었는지 알게 되었구나, 그래서 나를 찾아왔구나, 라고 생각했어요.

그런데 그게 아니었어요. 사모님은 다른 이야길 하셨어요.

그 수능 치기 5년 전에 딸이 집을 나갔대요. 가끔 연락은 하는데 절대 집에 돌아오진 않았다고. 그 딸은 안피류가 되었는데, 곧 이상한 사상에 정신이 팔려서 서울 근교의 어느 집단에 숨어들어 연락마저 두절되었다고 하더라고요. 안피류가 죽는 방법을 연구하는 집단이라나요. 사모님은 그 말씀을 하면서 제 앞에서 눈물을 뚝뚝 흘리셨어요. 아이가 집에서는 정말 죽을 것 같다고, 샤워를 할 때마다 저 호스에 목을 걸면 어떨까 상상한다고 해서 남편에겐 말도 안 하고 내보냈는데, 그렇게라도 살리고 싶어 했는데, 죽지 않는 몸이 되고 나서도 똑같이 그런 마음을 품고 있으니 엄마로서 미칠 노릇이라고요. 그런데 이젠 목소리로도 대화할 수 없으니 아무것도 못

하는 무력한 인간이 된 것 같아 괴롭다고 하셨죠.

저도 그런 엄마잖아요. 목소리를 나눌 수 없는 것도, 딸을 이상한 집단에 뺏긴 것도 똑같죠. 그래서 부둥켜안고 마구 울었어요.

사모님이 저를 찾아오신 이유는 딱 하나였어요. 딸이 혼자 살던 집을 마지막으로 뒤졌을 때 나온 일기장에 온통 주예성의 이름밖엔 없더라는 거예요. 주예성을 만나게 해줄 수 없겠느냐고, 지푸라기라도 잡는 심정으로 제게 오신 거예요. 그 일기장을 들고.“

“그러면….”

“만났어요, 만나긴. 주예성이 가끔 진운고를 나와서 제게 찾아오곤 했으니까. 그분은 주예성에게 굽신거리면서, 안피 류끼리는 나름의 연락 체계가 있을 수도 있으니 딸에게 꼭 엄마 이야길 전해달란 부탁을 하시더라고요. 정말로 그렇게 해드린 모양이에요. 사모님이 돌아가실 때 딸이 옆에 있었으니까요. 저도, 주예성도 있었고요.”

“임종을 지켰으면, 서서히 돌아가신 거로구나.”

“목 쪽에 커다란 덩어리가 잡혔고, 유방에도 멍울이 있었죠. 배도 불룩 나왔고요. 의료 체계가 무너졌으니 사실상 고칠 수 없는 거나 마찬가지였어요. 마지막엔 굉장히… 너무나… 고통스러워하셨어요. 맨정신으로 보기 힘들 정도로….”

하지만요. 희재의 목소리가 갑자기 몹시 딱딱해졌다.

“하지만 그 병으로 돌아가신 게 아니에요. 목을 긋고 돌아가셨어요. 딸 앞에서요."

유림은 어떻게 반응해야 할지를 몰랐다. 애달픈 표정이란 건 너무나 오랜 세월 전에 이미 쓰임새가 사라진 도구였다.

"아…."

"아니에요, 쌤. 아, 가 아니에요!"

"응?"

"우리는 다 속은 거예요. 그 사이코패스 돌연변이들한테 속은 거라고요. 우릴 지킨다고? 자기들이 우월하다고? 아가미 달린 인간들이 우리 뒤통수를 친 거예요. 김정숙, 주예성. 그 사람들이 다."

"무슨 이야기인지…."

마냥 듣기만 하던 승조가 고개를 번쩍 들었다. 동시에 희재가 중얼거렸다.

"죄 없는 사람들의 목을 그어버린 게 그 돌연변이들이라고요…. 알겠어요? 그 딸이 자기 엄마보고 목을 그으라고 조종을 했다고요, 쌤. 사람들은 스스로 죽은 게 아니에요. 그 물고기들이 다 죽인 거라고요. 심심해서 풀 뽑고 가지 꺾듯이 그렇게 죽여버린 거라고요."

9

불순물 없이 순결한 악의로만 빚어진 사람은 오히려 들키지 않는다. 주춤거릴 필요도, 뒤를 돌아볼 필요도 없기 때문이다. 그런 이가 품는 증오는, 이유가 없을수록 더 거세다. 존재하는 것은 소멸할 가능성을 품지만, 애당초 존재하지 않던 것은 사라지는 법을 모르니까. 타인을 증오하는 이유가 사라지면 눈을 흡뜨던 이는 어디에 초점을 둬야 할지 몰라 헤매지만, 아무 까닭 없이 미워하기 시작한 이는 끝까지 질주한다. 그것은 마찰력이 없는 표면에서 멈추지 못하는 가상의 쇠공과 같다. 그 질량과 가속도를 버텨 튕겨낼 수 있는 장애물이 앞을 막아서지 않는 한, 정지도 감속도 없다.

김미솔의 일기장이 그랬다.

죽고 싶다고 뇌까리는 사람끼리의 연대는 위태로웠다. 그

것은 몹시 중독성이 강한 주문이어서, 누군가 어느 순간 빛을 보고 줄기를 뻗는 식물처럼 군다면, 아예 뿌리를 뽑아버리도록 스스로를 조종할 수 있을 만큼 강력한 주문이어서, 그래서 일기장을 빽빽이 채울 정도의 서사를 만들어냈다.

'상담을 끝낸 주예성의 표정이 좋다.'
'주예성에게 음료수를 건넨 사람이 있다.'
'주예성이 모의고사를 대박 쳤다고 한다.'
'씨발년.'
'그러면서 감히 죽고 싶단 말을 해?'
'최악이야. 내 삶에서 이것까지 빼앗아가려 해? 너는 죽고 싶었으나 그걸 극복하고 잘 된 이의 서사를 완벽하게 꾸려내려 그딴 식으로 연기를 하고 각본을 쓰는 거겠지.'
'솔직해지라고.'
'김미솔이 같잖아서, 너를 돋보이게 만들 수 있는 인간이라서 어울리는 거라고 인정하라고.'
'가장 불행해질 권리마저 네가 가질 거야? 그럴 거냐고?'
전혀 갈피를 잡을 수 없는 저주가 담긴 일기장을 생판 모르는 남에게 들고 와서 딸을 찾게 해달라고 말하던 어머니의 심정은, 어떤 것이었을까.
만약 내 성을 물려받았고 내가 빼앗긴 남강한이 그런 괴물로 자라난다면, 그럼에도 나는 저 이처럼 내 딸의 얼굴을 한 번만 만질 수 있게 해달라고, 그렇게 정수리가 땅에 닿도록 허리를 숙일 수 있을까.

희재는 그런 의문을 품었었다. 배에 복수가 가득 찬 김미솔의 어머니가 침대에서 금방이라도 죽을 듯 숨을 몰아쉴 때까지도. 오랜만에 본 주예성과 그토록 찾던 김미솔이 자신과 함께 침대맡을 지킬 때까지도.

김미솔이 자신의 주머니에 쪽지 하나를 넣을 때까지도.

'주예성이 우는 게 진짜 같아요?'

첫 문장을 읽을 때까지도.

'내일 어머니를 보내드리려고요.'

두 번째 문장을 읽을 때까지도.

'나도, 주예성도 그걸 할 수 있는 돌연변이들이에요.'

마지막 문장을 읽을 때까지도, 희재는 그 생각만 하고 있었다.

그 낡은 육체가 침대에서 튀어 올라 유리창을 깬 후 그 파편으로 목을 그을 때까지, 그때까지도.

어머니의 시신을 수습한 일용직 비구류들에게 일당을 지급한 후 등을 잔뜩 구부린 채 바닥에 주저앉아 있던 미솔이 패드로 이런 문장을 칠 때까지.

'어머니를 보내드린 건 저예요. 너무 아프시니까 차라리. 그리고 진운고의 비구류들을 죽인 건 주예성이죠. 그런데 그 비구류들은 왜 죽어야 했을까요? 남희재 씨는 주예성을 얼마나 알고 있어요? 자신이 살인자라고 허심탄회하게 털어놓던가요? 아니면 끝까지 선량하고 이성적인 새 인류인 척하던가요?'

89

＊

　강한이 짐에서 꺼낸 것은 예성에게 물려받은 노트북이었
다. 진운고를 나온 후 한 번도 사용한 적이 없으니 배터리는
어느 정도 남아 있을 터였다.

「영화 보자. 좋아해?」

「그게 뭔데?」

「몰라?」

「그러니까 그게 뭐냐고. 뭔지 알려줘야 좋아한다, 아니다
얘길 하지.」

　그걸 어떻게 설명해야 하나. 강한은 관자놀이를 누르며 잠
시 고민한다. 도대체 무어라 말해야 할지 몰라 가장 먼저 떠
올랐던 낱말의 조합을 거르지 않고 뱉었다.

「진짜 이상한 세상의 장면들이야.」

　말하고 보니 아주 어긋나진 않은 표현인 것 같아 조금 자
신감이 붙었다.

「비구류들만 가득 나오는데 되게 사람 애타고 궁금하게 만
드는, 그런 일들이 줄줄이 나와. 기차처럼.」

「기차는 움직이지 않는데.」

「이건 움직여.」

　배터리가 최대한 닳지 않도록 하기 위해 강한은 화면의 밝
기를 최소로 줄였다. 커튼 없는 창으로 햇빛이 고스란히 들어
와 화면이 제대로 보이지 않았다. 미간을 찌푸리며 이리저리

노트북을 움직여보았지만 자신에게 잘 보이면 해일에겐 엉망이었고, 해일이 잘 보인다며 고개를 끄덕이면 강한의 눈엔 간밤의 꿈보다 더 경계가 흐릿했다. 짜증 나네. 일시정지를 누르자 해일이 깜짝 놀라 눈을 끔벅였다. 강한은 못 본 척하고 주위를 빙 살피다가, 어느 한구석에 자기도 모르게 시선이 걸리는 것을 느꼈다. 해일이 곱게 뭉쳐두었던 이불이었다.

「야. 배 깔고 누워봐.」

「어?」

「빨리.」

해일이 엉거주춤 엎드리자 강한이 베개를 팔꿈치에 괴어주었다. 그러고는 이불을 끌어당겨 둘의 머리 위까지 덮었다. 다시 재생 버튼을 눌렀다.

「잘 보이지?」

「엉.」

「소리도 잘 들리고?」

「응.」

「너 글자 잘 읽어?」

「뭐, 아주 못 읽진 않아.」

「다행이네. 그럼 이다음엔 외국 영화 보자.」

「그럼 지금 보는 건 한국이야?」

「한국이지.」

「나, 옛날 한국 처음 봐.」

「집에서 살 때 가족들이 이런 거 안 봤어?」

「어, 이런 건 한 번도….」

열 명도 넘는 비구류들이 치렁치렁한 옷을 입고는 입을 벙긋벙긋 벌리며 이상한 소리를 내는 장면이 나왔다. 앞에선 여자 하나가 손을 휘젓는 중이었다. 강한은 몇 번이고 돌려본 장면이었는데 해일이 부르르 몸을 떨었다. 이상해. 소리의 층이 여러 개야. 해일이 말했다. 어떻게 저러지?

「보다 보면 익숙해져.」

강한이 짐짓 아는 척했다. 실은 자신도 조금씩 기분이 이상해지고 있었다. 다만 해일처럼 영상 때문은 아니었다. 사위가 캄캄해진 거야 당연했는데, 이불이 지나치게 두껍고 무겁다는 것은 미처 계산하지 못한 점이었다. 공기가 부족했고, 반 뼘 정도 떨어져 있는 해일의 몸이 뜨끈뜨끈해서 피부가 축축해졌고, 그러나 이불 속으로 기어들어 오라고 호기롭게 말한 사람이 자신이라, 다시 발로 차서 걷어버릴 생각도 하지 못했다.

「조금 지나면 다른 장면이 나올 거야. 그럼 괜찮아질걸?」

그다음 장면이 얼굴 불콰해진 비구류 여럿이서 먹고 마시는 장면이라는 걸 까맣게 잊은 채로 강한이 말했다.

＊

예성은 차에 탄 네 사람 중 저 혼자 안피류라는 사실을 계속해서 머릿속에 되새겼다. 그러면 안심이 되었다. 능력을 잃는 안피류들이 많아질수록 자신에게도 언제 그런 일이 닥칠까 한없이 두려웠으니까. 안피류들이 조용하면 자기가 먼저 나서서 아무 말이나 떠들어댔다. 그와 동시에 대답이 머릿속에 도착하지 않을까 전전긍긍했다. 비구류들과 있을 땐 그럴 일이 없었다. 변화가 생겨도 전혀 들키지 않을 수 있었다. 남에게도, 자신에게도.

불특정 다수의 안피류들이 능력을 잃는 걸까, 아니면 일정한 특징을 가진 안피류들에게만 그런 일이 벌어지는 걸까.

그들은 소통의 능력만 잃었을까, 아니면 불사의 능력까지 잃었을까. 비구류의 자해를 부추기는 능력이 사라지지 않았다는 심증은 이미 진운고에서 충분히 얻었다. 그러나 더 이상 불사하지 않는지 알기 위해서는 안피류들을 실제로 공격해보아야 했다. 예성 혼자 시도하기에는 어려운 일이었다.

의문은 꼬리에 꼬리를 물고 늘어졌다. 어쩌면 능력은 단계별로 소멸되는 것일지도 몰랐다. 먼저 언어를 잃고, 그다음엔 재생도 중지될지 몰랐다. 정말로 그렇다면, 서로 직관적인 소통을 하지 못하는 안피류들은 비구류보다 더 생존에 불리한 존재가 되어버리는 셈이었다.

예성 일행은 차를 타고 서울 시내를 쏘다녔다. 비구류와 안피류 할 것 없이 뒤섞여 난장판인 가게와 시장까지 한번 훑으며 당장 필요한 물품이나 먹거리를 조금씩 구입하고는 어느 비즈니스호텔의 지하주차장에 이르렀다. 이미 해가 진 상태였고, 너무나 오랜 세월 동안 이런 식으로 진운고 밖을 떠돈

적이 없던 뒷좌석의 종민과 정심은 머리를 뒤로 젖히고 입을 벌린 채 곯아떨어져 있었다. 예성은 그들이 깨지 않도록 천천히, 조심스레 차를 대곤 시동을 껐다.

"왜 다시 여기로 왔어?"

희재가 물었다. 호텔은 진운고에서 쫓겨난 후 10년간 희재가 머물던 곳이었다.

예성이 패드를 꺼내 들려 하자 희재가 팔목을 잡았다. 내내 차창을 열고 그 밖을 향해 손을 내밀어서인지 희재의 손가락 다섯 개와 좁은 손바닥은 온통 차고 건조했다.

"됐어. 언니가 그러자면 그러는 거지. 언젠 내 의사가 중요했다고. 버렸던 애완동물 다시 찾아 좋겠어, 언니."

예성은 힘을 주어 손목을 비틀어 빼내고는 패드에 적었다.

'우리 처지도 이렇게 가련해졌다는 걸 보여주면 네가 용서할 수 있지 않을까 싶었거든.'

"이제 다 여기서 살겠단 거야?"

'오래는 아니야. 잠시 동안만.'

"2층부터 5층까지는 내가 다 한 번씩 써서, 방도 이불도 더러워. 그 위층부터 써야 돼."

'왜 위에서부터 안 내려왔는데?'

"떨어져 뒈져버리고 싶을까 봐. 딸 두고 그럴 순 없지."

불가능할 정도로 여러 번 접은 종이처럼 가슴이 작아져 그 조임이 몹시 고통스러웠다. 예성은 손이 떨리지 않도록 조심하며 패드에 천천히 대답을 기록했다.

'오늘부터는 가장 꼭대기에서 다 같이 잘 거야.'

희재가 코웃음을 쳤다.

10

소문은 찌개가 끓는 냄비에 함부로 집어넣는 숟가락 여러 개와 대접에 담긴 제육볶음을 마구 집어 드는 젓가락의 리듬을 타고 가장 잘 퍼져나갔다. 뇌를 통한 안피류들의 의사소통보다, 부딪히는 수저를 통해 섞이는 비구류들의 침이 더 막강한 게 분명했다. 마스크를 쓴 채 몸을 사리고 눈치를 보던 짧은 세월에 대한 보상을 열 배 정도는 받고 싶다는 듯 아귀처럼 먹으러 오는 손님들, 혹은 '손놈'들은 내내 침을 튀겼고 최대한 오래 앉아 있었다. 유림은 냄비에 다시다를 넣는 것처럼 테이블을 돌며 슬그머니 이야깃가루를 뿌렸다. 즉각적인 반응이 나오지 않아도 괜찮았다. 그 이야기에 마음이 동한 한 명이 세 명을 추가로 데려왔고, 머리끝까지 화가 올라 길길이 날뛰던 서너 명이 열 명을 데려와 매장을 점령했다. 사계

네가 입에 올리는 소문이 근거 없는 헛소리가 아닐 거라는 믿음은 수년이 지났어도 너무나 확고했다. 사계네는 진운고 '대가리'들과 가장 가까웠던 초기 멤버였으니까. 진운고를 움직이는 두 여자, 혹은 '물고기 대가리'들은 그만큼 강력한 상징이었다.

소문이 퍼져나가고 멀리서부터 찾아온 손님들이 백반집에 늘어서던 동안 희재는 자주 백반집을 드나들었다. 언제나 혼자였고, 승조를 투명인간 취급하며 유림에게만 말을 걸었다. 유림은 아무리 손님이 많아도 희재에겐 4인용 테이블을 주었다. 희재가 거기 비스듬히 앉아 찌개를 퍼먹으며 이런저런 말을 할 때면, 의뭉스럽게 입을 꾹 다문 다른 테이블의 모든 손님들이 희재를 향해 귀를 쫑긋 세우고 있는 꼴이 너무나 확연하게 보였다.

"우리 가게 점점 희재 디너쇼 되는 거, 느껴지지?"

그 언젠가 퇴근해 집에 도착한 유림은 낄낄 웃으며 승조에게 그렇게 표현하기도 했다.

"좀 있으면 사람들이 걔한테 팁도 주겠어. 그렇지 않아?"

희재가 다시는 오지 않았으면 좋겠다고 승조는 말하지 못했다. 걔만 보면 죄책감이 들어 미치겠다고, 왜 자꾸만 얼굴을 들이미는지 모르겠다고, 가까스로 잊어버린 과거의 악몽과 환영이 다시 시야의 사각을 점령할 것만 같다고, 말하지 못했다. 대신 유림을 대상으로 어설픈 연기를 했다. 유림이 자신을 좋아하게 된다면 과거의 연인이었던 희재에 대한 질

97

투심에 휩싸이지 않을까, 그래서 희재를 더 이상 오지 못하게 막지 않을까, 라고 생각했다. 그러나 유림은 입술을 죽 일그러뜨린 채 승조를 밀어냈다.

"야, 황승조. 내가 아무리 바닥까지 떨어졌어도 나는 선생이다. 네 선생이라고. 네가 제자라서 챙겨주는 거니까 희한한 착각 하지 마. 그만해. 이딴 세상에서 걱정거리 더 만들 생각 추호도 없어. 난 이제 믿는 건 돈뿐이야. 그마저도 푼돈이겠지만."

갓 스물이었던 시절, 방금 깨져 가장 멀리 튀어버린 거울의 파편처럼 어리고 절망적이었던 그때, 종민이 자신에게 내뱉던 더럽고 기분 나쁘며 한없이 측은하도록 남루하기만 했던 말들을 승조는 이제야 차츰 이해할 수 있을 것 같았다. 그 쌤은 이런 감정을 겪었겠구나. 고추장 양념 묻어 붉어진 스티로폼이 된 기분이었구나. 아무것도 변하지 않았고 아무것도 잘못한 것이 없는데 아무런 쓰임새가 없이 무용하다며 투명하고 조용한 손가락질을 당하는, 죽도록 억울한 기분. 가끔씩은 유림과 희재가 서로 짝패를 이뤄, 혼곤한 눈동자를 간신히 뜨곤 그대로 목을 매달았던 진운고의 더러운 화장실로 자신을 다시 몰아 가두려는 게 아닐까, 하는 의심을 품기도 했다. 희재가 식당을 끈질기게 드나들던 시간 내내.

그리고 마침내 승조는, 더 이상 참을 수 없어서, 두려워하는 누군가, 혹은 어딘가를 향해 값비싼 전화를 걸었다. 메모를 찾아내 다이얼을 돌리는 자신조차 이런 짓을 하고 있다고 절대 믿을 수 없었지만.

"…저, 승조예요."

"세상에. 황승조가 나한테 전화를 다 하네."

"선생님."

"너 대체 내가 어디까지 올라가야 더 이상 선생님이라고 부르지 않을 거니? 업데이트가 안 됐어? 민유림이 나 이번에 임명 새로 받은 거 얘기 안 했니?"

"…했어요."

그날의 지옥도, 희재의 주장에 따르면 주예성과 같은 안피류들이 일으켰을 피바다에서 살아 걸어 나온, 그 경험으로 비구류들의 정부에서 퍽 높은 지위를 차지하고 있는 여자.

희재와 속삭이며 상상하던 미래에 따라 삶이 흘러갔더라면 자신의 장모가 되었을 옛 은사. 장희란이었다.

＊

예성의 저주가 진운고의 비구류들을 휩쓸었던 바로 '그날', 성큼성큼 강당 밖으로 걸어 나가는 예성의 등 뒤로 유림을 부축한 승조가 따라붙었다. 그러나 곧 등을 돌려 주저앉아, 형틀에 들어가 고문당하는 사람처럼 자기 목소리가 아닌 것만 같은 비명을 질렀다. 숨이 차고 성대가 갈라지고 눈물이 코에 들어가 호흡을 가로막을 때까지. 그러고는 마침내 일어났다. 유림의 손이 승조를 부축했다. 내 팔 잡고, 눈 꼭 감아. 뜨라

고 할 때까지 절대 뜨지 마. 어떻게 걸어가야 할지 내가 알려
줄게. 그대로만 따라와. 유림이 말했다. 승조는 시키는 대로
했다. 유림의 팔뚝은 자신의 손보다 차가웠다. 가늘고 긴 근육
이 조금씩 꿈틀거렸다. 무언가를 볼 때마다 주먹을 세게 쥐는
모양이었다. 발을 디딜 때마다 발바닥에서 척, 척 소리가 났
다. 딱딱한 땅 위에 얇게 덮인 모래 위에 쏟아진 피가 영 바닥
으로 흡수되지 못했기 때문이었다. 등을 돌리기 전 마지막으
로 눈에 들어왔던 광경이었다.

응, 천천히, 앞으로. 더 걸어도 돼. 쭉. 멈춰. 멈추라니까. 자,
오른발을 무릎 높이로 드는 거야. 그러고는 딱 어깨너비만큼
뻗어 다시 내려봐. 오케이. 이제 왼발을 높이 들어서, 절대로
낮추지 말고, 오른발 옆에 내려놓는 거야. 절대 낮추지 마, 알
겠지. 어. 됐다. 잘했어. 이제 다시 정상적으로 걷자. 대신 몸을
오른쪽으로 조금 더 돌려서… 이렇게. 옳지.

그렇게 승조는 눈을 꾹 감은 채로 진운고의 교문을 나왔다.

"사실은, 우리가 그렇게 천천히 교문을 나서는 동안, 모두
가 미동도 않고, 제지 한 번 없이 우릴 바라보고 있었어."

그 얘길 유림은 무려 1년이나 지나서 승조에게 털어놓았다.

"주예성, 남희재, 박종민, 김정숙과 김정심, 애덤까지 모두
다. 교문에 다 왔다고 내가 말해주기 전에, 되게 오랫동안 멈
춰 서 있던 거 기억나니? 그래서 네가 물었잖아. 무슨 일이냐
고. 그때 나는 한 명 한 명과 눈을 맞추는 중이었어. 왜 그랬

는지는 모르겠어. 그냥… 그냥, 그래야 할 것 같은 느낌이 들었거든. 아마 대가리들은 그때부터 나를 정말로 증오하게 되었을지도 몰라, 그렇지. 얼마나 뻔뻔해. 얼마나 악하냐고.

그리고 그렇게 오래 뻔뻔스러운 눈인사를 하지 않았다면 장희란 선생님이 우릴 놓쳤겠지."

교실에 남아 미적대며 이미 운동장으로 끌려간 딸과 손녀의 물품을 쓸어 담던 장희란은, 그 사소한 욕심 덕에 살아남았다.

고막을 성가시게 하는 종류의 비명과 고함이 울려 퍼지다가, 갑자기 블랙홀 같은 정적이 교정을 훑고 지나갔다. 그리고 전혀 다른 느낌의 새로운 목소리들이 튀어 올랐다. 정적 이전의 것이 분노의 표출이었다면, 이후의 것은 죽어가는 이들의 신음과 비슷했다.

장희란은 창문을 통해 운동장을 응시했고, 손에 쥐고 있던 희재의 물건들을 모두 떨어뜨렸고, 창틀을 간신히 손으로 짚고는 그 지옥도를 내려다보았다. 아무도 움직일 생각을 안 했다. 산 자도, 죽은 자도.

그러나 곧 꾸물대며 짝짓기 중인 벌레처럼 붙어 움직이는 한 쌍을 발견했다. 장희란은 그대로 교실을 나섰다. 오랫동안 좋지 않았던 무릎이 층계를 내려가는 내내 비명을 질러댔다. 아프니 달릴 수 없어서 재게 걸었다. 발에 죽은 이의 머리가 차이고, 손목이 밟히고, 피웅덩이에서 튀어 오른 붉은색 액체 방울이 종아리에 자국을 남겨도 직선으로, 최단경로로 뛰듯 걸었다. 세상에서 가장 느린 속도로 도망치려 하는 벌레들을 향해 걸었다.

그리고 마침내, 눈인사를 마치고 등을 돌린 후 교문으로부터 다섯 발자국 더 걸은 유림이 승조에게 이제 눈을 떠도 돼, 라고 속삭였을 때, 장희란은 시큰거리는 무릎을 짚으며 그들의 눈앞에 섰다.

"너희가 증인이 되어주어야겠다."

장희란의 첫마디였다. 그러자 유림이 대답했다.

"공짜로는 안 되죠, 선생님."

장희란이 그날 진운고에 투입됐던 정부 측 비구류들의 유일한 생존자라는 타이틀을 내세워 온갖 요직을 차근차근 밟아 올라가고, 유림이 증언의 대가로 돈과 돈으로도 살 수 없는 물품들을 손쉽게 얻어내는 것을 보고서야 승조는 그게 '진짜 어른'들의 대화였다는 걸 비로소 알 수 있었다.

＊

"희재, 진운고에서 나온 거 아시죠."

"나온 게 아니라 쫓겨난 거라고 알고 있는데."

"…네. 아마 그럴 거예요. 만나보셨어요?"

"진운고에서도 쓸 데가 없어 팽한 애를 내가 왜. 설마, 그 옛날에 딸이었다고 해서?"

그런 대답을 듣기 직전까지만 해도 승조는, 장희란이 찌개처럼 부글부글 끓어 넘치는 모성애 때문에 딸을 평생 동안 옭아맬 거라고 착각하고 있었다.

"자기 멋대로 기회를 저버린 바보 천치에게 내가 언제까지나 애원하며 이유식을 떠먹일 수는 없는 노릇이잖니."

남희재는 장희란에게 그저 성취의 도구일 뿐이었다. 장희란이라는 독립적인 인간 자체가 번듯한 지위를 얻은 지금에 와선, 굳이 필요가 없어진 과거의 유산에 불과했다. 특히 안피류들이 그토록 감싸고돌던 희재를 내쳤다는 사실이 장희란에겐 딸에 대한 마지막 미련을 버릴 결정적인 계기였을 터였다. 장희란은 더 이상 희재에게서 사용 가치를 찾지 못하고 있었다.

하지만….

"희재가 안피류들에 대한 중요한 정보를 알고 있어요. 저도, 유림 쌤도 지금까지 전혀 몰랐던 일이에요."

승조는 장희란과 장희란이 사랑해 마지않는 정부가 남희재를 깨끗이 거둬들이길 원했다. 예전처럼, 아무런 죄책감 없이 살고 싶었다.

"저희가 여기서 그 얘길 들어 봤자 어디에 써먹겠어요. 선생님 같은 분이 아셔야 유용하죠."

장희란은 몇 년 사이에 더욱 투명해진 것 같았다.

그래도 예전엔, 아주 조금은 위선적으로 구는 방법을 아는 사람인 것 같았는데. 그 수능일 전엔. 승조를 담임하던 적엔.

그러나 이제는 굳이 그런 역할놀이를 할 필요가 없을 터였다. 전시상황급으로 쑥대밭이 되어버린 지 오래인 나라에서, 군이. 사람들을 향해 총질을 일삼았던 지도층이 아직도 꾸역꾸역 자리를 지키고 있는 조직의 상위에 있으면서, 군이.

체액으로 번들거리는 내장까지 훌떡 까서 내보이는 듯한 목소리로 장희란은 말했다.

"그게 뭔데, 승조야?"

그날 이후 희재는 사계백반에 모습을 드러내지 않았다.

＊

"이야, 그거 알아? 나, 욕조 있는 화장실에서 똥 싸는 거, 난생처음이야."

종민이 화장실에서 나오며 킬킬거리는 소리가 2층짜리 천장에까지 쩌렁쩌렁 울려 퍼졌다. 그러나 희재도, 예성도 반응하지 않았다. 그 모진 세월을 겪어내고도 여전히 사려 깊은 목소리를 내는 방법을 잊지 않은 정심만이 희미하게 웃으며 대답해줄 뿐이었다. 아저씨, 나 같은 아줌마 앞에선 상관없지만 젊은 아가씨들 앞에선 그런 말 하는 거 아니야.

"쟤네가 뭐 젊은 아가씨예요, 누님! 쟤네 마흔이 코앞이라고요."

그러더니 가장 큰 침대에 벌러덩 드러누웠다.

"예성이 덕에 정말 많은 경험 해보네요, 호텔 꼭대기 층에서 잠도 자보고. 비즈니스호텔도 이 정도인데 진짜 오성급 호텔은 얼마나 좋을까 몰라."

"그러게, 모르겠네. 나도 안 가봐서."

"아니, 누님, 신혼여행은?"

"민박으로 갔었지. 속초에."

"그래도 바닷바람 쐬셨네."

"그렇게 함부로 바람 쐬는 바람에 삼 년 만에 갈라섰다고 얘기 안 했니. 나이 먹으니까 아무 말이나 막 하지, 너."

"에이, 누님. 인생 잘 사는 사람들이 이런 말 하면 기분 나쁜 거지만요. 피차 마찬가지인 사람들끼리는 동병상련의 정신인 겁니다. 아시잖아요?"

종민은 그러더니 덧붙였다.

"솔직히 여기서 제가 없으면 얼마나 분위기가 음침해요, 그렇지 않아요. 누님? 다들 무슨 세상 멸망한 사람들처럼 말이야… 아니, 하나는 15년을 넘게 진운고에서 우두머리 했지, 또 하나는 쫓겨난 줄 알았는데 알고 보니 더 좋은 호텔에서 혼자 맘대로 방 옮겨 다니며 살았다네. 그런데 뭘들 저렇게 세상의 불행 다 짊어진 위인들처럼, 표정이. 솔직히 여기서 제일 힘든 건 누님 아니냐고요. 세계 최강 빽이던 동생이 죽은 지 24시간은 흘렀느냐고…."

정심은 어떤 표정을 지어야 할지 전혀 갈피를 잡지 못하는 듯 보였다. 종민의 말이 맞았다. 정숙이 가장 든든한 '빽'이었다. 그러나 동시에 어떤 면에서는, 소름 끼치는 대상이자 내던지고 싶은 폭탄과도 같았다. 정숙이 그 수능일 전까지 평생을 감내해야 했을 차별의 고통을 앙갚음하려 들 때마다, 정심은 교실의 딱딱한 철제 침대에 얼굴을 묻고 비명을 지르며 견딜 수밖에 없었다. 동생의 아픔을 헤아리지 못했던 자신은 동생의 폭주에 대해 왈가왈부할 자격이 안 됐다. 눈과 심장과 뇌와 아가미가 시뻘게진 동생이 작은 나라의 폭군처럼 굴어도 이해해야 했다. 그게 혈육이니까. 그게 언니니까. 동생의 모든 행동이, 보호자로서의 자신이 놓쳤던 동생의 상처에서 비롯된 일이니까. 그런 식으로 행동하던 정숙이 결국 누군가의 원한, 혹은 징벌에 의해 목숨을 잃은 것 역시도, 자신의 오랜 태만 때문인 것만 같았다.

"삼촌은 오랜만에 보는데 말씀이 더 많아지셨네요."

갑자기 희재가 불쑥 끼어들었다.

"오해 마세요. 되게 좋다는 의미거든요. 너무 오래 혼자 갇혀 있었어가지고요. 제가요."

일부러 예성을 겨냥한 듯 목소리가 날카로웠다.

"그래, 세상에. 내가 그렇게 널 보고 싶어 했다는 거 아니냐, 희재야. 너 나갈 때만 하더라도 겨우 스물다섯이었으니 걱정이 돼, 안 돼. 애가 어디서 밥은 제대로 먹나, 잠은 편히 자나. 내가 몇 번이고 예성이한테 너 어디 있느냐고 물었다? 예성이도 부인은 못 할걸? 그런데 절대 안 가르쳐주더라, 야. 솔직히 좀 서운했지. 내가 진짜 그날만 하더라도 전기충격기 맞고 불알까지 벌벌 떨어가면서까지 지켜주려 노력하고…."

"맞아요, 그랬죠."

희재가 종민의 말을 잘랐다.

"그랬는데 인사도 없이 사라졌으니 내가 서운해, 안 서운해."

"그러니까요. 왜 저한테만 그렇게 냉정해야 했는지 몰라요. 저도 서운했어요. 진짜 벌 받아야 할 사람들은 아무렇지 않게 넘어갔으면서. 자기들 살아남겠다고, 아니면 정말 이유도 없이 거짓말한 사람들. 황승조, 민유림, 애덤 라나. 그런 사람들은 건드리지도 않았으면서 나한테만 모질게."

"야, 예성아! 무릎이라도 꿇어, 우리 희재가 속이 아주 단단히 상했잖아, 이거."

예성은 애꿏은 테이블 위를 손으로 쓸었다. 밝은 회색의 먼지가 손날에 묻어났다. 변명할 거리는 넘쳐났다. 애덤 라나는 미국인이었고, 황승조와 민유림은 진운고 밖에다 보란 듯 가게를 열곤 수많은 사람에게 노출되었으니 오히려 함부로 건드릴 수조차 없었다고. 그리고 사실 너를 쫓아내고 강한에게서 격리시킨 것도 백 퍼센트 김정숙의 고집이었다고…. 사람들은 자꾸 김정숙과 자신을 하나의 뇌를 공유하는 두 개의 몸처럼 대했는데, 사람들이 보는 진운고의 잔인한 면모들은 모두 김정숙의 작품이었다고…. 그가 사람을 함부로 다룰 때마다 자신은 그런 인간이 아니라고, 한데 묶지 말라고 외치고 싶은 충동에 시달려야 했다고.

정심이 일어나더니 희재를 안아주었다. 희재야, 지난 일들은 천천히, 차근차근 이야기하자. 지금은 우리 모두에게 너무나 무서운 시기니까, 그러니까 정말 얇게 남은 마지막 감정까지 다 찢어놓지는 말자. 차라리 얼른 누워서 자자, 희재야. 내일도 있고 모레도 있으니까, 우리에게는.

"전 하나도 안 피곤해요. 자고 싶지 않아."

침대에 앉아 꼿꼿이 허리를 꼿꼿이 세운 채 투정 부리듯 말하는 희재를 가만히 내려다보던 정심이 물었다.

"그럼 호텔 구경이나 한번 시켜줄래? 나랑 둘이 가자."

개미떼 같은 사람들이 호텔을 포위했지만 꼭대기 층에서는 아무리 창밖을 내다보아도 알 수 없었다. 꼭대기에서 볼 수 있는 건 먼 풍경뿐이었다. 큰 나무의 가장 높은 가지에 앉은 새가 밑동 썩어가는 것을 모르듯. 예성은 몰려드는 먹구름에 정신을 빼앗겼다. 아주 많은 비가 올 것 같았다.

11

해일이 자신의 방에 툭하면 숨어들어 노트북으로 영화를 훔쳐보는 것을 강한은 금세 눈치챘지만, 모르는 척했다. 오히려 더 많이 볼 수 있도록 더 천천히, 더 오래 밖을 걸었고, 그러다 지치면 별로 궁금하거나 호감이 가지도 않는 어른들에게 사근사근하게 말을 걸고는, 믿고 따르는 시늉을 하며 시간을 끌었다. 우리 이쁜이, 낯가리는 줄 알았더니 완전 귀염둥이잖아? 이런 여우 같은 것. 어른들은 그렇게 말했다. 가끔은 산책에까지 굳이 따라오려는 자들도 있었다. 그래서 강한은 걷지 않고 뛰기 시작했다. 그러면 펜션에서만 지내 몸이 약해진 어른들이 쫓아올 엄두를 내지 못했다. 정말이지, 눈치가 있는 어른이라곤 하나도 없었다. 점점 모두를 얕보게 되었다.

하지만 팔을 자르는 의식에는 여전히 익숙해지지 못했다. 그러니 펜션에서 두려워할 대상은 오로지 미솔 하나였다. 미솔이 어떤 사람인지 전혀 감을 잡을 수 없었다. 예성과 친구였다는데, 예성과는 너무나 달랐다. 미솔은 친절했지만 절대로 강한을 좋아하지 않았다. 단언컨대, 절대로. 그걸 알아채는 것은 본능적인 생존 감각이었다. 조금이라도 삐끗하면 나를 지옥에 처넣을 수 있는 사람. 강한이 간신히 파악해 정리한 미솔의 특징이었다. 절벽 위에 움막을 지어놓곤 혼자 사는 사람. 길을 잃은 누군가가 절벽 위까지 올라오기를 기다리는 사람. 여기저기 덫을 만들어놓고선 어둠 속에서 웅크리고 있는 사람.

아주 많은 비가 일주일 동안 쉬지도 않고 쏟아졌다. 우산이나 우비도 전혀 소용이 없을 정도의, 강풍을 동반한 폭우였다. 완전 동남아 날씨네. 어른들끼리 말하는 소리가 강한의 머리에까지 가끔 전달되었다. 동… 동나마… 그게 무엇일까. 강한은 몰랐다. 다만 어른들이 억울해하는 건 알았다. 이제 우리는 공장도, 자동차도, 에어컨도 제대로 돌리지 못하는데, 심지어 물조차도 맘대로 쓰지 못하는데 멀쩡한 외국인 바퀴벌레들이 싸지른 똥 냄새는 고스란히 맡아야 하는 거야? 중안피를 가진 어른들은 냄새를 맡지도 못하면서 그런 말들을 많이 내뱉었다. 외국인이라. 강한이 아는 건 영화에 나오는 금발의 사람들, 그리고 어렴풋이 기억나는 애덤의 부리부리한 갈색 눈과 검은 곱슬머리뿐이었다.

　강한의 방에서는 수영장이 바로 내려다보였다. 죽은 나뭇 잎과 벌레 혹은 작은 동물의 사체가 은은히 쌓여 있던 바닥에 물이 찰랑찰랑 차올랐다. 배수관이 금방 막혀 수위는 하루가 다르게 높아졌고, 물 위에는 이런저런 세상의 조각들이 둥둥 떠다녔다. 그 모든 게 펜션 이터널에 머무는 사람들과는 전혀 관계없는 숲의 껍데기들이라는 사실이 강한은 못내 신기했 다. 진운고에선 어떤 곳을 응시해도 사람의 흔적이 조금씩은 묻어 있었으니까. 정숙이나 예성은 억센 자연이 교정을 파고 드는 것을 못 견디겠다는 듯 굴곤 했다. 화단 관리에 집착했 고, 교내에 서식하는 모든 고양이가 사람 손을 타게끔 만들 었으며, 별 효과도 없어 뵈는 옛날의 살충제나 쥐끈끈이를 비싼 돈 주고 구해 왔다.

　문 두드리는 소리가 났다. 아직도 강한은 문을 잠가놓아야 한다는 생각을 하지 못했다.

　「열려 있어요.」

　누군지 빤히 알면서도 괜히 존댓말을 했다.

　「대체 왜 맨날 문을 안 잠가놓느냐고. 누가 들어오면 어떡 하게.」

　해일이었다. 평소의 잰걸음이었다면 독채 3호에서 강한의 A104호까지 3분도 걸리지 않았을 텐데, 벌써 운동화가 푹 젖어 있었다. 무릎 위로 올라오는 반바지 아래의 종아리엔 온 통 흙탕물 튄 자국이 가득했다. 폭우 때문에 산책 한번을 제대로 못 한 지 벌써 나흘째였다. 강한이 나가지 않으니 해일도 영화를 몰래 볼 수 없었을 것이다. 아마 그 갈증 때문에 멋쩍은 맘을 무릅쓰고 여기까지 달려왔을 터였다.

「안 잠가도 되니까 안 잠그지. 너도 내가 안 잠가야 들어와서 몰래 영화도 보고 할 거 아니야. 나, 바보 아니거든? 그냥 내 눈치 보지 말고 보고 싶은 영화 다 보라고 참아준 거거든? 너는 눈치가 없어도 그렇게 없냐.」

강한이 핀잔을 놓자 해일의 귓바퀴가 순식간에 벌게졌다. 밖에서 천둥번개가 쳤기에 붉은빛이 더욱 잘 보였다. 중안피, 그리고 귓바퀴. 검은빛도 지지 않았다. 눈썹, 그리고 목젖이 만들어내는 그림자.

강한의 예상대로였다. 해일은 예성이 모아놓은 영화 컬렉션에 정신이 나가 있었다. 강한은 조금 신기했다. 그 자신도 영화를 정말 사랑하긴 했지만, 해일의 몰입도는 자신의 미지근한 온도, 얌전하고 야들야들한 시선과는 전혀 다른 성질의 것이었다.

아닌 척하며 눈으로는 노트북을 계속 찾는 해일에게 강한이 윽박질렀다. 야! 그냥 솔직히 말해, 영화 보고 싶다고. 넌 뭐가 그렇게 무서워? 나한테도 솔직히 못 말할 만큼 무서워? 세상이? 뭐가? 너보다 키도 작고 몸도 작은 여자 어른들이? 미솔 '님'이? 그분이 그렇게 두려워?

노트북을 꺼내주자 해일은 자신이 보다 만 영화를 켰다. 웃통을 벗은 사람 둘이서 수영장에 들어가 있었다. 펜션의 수영장과는 많이 달랐다. 인위적인 푸른빛을 띠지도 않았고, 지저분한 불순물이 위에 둥둥 떠 있지도 않았다. 둑의 빛깔은 흙의 갈색이었지만 그 위에는 쥐의 시체도, 다리 서른 개의 징그러운 벌레도, 검은 이끼도 없었다.

곧 카메라는 비현실적으로 희고 고른 빛깔을 띠는 두 사람의 살갗을 오롯이 비추었다. 가끔 강한은 모순적인 감정을 가지기도 했다. 좋으면서, 너무나 좋아하면서도 동시에 슬펐다. 그런 건 함부로 촬영되어선 안 됐다. 보존되어선 안 됐다. 그런 장면을 절대 가질 수 없는 아이들이 자라나는 세상을 누군가 상상할 수 있었더라면. 어느 한 나라가 이토록 무너질 줄 알았더라면. 물론 그 나라가 둥그런 지구에서는 눈곱보다도 작은 극동의 땅이라는 것, 영화에서처럼 저렇게 생긴 사람들은 너무나 쉽게 존재를 잊을 수 있는 나라라는 것이 더욱 서글픈 일이었다. 가끔씩 다른 나라 말을 중얼거리곤 하던 종민은 강한에게 이렇게 말했었다. 우린 이제 지구에서 우주로 떨어져 나간 외계 행성 한 덩어리가 된 거나 마찬가지야. 외계 행성이지만, 달이나 화성보다도 못하지. 세상의 아무도 이제 더는 궁금하지 않을 거거든. 이미 아는 땅, 아는 사람들이니까. 우리, 한국 사람들은 고립되었어, 완전히.

「저렇게 많은 물이 어디서 났을까?」

해일이 어느 장면에서 영화를 멈추곤 물었다.

비구류 남자 둘이서 사랑하는 영화였다. 애한테 그런 걸 보여주면 어떡하느냐고 종민은 예성에게 질색했지만, 사실 강한에게 그 사랑보다 더 신기한 것은 깨끗한 물이 그토록 많이 고여 있는 장면이었다. 해일도 나와 똑같은 걸 먼저 보았구나. 강한은 그 사실이, 이상하게 너무 좋아졌다. 펜션 이터널에 온 이후로 가장 좋은 일이라고 생각했다.

「오늘처럼 비가 많이 온 다음 날이 아니었을까?」

「그럴 수도 있겠다. 아, 미솔 님이 그러시는데, 우수조가 많이 찼대. 아마 며칠 있으면 샤워날이 올 거야.」

「우수조가 뭔데?」

「빗물 받는 통.」

「샤워날은 또 뭐고?」

「어. 우리 엄마가 제일 좋아하는 날인데. 근데 엄마는 저번에 손 잘린 날, 그날 몰래 샤워기를 틀었다가 들키는 바람에… 그러는 바람에 샤워 세 번을 금지당했어. 이번 샤워날도 엄마는 예외야. 그래서 차라리 나도 안 할까 계속 고민하고 있어…. 저번엔 나 혼자 했는데, 엄마가 너무 많이 울어가지고 너무 미안하더라고. 근데 하지 말아야지, 결심하니까 나도 평평 울고 싶은 거야. 내가 샤워날을 얼마나 좋아하는데….」

「그러니까, 샤워날이 뭔데?」

「말 그대로 샤워하는 날이지. 동시에는 못 하고 방마다 시간이 정해져 있어. 자기 시간 맞춰서 샤워할 수 있는 거야.」

강한은 답답해졌다.

「아, 야, 제발.」

「응?」

「그러니까, 샤워하는 거, 그게 뭐냐고.」

✳

　층계를 따라 내려가던 희재와 정심이 사람들을 마주한 것은 5층에서였다.

　"꼭대기 층에 있어요. 혼자는 아니고 박종민 씨랑 같이 있긴 할 텐데, 뭐 전혀 위협적인 사람은 아니니까… 적당히 겁주시면 될 거예요."

　희재의 말을 들은 사람들이 다시 우르르 층계를 뛰어 올라갔다. 안피류와 비구류가 뒤섞여 있었는데, 안피류들만 하나같이 개목걸이 같은 초커를 목에 두른 채였다. 초커에 가운데가 눌려 움직임이 자유롭지 않은 아가미가 가쁘게 펄럭거렸다. 정심이 희재를 바라보았다. 희재는 우두커니 멈춰 섰다. 정심이 아무 물음 없이 조금 아프게 손목을 잡아챌 때까지. 손목이 잡히고 나서야 희재는 입을 열었다. 살인자를 잡으러 왔을 뿐이에요. 희재가 말했다. 지금 당장의 정심은 그 말이 무슨 뜻인지 알 수 없을 테지만, 그 문장을 먼저 입 밖으로 꺼내지 않고서는 아무 이야기도 성립되지 못했다.

　드디어 말했구나, 진운고의 사람에게까지 드디어. 희재는 담담하게 생각했다.

　5층에서 1층으로 내려가는 내내 희재는 정심에게, 주예성이 어떤 능력을 가졌는지를 이야기했다. 자신이 아는 모든 것을 가감 없이 이야기했다. 정심은 두 번 넘어졌다. 한 번은 희재가 급히 몸을 잡아채줘서 잠깐 삐끗했을 뿐이었지만, 다른 한 번은 미처 손쓸 새도 없이 크게 넘어져서 양 무릎이 온통 깨지고 말았다. 정심이 하체에 힘을 주고 일어날 수 있을 때까지 희재는 묵묵히 기다렸다.

그리고 1층에 도착했을 때 정심은 그날 이후 아주 오랜만에 보는 얼굴들과 마주했다. 민유림, 황승조, 그리고 아기를 빼앗으려 들던 여자, 장희란의 얼굴. 그들은 로비의 낡은 소파에 나란히 앉아 있었다.

"희재야…?"

정심이 자신의 오른팔을 잡고 부축하던 희재의 팔뚝을 단단히 쥐었다. 희재는 고개를 작게 젓고는, 억겁의 시간을 혼자 살고 드디어 생의 마지막 순간을 맞이한 사람처럼, 부서지기 시작한 벽돌담 같은 성대를 움직여 목소리를 뱉어냈다.

"정심 할머니."

희재는 아직도 딸에게 시키던 대로 정심을 할머니라 부를 때가 많았다.

"이 사람들이 옛날의 그 사람들이라고 생각하지 말아요. 처음 본다고 생각해요. 저랑도 할머니랑도 아무 관계 없는 초면의 사람들이에요. 저기 두 분은 식당을 하시는 커플인데, 주예성 같은 살인자들을 함께 벌할 동료죠. 그리고 저기 계신 저분은, 아실까 모르겠지만, 어쩌면 뉴스에서 이름을 들으셨을 수도 있어요, 어쨌든 정부 측의 높은 분인데요. 살인을 저지른 안피류들을 잡아내고, 다시 사회를 정상화시키기 위해 노력하고 계시고⋯."

"희재, 너, 미쳤구나."

정심은 팔을 비틀어 희재의 손아귀에서 벗어나 소파에 앉아 있는 옛날의 그 등장인물들을 쏘아보았다. 장희란은 두 개의 손톱을 튕겨 딱, 딱 소리를 내고 있었다. 황승조는 고개를 푹 숙인 채였고, 민유림은 조용히 입을 열었다.

"저기, 여사님. 오랜만이에요. 잘 지내셨어요?"

너무 오랜만에 들은 호칭이었고, 더구나 유림의 입에선 한 번도 들은 적이 없던 단어였다. 그렇다. 16년 전의 유림은 예의가 바른 탓에 도드라질 수밖에 없던 교사였다. 아주 어린, 그러나 아등바등 제 몫을 해나가기 위해 노력하는, 대견하고 귀엽고 그만큼이나 측은한, 어른 노릇 하는 어린애였다. 그러나 지금의 유림은 마흔이 되었을 터였고⋯.

"학교 안에서만 갇혀 계셨으니 눈 가리고 귀 막으셔서 모르셨겠지만 안피류들은 퇴화하고 있어요. 들키지 않으려 안간힘을 쓰고 있긴 한데 이미 늦었어요. 벌써 소문이 파다한걸요. 곧 정부에서도 발표할 거예요."

유림이 턱짓으로 장희란 쪽을 가리켰다.

"퇴화라니?"

"그, 텔레파시 있잖아요. 그게 불통이 되기 시작했단 거예요. 한 3년 좀 넘었는데, 처음엔 드문드문 나타나더니 1년 전쯤 갑자기 속도가 붙더라고요. 바깥에 있던 사람들은 벌써 거의 다 알아요, 여사님. 진운고 안에 있던 사람들만 모르는 거죠. 대가리들이 걸러낸 세상만을 보셨으니까요."

"저를 쫓아내고 딸을 빼앗지 않았다면 저 역시도 진운고에서 계속 속고만 살았을 거예요."

희재가 말했다. 정심은 영 이해할 수 없어서 버럭 화를 내고 싶었다. 하지만 저 사람들도 너를 속였어. 너는 그날의 일을 벌써 잊었니? 아이를 필사적으로 껴안고 있던 네 손의 악력과 아이의 생부를 일부러 외면했을 때의 절망, 궤변을 늘어놓는 아이 조모의 눈앞에서 폭발하던 분노와 들것에 실려 운동장을 가로지르던 순간의 가쁜 숨, 터질 듯한 폐의 감각을 잊었니? 제아무리 오랜 시간이 흘렀다 하지만, 어떻게 지금 한 자리에서 이렇게….

"우리를 악역 취급하니까 속상하네."

장희란이 몸의 미동 없이 입으로만 지껄이며 끼어들었다.

"비교해봐, 김정심 씨. 사람 죽이는 능력 가지고 있는 거 끝까지 숨긴 채 사람들 위해 사는 척했던 주예성. 하지만 정부에서는 능력 잃은 안피류를 불러 모아서 어떻게든 먹여 살리고 있다고. 국가로서, 당신이 똥구멍 빨던 그 안피류가 그렇게 무시해댔던 국가로서. 그 안피류들은 이제 비구류보다도 하등한 존재가 되어, 말도 못 하고 표정도 없는 존재인데도 나라가 책임져주려고 노력을 하고 있다고. 누가 악이지? 누가 나쁜 건지 굳이 말을 해줘야 하나?"

무언가를 못 한다고 해서 하등한 존재가 되는 건 아니야. 그렇게 취급을 하면 안 돼. 내 동생도 거기에 한이 맺혀서….

정심은 말하고 싶었다. 그러나 장희란을 뭐라 불러야 할지 몰랐다. 장희란은 자신을 아줌마라 불렀었고, 언젠가는 선생님이라 칭하다가, 지금은 야, 김정심 씨, 라고 불렀다. 그런데 자신은 장희란을 뭐라 칭해야 하는가? 예전처럼, 선생님이라고?

그래서 호칭 없이 발화할 수 있는 내용은, 스스로 갑자기 얻은 깨달음뿐이었다.

"아까 그 목걸이 찬 사람들이⋯."

"능력 잃고 정부에 붙은 안피류들이지. 똑똑한 사람들이야. 자기들도 아는 거야, 이제 자기들 세상은 끝났다는 거. 서로 의사소통도 안 되는데 우리한테 어떻게 맞서? 빨리 투항하고 자기 살길 찾아가는 게 낫지. 세상이 이제 다시 제자리로 돌아가기 시작하는 거야, 김정심 씨. 당신 동생이 이미 죽어버린 게 다행일지도 몰라. 안 그랬다면 견뎠겠어? 그 상황을? 안피류 되고 나서 온 세상이 자기 발밑에 있는 것처럼 안하무인으로 굴었던 사람이 말이야."

정심은 아까 계단을 올라가던 안피류들의 목걸이에 짓눌려 있던 아가미를 생각했다. 아가미를 그렇게 누르면 숨쉬기 힘들까? 고통이 찾아올까? 그렇다면 그 고통은 어느 정도로 클까? 그 목걸이는 그저 지배당한다는 낙인일까? 혹은 안피류만 가지는 능력을 무력하게 만들기 위한 도구일까?

"얼마나 비참해요, 할머니⋯. 네? 얼마나 사는 게 끔찍하냐고요."

희재의 목소리였다.

"세상에 믿을 게 하나 없어서 나를 가장 먼저 배신했던 사람들에게로 돌아왔잖아요. 그 사람들이 제일 덜 미우니까. 내 목표는 하나예요. 뺏긴 내 딸, 없어진 내 딸이 어디 있는지 알아내서 둘이서 같이 사는 거. 그것뿐이라고요. 할머니는 이게 무슨 마음인지, 알긴 해요? 애를 낳아본 적이 없으니 상상도 못 하는 거예요?"

내가 너보다 더 먼저 강한을 안아주었어. 정심은 그렇게 대꾸하고 싶었지만, 비상구 문이 벌컥 열리며 아까 줄줄이 올라가던 사람들이 우르르 로비로 들어오는 통에 기회를 잃었다.

"뭐야, 표정들이 왜 저래?"

여유로운 표정으로 사람들의 머릿수를 세던 장희란이 갑자기 미간을 찌푸렸다. 비구류들의 얼굴은 하얗게 질려 있거나 혹은 붉게 달아올라 있었다. 장희란 앞에 멈춰선 그들과 달리 초커를 찬 안피류들은 그대로 정문을 통해 밖으로 뛰쳐나갔다. 그리고 마지막으로 내려온 비구류 둘은 종민의 팔을 한 쪽씩 붙들고 있었다.

"청장님…"

비구류 하나가 입을 열었다. 무슨 일이야? 주예성이 누구 죽였어? 머릿수는 맞던데? 장희란이 쏘아붙이자 그가 뭐라고 주워섬겼다. 뭐? 이 자식아, 안 들려. 장희란이 손을 들어 그의 머리를 세게 내리쳤다. 그리고 고개를 푹 숙인 그가 대답을 하기도 전에, 종민이 먼저 소리를 쳤다.

"뛰어내렸어, 씨발! 거기서! 그 높이에서!"

종민의 입에서 침이 튀었다.

"살인자 새끼들아!"

12

해일이 입고 있는 티셔츠의 배 부근이 불룩했다. A104호에 들어서서 문을 잠그자마자 그 배에서 옷가지들과 수건이 튀어나왔다. 강한이 무릎을 치며 웃었다.

「그럼 어떡해, 누가 봐도 옷을 이만큼 들고 여기 오는 건 이상하잖아. 그리고 생각 좀 숨겨. 누가 들으면 어떡해.」

해일이 말했다. 아직 다 그치지 않은 비 사이를 우산 없이 뚫고 왔기 때문에 앞머리와 옷이 젖은 채였다.

「그런데 샤워란 거, 그냥 비 올 때 밖에서 하면 되는 거 아냐? 그러면 이렇게 시간 정해놓지 않고도 할 수 있잖아, 더 많이. 어차피 하늘에서 물이 쏟아지는데. 그런데 왜 꼭 이런 식으로 힘들게 해야만 돼?」

'물티슈나 고여 있는 물이 아닌, 쏟아지는 물을 이용해 몸을 씻는 것'. 해일이 강한에게 설명한 샤워였다.

「홀딱 벗고 밖에 나가야 하잖아, 그러면.」

「안 보겠다고 약속하면 되지. 아니면 서로 안 보이게 구역을 지정한 다음 거기서 하는 거야.」

「사실 예전에 그걸 건의했던 아저씨가 하나 있었어.」

「정말? 그런데?」

「미솔 님이 완전 분노했지. 우리가 차마 죽지 못해 이렇게 살아도 문명인이란 끈은 놓지 말자고. 짐승이 될 거냐고.」

「그런가. 네 시간은 오늘 저녁이라고 했지?」

「어. 네가 먼저인 게 다행인 거 같아. 내가 샤워하고 왔다고 하면 엄마도 미안해하지 않고 내 시간 쓸 수 있을 것 같아서.」

「미솔 님한테 걸리면 어떡해?」

「뭐, 내가 샤워한 거? 빗속에서 뛰다 왔다고 하려고. 어차피 끝나고 갈 때 또 비 맞지 않을까? 아마 잘 모르실걸. 그리고 미솔 님은 오늘 밤까지 바깥 일 보고 온다고 했어. 그러니까 엄마도 걸리지 않을 거야.」

그러더니 시계를 보았다.

「1분 남았네.」

강한은 해일의 깡마르고 하얀 배에 선명하게 새겨진 갈비뼈의 수를 세었다. 네 배에도 똑같이 있거든? 왜 군이 내 걸로 세려 하는 거야? 해일이 짐짓 퉁명스럽게 묻기에 장난을 치고 싶어서 손가락을 갖다 댄 후 하나하나 세었다. 볼록, 올록볼록, 올록, 볼록올록. 그러더니 이번엔 위아래로 문질렀다. 드르륵! 드르르륵! 머리를 비집고 들어오는 강한의 의성어에 해일이 미간을 살짝 찌푸리며 말했다. 장난 칠 시간 없어. 5분밖에 시간이 없는데 우리 둘이 써야 하잖아. 그러더니 아침 무렵 강한의 방에 배급되었던 플라스틱병을 들었다. 손바닥 좀. 해일의 말에 강한이 손을 내밀었다. 해일은 거기에 진득한 액체를 부었다. 강한이 움찔거렸다. 해일은 자신의 손에도 그걸 조금 짜냈다. 강한의 손바닥에 고인 양이 세 배는 많았다. 나 봐, 이렇게 하는 거야. 해일이 말하더니 조심스럽게 두 손을 비비고, 그걸 다시 축축한 정수리에 갖다 대었다.

이 액체를 강한이 모르지는 않았다. 다만 이런 식으로 손바닥에 직접 닿은 적은 없었다. 언제나 물을 적신 수건에 짜내어 한참을 비빈 후, 거품이 조금 일어난 수건을 이용해 몸을 닦았다. 그때의 거품과 지금 자신의 피부를 따라 흘러내리는 거품은 전혀 같은 액체로부터 비롯된 것이 아니라고 강한은 확신했다. 강한에게 몸을 씻는 거품은 언제나 뻣뻣하고, 끈끈하고, 나중에 아무리 깨끗한 수건으로 닦아도 끝까지 들러붙어 허연 흔적을 남기는 집요함을 상징했다. 끝도 없이 나오는 거품을 없애려 물만 적신 수건으로 팔다리를 연신 닦아대다 보면 땀이 삐질삐질 솟았고 피부는 더 거칠어졌다. 가끔 검은 때까지 묻어나오기 시작하면 최악이었다. 진득하게 달라붙은 때는 피부에서 잘 떨어지지 않았고, 수건으로 피부를 문지르면 문지를수록 오히려 더 끔찍하게 많이 생겨났으니까. 그러니 거품은 피로를, 탈진을, 더 나빠지는 쪽으로의 노력을 의미했다.

지금 머리에 얹힌, 팔다리를 타고 흘러내리는, 그리고 눈을 타오르게 만드는 거품은 미끈하고 부드러운 실뱀들이 한데 뭉친 덩어리 같았다. 실뱀들이 떼로 피부 위를 미끄러져 내려간다. 뱀은 움직일 때마다 배가 닿았던 곳에 제 비늘들을 남기고 사라진다. 보이지 않는 아주 작고 투명한 비늘은 피부를 잠시 감쌌다가, 줄줄 흘러내리는 물을 대신 껴안고 사라진다. 그러니 피부가 기억하는 건 아주 짧은 포옹이다. 강한이 기억할 건….

「눈 아파.」

「너 아까 눈 안 감았지? 눈에 들어가면 따가워. 야, 여기다 손 깨끗이 씻고 눈 비빈 다음 다시 떠.」

눈이 화끈거려도 눈꺼풀을 움직이고 싶지 않은 충동.

「머리카락 느낌이 진짜 이상해. 흐물흐물해. 봐, 한 번만 만져봐.」

「우아. 머리가 길어서 더 그렇구나. 나는 그렇게까지 흐물흐물하진 않은데.」

「나도 네 머리 만져볼래.」

「자. 근데 실망할걸? 별거 없어.」

머리카락을 만져보기 쉽도록 허리를 약간 굽혀 주는 해일의 모습이나, 동시에 강한의 몸을 향해 물이 쏟아지도록 손에 든 샤워기의 각도를 틀어 주는 광경, 그리고 물이 몸을 때리는 감촉이나 제법 차가운 온도 같은 것.

「야, 뒤돌아봐.」

「어?」

「등 닦아주게.」

「등을 왜 닦아?」

「그럼 손이 안 닿는데 등을 어떻게 닦으려고? 난 몸 씻을 때마다 할머니나 이모가 같이 있어서 서로 해줬단 말이야. 평생 동안 그랬는데?」

그리고 자신이 뻔뻔스럽게 이런 거짓말을 해낼 수 있다는 사실도 강한은 기억해야 했다. 자신을 보호하거나 누군가가 시켜서가 아니라 원하는 무언가를 얻어내기 위해 거짓말을 해본 것은 처음이기 때문이었다. 한때는 누군가가 몸을 수건으로 닦아주던 때도 있긴 했다. 정심이 그랬던 기억이 가장 많이 났다. 예성도, 아주 가끔. 한참 동안 이마를 찌푸리며 곰곰이 되새기다 보면 엄마의 손길도 떠오르긴 했지만 여섯 살 이후론 불가능했으니 그 빈도수는 정심이나 예성에 비해 적을 수밖에 없었다.

마지막으로 몸을 닦아준 사람은 정심이었고, 강한이 열 살이 된 해의 생일, 강한의 교실에서였다. 정심이 강한의 등을 먼저 닦아주었고 예성이 어떤 색의 케이크를 구해 왔을지에 대해 패드와 목소리를 통해 떠들었다. 물기가 묻은 손이 패드를 어루만지면 액정에 지저분한 자국이 남았다.

예성은 강한의 생일날마다 케이크를 어떻게든 구해 왔다. 초를 켠 후 손뼉을 치고, 아무렇지 않은 표정으로 엄지와 검지를 이용해 불을 껐다. 주변에 정심이나 종민 같은 비구류가 있으면 케이크를 잘라 나눠주었고, 남은 케이크의 크림을 손가락에 진득하게 묻힌 후 강한의 중안피에 문질러댔다. 그러면 정심이 말했다. 우리 강한이 인디언이네, 인디언 됐어. 강한은 인디언이 뭔지 몰랐고 크림이 묻은 중안피가 근지럽기만 했기 때문에 예성만의 의식을 썩 좋아하지 않았다. 그러나 엄마가 아직 함께였을 때는 그 케이크가 자신을 위한 게 아니라 엄마를 위한 선물이었다는, 그런 기억쯤은 잃지 않고 있었다. 예성이 엄마를 쫓아내고 나서도 매년 똑같은 일을 했던 이유는 무엇일까. 강한은 관성이란 개념을 몰랐다. 아마 세상이 뒤집히지 않았다면, 그 옛날의 아이들처럼 일어나기 싫다고 빌빌대고, 엄마가 김에 싼 밥을 하나씩 넣어줄 때마다 아기새처럼 입을 벌려 먹고, 가방을 책상 위에 던져놓곤 매점으로 달려가고, 눈꺼풀에 안간힘을 주지만 결국엔 꾸벅꾸벅 졸고, 그리고 잠에 취해 알아볼 수 없는 글씨로 필기를 하거나 혹은 하지 않고 운동장을 멍하니 바라보는… 그런 삶을 살 수 있었다면, 그랬다면 과학 수업 시간에 들어보긴 했을 관성이란 단어를, 강한은 태초부터 상실한 채였다. 알았다면 예성이 왜 그런 일을 매해 반복해야만 했는지 조금은 이해할 수도 있었을 텐데.

그러나 그 마지막 생일에 예성은 아무것도 가져오지 않았다. 대신 노크도 없이 강한의 교실 문을 열었다. 강한의 등을 다 닦은 정심이 막 웃옷을 벗고 강한에게 등을 보이던 찰나였다. 정심의 가슴은 아주 컸다. 유륜이 새끼고양이의 얼굴만 했다. 손톱만 한 강한의 것과는 전혀 달랐다. 그 가슴을 예성의 눈이 훑었다. 문 좀, 닫아주면 안 될까? 정심이 말할 때까지 예성은 문을 활짝 열어놓고 그 앞에 서 있었다.

그러곤 패드에 적었다.

'이젠 혼자 씻어도 될 것 같지 않나요? 언제까지 아기 취급을 할 거예요.'

정심은 아이가 아직 어리다고 대답했지만 강한은 예성이 왜 저러는지 알 것 같았다. 자신이 어렸을 때부터 정심이 잠지라고 부르던 곳을 책상에 대고 문지르는 장면을 예성에게 들킨 것이 그 전날의 일이었다. 엄마가 쫓겨나고 혼자 교실을 쓰게 되던 날부터 시작된 버릇이었으니 이미 4년째였다. 예성은 강한의 오른쪽 중안피 부근을 후려쳤다.

정심은 팔다리를 곧잘 씻겨줬지만 꼭 잠지만은 강한더러 직접 닦게 했다. 누가 여길 만지거나 보자고 한다면 주먹으로 때려도 돼. 발로 차버려도 돼. 그리고 할머니나 이모한테 와서 다 이야기해야 해. 알았지? 약속해, 강한아. 강한은 정심에게 고개를 끄덕였다. 이유는 물어보지 않았다. 정심은 갑자기 한없이 눈꼬리를 아래로 내리고 입술을 일그러뜨릴 때가 있었는데, 그때엔 무언가를 물어 봤자 제대로 된 대답을 들을 수 없었으니까. 지금까지 잠지에 손을 대려 한 사람은 둘

정도가 있었다. 두 번 다 정심에게 말했다. 다음부터는 그 사람들을 진운고에서 볼 수가 없었다. 진운고는 사람들이 들어오려고 줄을 서는 최고의 장소인데, 강한의 말 때문에 쫓겨났다. 그러니 잠지에 관련한 모든 경험은, 결국엔 다 나쁜 결과만을 불러왔다. 강한은 그렇게 학습했다.

그러니 지금 이렇게 해일 앞에서 옷을 홀딱 벗고 있는 것은 순전히, 자신을 여기 버린 그 어른들에 대한 반발심에서 나온 자기학대나 다름없었다. 학습된 바에 의하면 이제 나쁜 일이 벌어질 것이다. 그러라지! 강한은 엄마의 등과 예성의 얼굴, 그리고 정심의 머리카락을 생각했다. 나쁜 일이 찾아오라지! 아주 밑바닥까지 떨어질 거야!

시간이 얼마 남지 않았다. 서로의 등을 다 닦아준 둘은 다시 자신의 몸을 문질러댔다. 강한은 자기 몸을 닦으면서도 해일의 몸을 골똘히 쳐다보았고, 해일은 가끔씩 강한에게서 등을 돌렸다. 강한이 잠지에 손가락을 넣어 닦거나 할 때. 그렇게 해일은 혼자 제자리에서 몇 바퀴를 빙글빙글 돌았다. 강한은 움직이지 않았다.

밖에서 사이렌 소리가 울렸다. 5분 간격으로 온종일 울려대어 강한을 기겁하게 만들었던 소리였다. 아슬아슬했네. 해일이 말하며 샤워기를 껐다. 이제 아마 위층에 머무는 누군가가 샤워를 하기 시작할 터였다.

강한의 머리에서 물이 뚝뚝 떨어졌다. 운동장에서 폭우를 맞았을 때와 비슷한 기분이었다. 춥고 어지러웠다. 다른 점이 있다면 피부의 촉감 정도였다. 비 맞은 피부는 더 끈끈해졌다. 수분이 덫에 걸려 온몸을 근지럽게 만들었다. 지금의 피부 위에선 물기가 줄줄 흘러내렸다. 미끄러웠다.

머리카락이 무거웠다. 계속 물이 흘러내려 앞을 볼 수 없었다. 이거 어떻게 해야 해? 무턱대고 손을 뻗어 해일의 몸을 붙잡고는 물었다. 이거 어떻게 해야 되는지 모르겠어. 그냥 수건으로 닦아? 그러면 돼?

「몸 앞으로 숙여봐. 머리카락이 거꾸로 늘어지게. 어, 그렇게…. 우리 엄마는 이렇게 하더라.」

두피가 약간 당기더니 갑자기 발등 위로 물이 후드득 떨어졌다. 그제야 눈을 문지르며 앞을 볼 수 있었다. 해일의 손이 치렁치렁한 강한의 머리카락을 말아 쥐고 있었다. 물은 거기서 떨어진 모양이었다. 손의 뒤로 해일의 몸이 아른아른 보였다. 고추 보여주는 아저씨 있어도 바로 말해야 돼. 정심과 예성은 강한에게 신신당부했었다. 고추가 뭔데? 잠지 대신 달린 거야. 음, 그렇구나. 거기까지가 강한이 알던 전부였다. 또다시 일탈이었다. 망가질 거야! 강한은 기분이 좋아졌다. 하지 말란 건 다 할 거야!

「자, 수건.」

해일이 내민 수건을 받아 몸의 물기를 털어냈다. 둘은 아무 말도 하지 않고 물이 더 이상 떨어지지 않을 때까지 축축한 수건을 소중한 것인 양 붙들었다.

해일이 강한의 머리를 틀어 올리더니 수건으로 감싸 고정
시켰다. 이것도 우리 엄마 따라 한 거. 이렇게 안 하면 물기가
오랫동안 떨어진대. 해일이 말했고, 강한은 세면대 위의 거
울을 보았다.

「으악. 머리카락이 없으니까 얼굴 진짜 이상해.」

「안 이상해. 물 안 떨어질 때까지 이렇게 하고 있다가 풀
어. 머리가 길어서 마르는 데 엄청 오래 걸릴 거야.」

「너는?」

「나는 금방 마르지. 짧잖아.」

수건이 작아서 몸의 물기를 다 흡수해내지 못했다. 둘은
물기를 대강 닦아내고 욕실을 나왔다. 해일은 축축해진 수건
을 아까 입고 온 옷에 둘둘 말아 쌌다. 강한은 침대에 앉았다.
침대가 수건보다 더 보송한 것 같았다. 비가 그새 멈춰 있었
다. 밖에서 새가 우는 소리가 들렸다.

「머리가 다 말라야 돌아갈 수 있을 텐데. 한 20분만 더 있
을게.」

「네가 어디 갔는지 아는 사람이 있어?」

「아마 밖에서 돌아다니겠거니 생각할 거야. 비 올 때도 자
주 그랬으니까.」

「그럼 그냥 여기서 영화 한 편 보고 가, 어차피 누가 안 찾
을 거면.」

「음.」

「보고 싶으면서 고민하는 척하지 마.」

「어.」

「네가 제목 보고 골라. 네가 나보다 영화를 더 좋아하는 거 같으니까.」

「제목을 어떻게 한 번에 보지?」

해일은 강한의 방에 몰래 들어올 때마다 파일이 정렬된 순으로 영화를 보고 있었다. 손가락 하나로 꾹 누르는 방법밖에 아는 게 없었기 때문이었다. 오른쪽에 스크롤바가 있다는 사실도 해일은 몰랐다. 강한이 비쭉대며 해일에게, 두 손가락으로 터치패드를 스쳐 가며 스크롤하는 법을 알려주었다. 수건을 두른 머리가 무겁게 흔들렸다.

「이거 볼래.」

해일이 제목 하나를 가리키자 강한이 침대 위로 온몸을 던져 벽 쪽으로 붙더니 이불을 들었다.

「야. 대박이다. 이불이 수건보다 더 뽀송뽀송해.」

강한이 손으로 들어놓은 이불 밑으로 해일이 몸을 굴려 기어들어 갔다. 강한은 지난번 함께 영화를 보던 때처럼 머리 위로 이불을 덮으려 하다가, 머리를 감싸 올려놓은 수건이 자꾸만 걸리적거리는 것을 깨닫곤 마구 풀어냈다. 머리카락은 아직 축축했지만 더 이상 물이 떨어지진 않았다. 축 늘어진 머리카락이 얼굴이며 어깨의 맨살에 달라붙었다. 강한이 그 위로 이불을 덮었다. 사위가 컴컴해졌다. 모니터에서 뿜어져 나온 빛이 얼굴을 비쳤다. 둘의 아가미가 그 빛을 빨아먹으려는 듯 연신 빠른 속도로 뻐끔거렸다.

「저번처럼 뭐 먹는 장면은 안 나왔으면 좋겠다. 그건 영 적응이 안 돼서.」

해일이 말했다. 그날 해일은 머리가 아파 견딜 수가 없다며 이마를 테이블에 찧어 강한을 기겁하게 했다. 이틀 후에 사과를 하긴 했지만.

곧 영화사의 로고가 뜨고, 여자 주인공의 내레이션이 시작되었다. 제목만 보고 골랐는데 한국어였다. 그러고는 측면으로 서 있는 주인공이 등장했다.

「야, 너랑 되게 닮았다.」

해일이 말했다.

「지금까지 영화 보면서, 많이 본 건 아니지만, 내 주변의 누군가를 닮았단 생각은 한 번도 한 적이 없었는데. 그런데 이 사람은 진짜 너를 닮았어.」

어깨까지 오는 검은 머리. 배를 드러내는 길이의 검은 색 티셔츠와 밑단의 올이 마구 풀리고 있는 반바지. 약간 구부정한 어깨와 가느다란 눈썹. 일부러 홉뜨고 있는 것처럼 커다란 눈. 다 강한과 비슷했다. 그러나 결정적으로 비슷한 부분은 다른 곳에 있었다.

배우는 마스크를 쓰고 있었다.

13

통, 통, 토옹.

예성은 재수학원 담임을 기억했다. 매해 마라톤 풀코스를 완주하는 것으로 회자되던 사람이었다. 그는 말했다. 억지로 힘들여서 전력으로 뛰지 마. 리듬이란 게 있어. 뛰다 보면, 어느 순간 통, 통, 토옹 하면서 바닥이 발바닥을 밀어 올릴 때가 있다고. 배구선수가 공을 튕기듯 그렇게 말이야. 그러면 있지, 아무리 멀리라도 달릴 수 있어. 빠르게 달리겠단 욕심만 안 부리면 돼. 그게 제일 피로한 거거든. 그 리듬을 기억해. 통, 통, 토옹. 그게 너희를 살린다.

쌤, 그 통, 통, 토옹이 이럴 때 쓰일 줄은 몰랐네요. 달음박질하면서도 헛웃음이 나왔다. 조금이라도 쉴라치면 안피류들의 목에 감겨 있던 초커가 떠올랐다. 개목걸이. 만약 정숙이 살아서 그 광경을 실제로 봤더라면 견딜 수 있었을까. 정숙과 예성도 소문으로만 들어온 일이었다.

예성이 이 전까지 짐작하지 못했던 것은 비구류 정부가 몹시 조직적으로 안피류들의 퇴화를 이용하고 있다는 사실이었다. 그들과 실제로 마주친 지금에서야 알 수 있었다. 초커를 한 사람들은 소통능력을 잃은 안피류들인 게 분명했다. 그렇게나 많은 사람들이 들이닥쳤는데도 귀만 시끄러웠지 머리는 고요했으니까. 방에 침입한 안피류 중 단 한 명도 예성의 머리에 닿을 법한 발화를 하지 못했다.

그들은 자발적으로 노예가 되려 하고 있었다. 재빨리 낌새를 눈치채곤 몸을 굽힌 채 투항하는 사람들. 가장 높은 노예가 되어 채찍을 휘두르고 싶어 하는 사람들이 아닐까. 역겨웠다.

나무가 점점 많아지는 걸 보면서 슬슬 숨을 고르고 발을 쉬게 했다. 머리에서 꿀렁대는 감각이 사라진 걸 보니 두개골까지 모두 재생된 모양이었다. 예성은 그 불쾌한 고온의 아스팔트 위에서, 팔다리만 재생되고 머리는 아직 완성되지 않았을 때 비척비척 일어나 뛰기 시작했다. 이제 와서 생각하니 너무나 칠흑 같은 일이었다. 머리도 없는 사람으로서 허우적대며 도망쳐야 했다는 사실이. 그 볼품없는 자괴감.

이제 어디로 향해야 할까.

선택지는 하나뿐이면서도 괜히 그딴 식으로 자신에게 물었다. 이제 갈 곳은 미솔의 펜션뿐이면서도.

먹고 마시지 않아도 기능할 수 있는 인간답지 않은 인간이니 한없이 걷는 것 정도야 어려울 게 없었다.

방향만 잘 잡는다면.

여전히 16년 전의 이정표들이 친절하게 남아 있는 도로를 걸었다.

＊

분명한 핏자국이 선연했는데 몸은 없었다. 질질 흐르던 피의 자취를 좇던 사람들도 곧 돌아왔다. 금방 지혈된 것 같다고 그들은 말했다.

"결국 혼자 살겠다고 다 버리고 도망친 거네. 아주 필사적으로. 뒤도 돌아보지 않고."

장희란이 옷의 주름을 펴며 말했다.

"차는?"

"여기 그대로 있습니다."

"일단은 전국에 수배 뿌려. 걸으면 멀리는 못 갈 테니까 서울 안에 수색대 풀어. 안피류들이랑, 수색견도 같이 붙이고."

"여기 계신 분들은 어디로 모실까요?"

장희란은 로비에 우두커니 서 있거나 앉아 있는 사람들을 지그시 바라보더니 입을 열었다.

"여기 두지. 우리 쪽으로 데리고 가봤자 지금으로선 큰 쓸모가 없으니. 적당히 감시할 인력 배치해놔. 저기, 여러분. 추가 조치가 있을 때까지 여기서 대기 좀 해주시겠어? 보니까

좋네, 로비도 멋지고, 잠자리도 잘되어 있을 거고. 오랜만에 본 분들은 회포도 좀 푸시고."

승조가 벌떡 일어났다. 무언가 말을 하려고 하는데 머릿속에서 정리가 되지 않는 듯 어병하게 굴다가 팔만 휘저었다. 민유림은 조용하고 차분한 목소리로 뱉었다.

"이럴 줄은 알았는데, 약속을 아예 지키시지 않을 거라곤 생각 안 할게요. 잠깐 갇혀 있는 거라고."

"그럼, 나라를 믿어야지, 믿어야 하고말고."

희재는 숨을 몰아쉬며 엄마였던 사람을 노려보았다. 정심이 종민의 손을 잡고 엄지손가락으로 꾹 눌렀다. 종민이 뭐라 외치려다가, 그 손짓에 행동을 멈추었다. 대신 희재의 목소리를 기다렸다.

"저도 잊지 않고 있어요. 약속. 이렇게 어이없이 놓쳤으니 이미 한 번 어긴 거예요."

"나라를 믿으라니까."

"믿게끔 하든지요. 김정숙이나 주예성보다 능력이 없으면 곤란하잖아요. 뭐 있는 척하면서 이빨만 털지 말고 제대로 해요. 아무것도 못 하면서 주둥이만 나불대던 사람이 있었죠. 이경찬이라고. 그 사람이 어떻게 개죽음을 당했는지 기억해요."

"너는 낳아준 엄마한테 참 별의별 소리를 다 하는구나."

"청장이라는 사람한테 하는 말이에요."

"주예성도 남강한도, 너보다 우리한테 더 필요해. 착각하진 말았으면 좋겠다. 강한이 너를 보고 엄마라고 생각할까? 여섯 살에 떠난 사람을? 아니, 그 이전에. 여섯 살짜리 딸이랑 사이는 좋았고?"

장희란은 자리에서 일어나 엉덩이를 툭툭 털더니 사람들에게 이리저리 손짓을 했다. 몇이 장희란 옆에 가서 붙고, 몇은 밖으로 나갔으며, 몇은 로비의 데스크에 몸을 기대고 섰다.

"남강한의 엄마는 주예성이지. 주예성은 남강한이 있는 곳으로 갔을 거고. 거기 말곤 어디 갈 곳이 있겠어, 걔가. 주예성만 찾으면 일망타진일 거야."

장희란은 자신에게 붙은 사람들을 데리고 나가면서 다시한 번 더 말했다.

"남강한의 엄마는 주예성이지. 키워보지도 않았으면서 무슨 엄마랍시고."

그날 진운고의 그 교실에서부터 쌓아온 해묵은 원한이 가득한 저주라고, 옆에서 듣던 종민은 생각했다. 희재는 소리를 지르며 장희란에게 달려들었지만 곧 그의 사람들에게 저지당했다.

모두 힘이 빠져 싸울 힘조차 없었다. 대신 소파에 걸터앉아 있다가 하나둘씩 입을 열었다. 처음엔 종민이 유림에게 어떻게 지냈느냐며 안부를 물었고, 승조가 식당 일을 설명하자 정심이 끼어들었다. 끊길 듯 끊기지 않는 대화가 계속해서 이어졌다. 승조가, 유림이, 그리고 희재가 장희란과 무슨 약속을 했는지는 아무도 묻지 않았다. 조금 전의 일을 까맣게 잊은 듯 굴었다. 정부 측 사람들은 로비에서 계속 우두커니 서 있었다. 안피류 둘에 비구류 둘이었고, 누가 감시라도 하는 것처럼 굳은 눈으로 앞만 바라보는 중이었다.

희재는 자신이 뒤집혀 주인을 잃은 뗏목 같다고 생각했다. 혼자서 멀리멀리 떠내려가는. 여기 있는 모두가 한 쌍이었다. 종민과 정심, 유림과 승조. 그들은 서로의 이야기를 보조할 수 있었다. 누군가의 유실된 기억을 누군가 대신 건져내주었고, 한 사람이 거센 강물에 몸을 담근 채 강바닥에서 무언가를 찾느라 헤매는 동안 다른 사람은 구명정을 던져줄 만반의 준비를 했다. 그런 사람들이 짝을 이뤄 서로에게 살을 붙였다. 희재만 혼자였다. 자신의 위에서 안전해야 할 파트너, 자신의 딸은 강물이 휩쓸어 간 지 이미 너무 오래였다. 뗏목 주제에 주인을 어떻게 찾으려 했단 말인가. 방향도 잡지 못하면서.

"그런데…."

한참 근황을 나눈 후 잦아든 공기를 다시 깨운 것은 정심이었다.

"그런데 거기 계신 분들…은 어떻게 부르면 돼요? 내가 필요해서 불러야 할 때도 있을 거잖아."

그리고 그 말을 들었을 때 유림은 퍼뜩 잊었던 수능날, 그 식당에서의 기억을 떠올렸다. 자신이 처음으로 자기편이라고 생각해 찾아갔던 사람이 바로 정심이었다는 사실을. 그때의 자신은 조리사였던 정심과 친하다는 사실에 일종의 도덕적

우월감을 분명 가지고 있었다. 자신은 다른 위선적인 교사들과는 다르다는 얄팍한 자존심. 그러나 오랫동안 식당 일을 해온 지금은 알았다. 민유림은 하나도 특별하지 않았다. 특별한 것은 김정심이었다. 자신에게 마음을 줄 만큼 여린 상대를 찾아내어 일부러 따스하게 구는, 그로 인해 마음을 열게 하는 행위에 정심은 본능적으로 재능이 있었다.

지금 정심은 정부 측 사람들에게 그 재능을 쓰려 하고 있었다. 자기도 모르게. 정심 본인은 그저, 그들이 생각보다 어리고 또한 겁먹은 듯 보여서 그런 질문을 했겠지만.

나는 왜 그것을 잊고 있던 걸까? 유림은 스스로에게 질문했다.

안피류들이 손가락을 조금씩 움찔거렸지만 몸은 움직이지 않았다. 입을 연 것은 비구류들이었다.

"저희는 요원이라고 부르시면 됩니다."

"그래요, 요원 네 분⋯."

"아니요."

비구류 하나가 정심의 말을 잘랐다.

"저희 둘이 요원입니다. 안피류 둘은 저희 청 소속이 아니니까요."

"올해 말까지 계약한 직원들인데요. 굳이 저 직원들에게까지 무언가를 말씀하실 필요는 없을 겁니다. 어차피 대답도 못하는데요."

다른 비구류가 덧붙였다.

140

"대답을 왜 못 해요? 키패드만 있으면 할 수 있잖아? 하다 못해 옛날 핸드폰이라도."

"안에만 계셔서 모르겠지만 물자가 많이 부족해서 모든 안 피류에게 다 제공을 할 수가 없습니다."

"아니, 그럼 글씨라도 쓸 수 있잖아요?"

"종이가 있으세요?"

비구류들의 얼굴이 심술궂게 변했다.

"노트든 책이든, 종이를 본 지 얼마나 오래되셨죠?"

정심은 대답하지 않았다. 진운고 안엔 많았다는 대답은 저들이 원하는 것이 아니었다.

"종이가 가장 먼저 땔감이 되었잖아요. 자꾸 안에서 너무 오래 편하게 사신 티를 내는데, 저희가 업데이트를 일일이 맞춰드릴 여력은 없습니다. 그냥 계세요, 청장님 오실 때까지."

그렇게 말한 비구류는 겨우 희재보다도 어려 보이는 얼굴을 하고 있었다. 서른도 안 되었을지 몰랐다. 그러나 눈썹 한가운데에 길게 자상의 흔적이 남아 있었고, 박박 깎은 머리엔 피딱지가 앉아 있었다.

안피류들은 나이를 함부로 가늠할 수가 없었다. 16년간 내내 느낀 거지만 코와 입이 없는 사람의 연령대를 짐작하기란 어려운 일이었다. 요원이라 불러서는 안 되는, 올해 말까지만 계약한 직원…. 정심은 이전의 기억들이 고스란히 되살아나는 것을 느꼈다. 매시간 마음 졸이며 일을 해야 했던 순간들. 적어진 티오에 슬그머니 차가워지던 서로의 손길과, 귀찮고 더럽다며 잔반통에 국그릇을 통째로 던져버리는 아이들을 민원 걱정에 막지 못했던, 그런 날들.

다시 보니 한 안피류의 눈가에는 주름과 비립종이 가득했다. 머리카락도 아주 얇고 힘이 없었다.

"그래요. 내 생각이 짧았네."

정심이 두 손을 어깨높이로 치켜들고는 말하며 종민을 슬쩍 바라보았다.

"그럼 우린 여기서 청장님 지시를 기다리면 되는 거네요. 그래요, 그러면 나는 이제 그만 올라가봐도 될까요? 설마 로비에서 몇 날 며칠을 대기 타야 하는 건 아닐 테니까. 우린 안피류도 아니라서 투신하면 그대로 죽는데, 굳이 저층에서 머물 필요는 없잖아요. 우리 좀 위로 보내줘요. 안피류 분들이 감시하면 되겠네. 말도 안 통하니까 더 확실하지 않아요?"

비구류들은 잠시 의논을 하더니 사람들을 성별에 따라 두 그룹으로 나누었다. 정심과 희재와 유림, 종민과 승조. 각 그룹에 안피류를 한 명씩 붙였다.

"7층으로 올라가세요."

박박 깎은 머리의 비구류는 알고 보니 이들 중에선 우두머리 격이었다.

"7층 위로 올라가는 건 금지합니다."

"적당한 높이네요. 떨어지면 죽고 올라오기엔 쉬운."

정심은 아들뻘일 그 비구류에게 계속해서 존댓말을 썼다.

"안피류 직원들에게 말을 거는 건 금지합니다. 우리에게로 바로 보고가 될 테니 허튼 생각 하지 마세요."

"아이고! 하마터면 친해질 뻔했네. 미리 알려줘서 고마워 죽겠네."

정심이 저렇게 뻔뻔한 대응을 할 줄 아는 사람이었던가? 종민은 놀란 눈으로 그를 바라보았다. 정심은 심지어 웃고 있었다. 반쯤 희끗희끗해진 머리카락이 얼굴로 연신 흘러내리자 귀 뒤로 넘겨 꽂았다. 대체 무슨 생각인 거지? 종민은 가늠할 수가 없었다. 그때 정심이 종민에게로 얼굴을 돌렸다. 그러고는 입을 크게 벌렸다. 뭐라고요? 이해할 수 없어 연신 목을 빼며 다시 말해달란 제스처를 취했고, 그때마다 정심은 다시 입을 벙긋거렸다. 그러나 정말로 알 수가 없었다. 뭐라고? 뭐라고요? 종민은 계속해서 답답해했다. 그리고 곧 발각되었다. 이 쌍년이 지금 뭐 하는 거야. 칼자국이 있는 비구류가 가까이 오더니 정심의 머리를 손바닥으로 후려쳤다. 한 번이 아니었고 맞을 때마다 목이 위태로운 각도로 획획 꺾였다. 보다 못한 종민이 벌떡 일어나고 나서야 그는 서둘러 손을 거둬들였다. 허튼짓하지 말라고. 오해받을 짓 안 하는 것도 재능이고. 그는 말하며 주머니에서 핸드크림을 꺼내더니 손에 발랐다.

아주 나중에 정심은 종민에게 말했다. 이토록 나이 든 내가 두들겨 맞는 모습을 적나라하게 보여줘야만 내 또래로 보이는 안피류들이 나를 믿을 수 있을 것 같았어, 라고.

종민은 고개를 끄덕였다. 역시 연륜에서 나오는 짬바는 무시할 수가 없군요. 종민이 말하자 정심은 깔깔 웃으며 손바닥으로 종민의 팔뚝을 나름 세게 쳤다.

14

　마스크를 쓴 배우들끼리 사랑하는 영화를 강한은 처음 보았다. 물론 자신의 것과는 달리 빨간색으로 × 표시가 그려진 흰색 마스크이긴 했지만, 배우들은 영화가 끝날 때까지 마스크를 한 번도 내리지 않았다. 먹고 마시는 장면은 나오지 않았다. 실은, 말도 하지 않았다. 눈으로만 대화했고, 열 손가락과 얽힌 팔로 마음을 표현했다. 겨우 10분짜리 영화는 끌어안고 서로의 마스크를 밀착시키는 장면으로 끝이 났다. 그건 영화에서 많이 보던 키스였다. 그러나 입술과 혀가 없는 키스였다. 예성이 왜 이런 영화까지 모아놓았을까. 온갖 희한한 영화들도 예성의 컬렉션에 많긴 했지만 이렇게 짧고, 또 이토록 기괴한 영화는 없었다.

　뭐라고 말해야 하나. 해일이 이상할 정도로 가라앉아 있어서 강한은 멋쩍어졌다. 영화가 끝나고, 모니터에 어둠이 내리면서 이불 속은 완전히 캄캄해졌다. 머리는 아직도 축축했다. 아, 그 말을 하면 될 것 같았다.

「이렇게 짧은 영화도 있는 줄 몰랐는데…. 머리 말린다고 틀었는데 이거 뭐, 하나도 안 말랐어.」

해일은 대답이 없었다.

「야, 하나 더 보자. 괜히 이상한 거 틀어서 기분만…. 이건 지우자. 내가 골라줄게. 재밌는 거로.」

「이상해?」

해일이 반문했다.

「이상하다고 느꼈어?」

「아니, 뭐….」

눈앞이 하나도 보이지 않았는데 이불을 들추고 싶은 마음은 없었다. 이 대화가 이불 밖으로 나가면 안 될 것만 같다는 생각이 퍼뜩 들었다.

「처음 봐서. 저런 거. 비구류가 우리를 따라 하는 거. 아니, 우리가 비구류를 따라 하는 건가? 안피류도 비구류도 아닌 사람들인 것 같기도 하고…. 수능날 전에는 사람들이 다 흰색 마스크를 쓰고 다녔다고 했는데, 아마 그때 찍은 영화일 수도 있겠고…. 아, 몰라. 다른 거 보자.」

해일은 고개를 저었다. 그만 보고 싶어.

「화났어?」

「아니, 내가 왜 화가 나냐.」

「그럼?」

「예쁘게 나와서 놀랐어.」

「어?」

「안피류는 생식을 못 한다고 하잖아.」

「아, 응.」

「엄마랑 아빠가 그것 때문에 서로를 정말 미워했었어.」

해일의 말이 아주 작아졌다.

「아빠는 아무한테나 대고 말했어. 물고기들은 생식을 못하는 하등한 것들이니 인간의 삶에서 발 빼고 저들끼리 모여서 살아야 된다고. 죄를 받아 그렇게 되었으니 그 죄의 얼룩을 순수한 인간들에게 묻히려 들지 말라고. 그래서 아빠는 엄마에게도 계속해서 집을 나가라고 했어. 네 애, 그러니까 나말이야, 데리고 나가라고. 미솔 님이 삼촌이랑 결혼했을 땐 더 펄펄 뛰었어. 둘 다 안피류였거든.」

「어? 그럼….」

「수능날 이후에 결혼하셨단 소리야. 아빠는 발정 난 동물들이라고 했어. 죄를 지었으면 죄인답게 살 것이지 어디서 인간 흉내를 내려 하냐고. 술 마시면 전기톱을 가지고 그 집에 가서 마구 흔들었던 기억이 나. 어차피 너희는 죽지도 않으니까 자기가 지금 하는 건 잘못도 아니라면서. 그런 짓을 할 땐 꼭 나랑 엄마를 데려갔어.」

강한은 이해가 되지 않았다. 그 많은 안피류들이 왜 비구류하나의 위협에 휘둘려야 했는지. 비구류들은 전혀 겁을 주는

147

존재가 되지 못했다. 그만한 힘도 없었다. 적어도 자신이 진운고에서 배운 바로는 그랬다.

「아빠가 돌아가실 때 너무 좋았어.」

해일이 말을 이었다.

「그런데 엄마가 울더라. 누워 있는 아빠 어깨를 붙들고 서럽게 울더라. 보고 싶을 거라고, 미안하다고 말하면서 울더라고. 나는 무서웠어. 누구보다 많이 당한 엄마가 그런 말을 한다는 게…. 삼촌이랑 미솔 님은 하나도 슬퍼하지 않았는데, 엄마가 계속 울고 있다는 게 더럽게 거짓말 같았고. 아빠가 말하는 모든 걸 엄마는 진짜라고 생각했구나… 라는 걸 그때 퍼뜩 알게 된 것 같아. 그러니까 엄마도 믿을 수 없게 됐어.

그런데 어느 순간 느낀 거야. 내가 점점 아빠를 닮고 있다는 생각이 들어. 우리 독채에 아직도 삼촌이 살아. 바깥이랑 교류하는 걸 다 삼촌이 전담하고 있기 때문에 일주일에 한 번 정도만 들어오긴 하지만. 그러면 마구 화가 치밀어 올라. 미치겠어. 펜션에 있는 사람들이 서로 눈 맞아 방을 합칠 때도 마찬가지야. 죽고 싶어서 왔다며. 자기들이 죽고 싶다는 이유만으로 아무 생각 없던 나까지 가둬놓곤 힘들게 하고 있잖아. 그런데 왜 그딴 식으로 자기들 욕심을 채우려 들어. 왜 지저분한 짓들로. 왜. 왜 아빠가 그토록 증오했던 일들이 여기선 아무렇지 않은 것이 돼…. 그러면 내가 울면서 겁에 떨어야 했던 그 수많은 날들이 다 물거품처럼 아무것도 아닌 게 되잖아…. 그래서 나는 자꾸 그 사람들을 미워해…. 그 사람들은 그러면 안 된다고, 어울리지도 않는 감정 같은 걸 가져서는 안 된다고.」

「그 감정이 뭔데?」

「더러운 거.」

강한은 깜짝 놀랐다.

「더럽다는 건 네가 바라보는 기준에서의 상태일 뿐이야. 그건 누구에게나 설득 가능한 단어가 아니잖아. 너희 아버지가 그렇게 말씀하셨어도, 네가 그렇게 생각해도, 나한테 그렇게 말해서 내가 뭘 알겠어. 더 더러운 게 뭔지 말할까? 나는 여기가 더러워. 사람 팔을 아무렇게나 자른다는 게 더럽고, 네가 그걸 참는다는 게 더럽고, 여기 있는 모든 사람들이 그 아픔을 겪어야 한다는 게 더러워. 여기 수영장도 더럽더라. 예성 이모가 나를 여기 버린 것도 더러워. 버린 거면서 아니라고 거짓말했던 것도 더럽고, 왜 버렸는지 나 역시 대충 안다는 사실도 더러워. 그렇게 많아. 네가 말하는 더러운 게 뭐야? 그중에 있어?」

해일의 아가미가 조용히 소리를 냈다. 펄럭, 펄럭였다.

강한은 기다렸다.

해일은 첫 단어를 몇 번 더듬었다.

「우리 아빠는 그걸 생식이라 불렀고 삼촌은 사랑이라고 하더라. 그리고 미솔 님은….」

「응, 미솔 님은.」

「미솔 님은… 설명하지 않지. 그냥 나더러 잠깐 산책 좀 하라고, 항상. 내가 다 아는 걸 알면서도 그래. 아무것도 모르는 애 취급하고 싶어 하는 거야. 그런데 그거 알아? 어른이 나를 그렇게 취급하면, 나는 저절로 그렇게 돼. 벗어나려고 달음질쳐도 어느 순간 벽이 투명한 감옥에 갇혀 빙빙 돌고 있단 걸 깨닫게 돼. 미솔 님은 내게 아무 설명도 하지 않아. 이곳의 사람들은 나한테 정말 아무런 말도 하지 않아. 나는 계속 구멍이야. 아무것도 들어오지 않는 빈 공간이야. 아무것도 몰라. 그게 더러워.」

강한은 자신이 그 공허에 무엇을 던져야 할지 알 것 같았다.

아무것도 없어 보이는 우물이지만, 지저분한 낙엽과 벌레의 사체만 가득하며 아무도 청소할 생각을 하지도 않고 필요성을 느끼지도 않아 비만 오면 배수구가 막히는 수영장과 같은 내면이지만, 그 어떤 자극도 없이 내리 침잠하기만 할 그 바닥에 자갈 하나를 던졌을 때, 우물의 침묵 속에, 수영장의 썩어가는 수북함 속에 숨어 있던 무언가가 튀어나올 거란 사실을 알았다.

강한은 그래서 아까 본 영화의 장면 그대로, 한쪽 팔꿈치는 여전히 침대에 대어 몸을 지탱한 채, 다른 쪽 팔로는 옆에 배를 깔고 누운 이의 목을 끌어안고, 중안피를 맞대었다.

✳

아이고, 더워라. 꼭대기 층에 있던 짐을 7층의 방으로 옮겨 오느라 땀을 제법 흘린 정심은 아무렇지 않게 바지를 홀렁 벗었다. 안피류가 황급히 벽 쪽으로 돌아섰지만, 긴 바지 안에 헐렁한 반바지를 받쳐 입고 있던 정심이 일부러 크게 웃자 다시 몸을 틀었다. 그 웃음은 하나도 즐겁게 들리지 않았지만 오래전 웃음소리를 잃은 안피류는 아마 잘 구분하지 못했을 터였다. 희재는 눈물이 멎지 않는 얼굴을 침대에 묻은 채 늘어진 채였고, 유림은 팔짱을 끼고는 골똘히 그 안피류를 바라보았다. 개목걸이를 연상시키는 초커. 정심은 처음 보았을지 모르지만 최근 거리에 심심찮게 보이는 부류의 안피류였다. 유림은 그들이 새로운 형태의 군견 같다고 생각했다. 초커 때문에 더 그렇게 보였다. 사람들의 인식은 주로 시각에 의해 지배당하곤 하니까, 분명 초커를 차도록 명령한 비구류들이 그러한 세뇌 효과를 노렸을 것이라고 생각했다.

"저 목걸이가 참 눈에 거슬리네."

놀랍게도 정심이 유림의 생각을 입 밖으로 뱉었다.

"영… 투박하고, 예쁘지도 않고. 별 기능은 없어 보이고. 무엇보다 너무 답답할 것 같은데. 아가미가. 저렇게 가운데를 압박해놓으면 제대로 열리지도 않을 텐데… 숨은 제대로 쉬어지려나 몰라. 저기, 괜찮아요? 그 목걸이?"

안피류는 눈동자만 굴리고 있었다. 얼굴을 든 희재가 말했다.

"아까 못 들었어요? 우리랑 이야기하는 거 금지라잖아요. 할머니가 그렇게 말 걸다가 저 사람만 낭패 보면 어떡해요. 직장 잘리면 할머니가 책임질 것도 아니고."

그래, 맞네, 맞아. 정심은 고개를 주억거리며 아구구, 소리를 냈다. 눈가와 광대에 온통 멍이 들어 있었다.

"나이도 많은 할머니를 그렇게 패는 새끼가 어딨냐…."

종민은 누구에게랄 것도 없이 중얼거렸다. 승조는 작은 스
툴에 우두커니 앉아 있었다. 안피류는 신발장 옆에 섰다. 놀
랍게도 그 오랜 세월 동안 아직 전구가 나가지 않은 센서등이
그의 움직임 때문에 계속 점멸을 반복했다. 그러나 종민도,
승조도 신경 쓰지 않았다.

"그런 식으로 뻔뻔하게 구는 게 성공하는 지름길인 건 십
몇 년이 지나도 똑같은가 봐."

"형, 저한테 하시는 얘기 같네요."

"어?"

"쌤이랑 식당 하던 저요."

"뭐야. 너 성공한 인간이야?"

"…지금껏 먹고살았으니 나쁘진 않았죠."

"대단하다, 황승조. 그래, 너 뻔뻔한 거 가지고도 진운고
내에선 말이 참 많았다. 뭐, 당연히 예상하고 있었겠지만. 애
싸지르고 도망가서 여선생이랑 살림 차렸다고."

"세상이 다 어긋난 마당에 선생이고 뭐고, 그게 다 무슨 상
관이에요."

"그래서, 했어?"

"뭘 해요. 절대 그런 적 없어요. 그냥 동업자예요. 정말 맹
세코 스님처럼 살았다고요."

"파계승이란 것도 있어, 인마. 원효대사 해골물, 모르냐?"

"전 무식해서 그런 거 몰라요. 예전에 형이 술 마시다 저한 테 그랬던 거 기억 안 나요? 머리 텅텅 비어도 살아남을 수 있는 기술 있어서 좋겠다고."

"내가 언제 그런 말을 했냐."

"저한테 별의별 말 다 했죠. 운 좋게 씨 뿌린 놈이란 말을 제일 많이 했고. 나약한 새끼라고도 하고. 공부 안 해본 애들 은 의지가 없어서 작은 시련에도 쉽게 죽는다는 말도 했고."

"내가 언제 그런 말을 했냐고."

"나 취해서 누우면 그 외국인, 누구냐, 이름 기억도 안 나 네. 걔한테 할 말 못 할 말 다했잖아요. 내가 다 들었어요. 근 데 맞아요. 나약한 새끼여서 주먹다짐 한 번을 못 했네요."

둘 사이에 휘청대는 고요가 흘렀다. 센서등은 켜지고 꺼질 때마다 계속 틱, 틱, 하는 소리를 냈다.

"사람들이 자기 좋은 사람이라고 생각하는 게 가장 지겨워 요. 죽겠어요. 형도 형이 나한테 그딴 소릴 했다는 사실을 기 억 못 하고. 주예성이 날 벌레 보듯 했던 거, 희재가 언제부 턴가 나에 대한 믿음을 완전히 버린 거, 뭐 많죠. 장희란은 안 그럴 거 같으세요? 저기 서 있는 안피류도 똑같은 생각 할 걸요? 그런 의미에서 유림 쌤은 좀 나은 사람이에요. 절대로 자기가 좋은 사람이라고 생각 안 하거든요. 점점 더 그렇게 되어가고 있고요. 그래서 지금까지 제가 도망 안 가고 그 옆 에 붙어 있었는지도 모르죠."

신발코만 바라보는 종민에게 승조가 물었다.

"진운고 안에 있던 사람들은 그거 모르죠? 곰꾼이 뭔지?"

"곰꾼?"

"거봐. 정말 아무것도 모르지. 맞아요, 모르니까 세상이 다 꽃밭이지. 완전 온실 속 화초더라고요. 희재 처음 나왔을 때도 그래 보였는데, 형이나 김정심 아줌마는 더 심하겠지."

"그러니까 곰꾼이 뭔데."

승조가 손을 내밀었다. 오른손으론 칼자루를, 왼손으론 커다란 고깃덩어리나 단단하고 둥근 무 따위를 움켜쥔 모양을 흉내 냈다. 승조가 음식을 해서 파는 걸 종민은 잘 알고 있었으니 그렇게 상상하기 쉬웠다. 승조는 천천히 오른손을 내렸다. 한 번 반동을 줘서 손목을 탁 튕기더니, 곧 앞으로, 뒤로, 또 앞으로, 뒤로, 손에 쥔 허공을 설겅설겅 썰어냈다.

"백반집을 하면요, 별의별 뜨내기손님들을 다 받게 되지요. 그 왜, 옛날에 기사식당이라고 부르던 그런 것과 비슷한 거예요. 멀리 사는 사람도 식당 근처에 일거리가 많다면 자주 보게 돼요. 손꼽히는 곰꾼들은 꼭 우리 백반집에 와서 많이 요기를 했어요. 비구류들만 다닌 게 아니에요. 안피류인 곰꾼들도 다녔죠. 음식 먹지도 못하는 인간들이 가게에 드나들었어요. 왜냐하면 수요층도 우리한테 많이 붙어 있었으니까."

"아니, 그래서 곰꾼이 뭐냐고."

"보양식 파는 사람들이요. 옛날로 치면 개장수랄까. 왜, 모란시장에 가면 뻣뻣하게 굳은 개의 사체가 늘어져 있었잖아요. 비슷해요. 장작처럼 생긴 걸 랩에 싸가지고 작게는 오토바이부터 크게는 트럭까지, 뭐 그런 데 싣고 다니면서 팔죠. 비구류들은 백반집에 와서 그걸 찾았어요. 냄새나지 않게 푹 고아달라고. 꼬리곰탕 같은 거예요. 아니, 우족탕이라고 해야 하나."

"그러니까, 개를? 우족을?"

"아아뇨, 진짜 모르네, 형. 정말로 온실에서 살다 왔구나."

종민은 승조가 최선을 다해 자신을 깔보고 있음을 알아챘다. 그러나 이젠 예성도 없었다. 여신이자 악마이자 수호자였던 이가 사라지고 나니 아는 척하고 싶어도, 역정을 내고 싶어도 믿음직한 뒷배가 없었다.

승조는 종민에게 가까이 붙었다. 그러더니 종민의 왼쪽 귀에 입술을, 거의 닿을 정도로 밀착해 댔다. 손으로 입 모양이 보이지 않도록 막으면서.

"형. 안피류들이 돈을 버는 노다지가 뭔 줄 알아요? 그 보양식이라고요. 돈 많은 비구류들이 안피류들 살 붙은 뼈를 사서 고아 먹어요. 뜯어 먹어요. 그거 먹으면 자기도 무병장수할 거라고, 어쩌면 불로장생할 거라고. 완전 화수분이잖아요, 몸을 싹둑 잘라도 다시 도마뱀 꼬리처럼 자라나는데, 그걸 안 팔 이유가 있어요? 형, 돈 많은 비구류들은 진짜 그거에 환장해요. 우리 식당이 어떻게 10년 넘게 살아남았을까요, 이 비참한 지옥에서요, 형? 이상하다고 생각하지 않았어요?"

종민은 벌떡 일어났다. 사지를 뒤틀며 승조에게서 멀어졌다. 명치 부근이 심하게 위아래로 움직였다. 한나절 가까이 먹은 것이 없다는 사실은 노란 위액을 러그에 토해놓고 나서야 알았다.

"찬물, 마늘, 생강, 미나리, 대파, 양파, 계피, 후추, 커피 가루, 월계수잎."

승조는 염불을 외듯 중얼거렸다.

"이런 것도 모르면서 뭘, 뭘 세상을 어떻게 해보겠다고. 아무것도 모르면서⋯."

안피류가 계속 미세하게 몸을 기우뚱거렸다. 축 늘어진 눈매가 사정없이 위아래로 움직이는 걸 승조는 알았다. 그러나 비구류 정부의 것이 된 안피류는 더 이상 같은 종으로 생각하고 불편해야 할 존재가 아니었다.

승조는 자기가 나쁜 사람이 아니라고 생각했다. 그저 소나 개의 앞에서 소고기나 개고기의 이야기를 하는 인간과 같았다. 너무나 가능하고 또 별것 아닌 일이었다. 누구든 자신을 비난해선 안 됐다.

꽃밭에서 살다 온 종민이 예민하고 멍청한 것이었다.

그거였다.

승조는 그렇게 자신을 세뇌하며 살았다. 그래야만 살 수 있었다.

종민이 토하는 소리가 멎었다.

승조는 창을 통해 밖을 내다보며, 자신의 의지와는 무관하게 벌름대는 콧구멍을 제어하려 애를 썼다.

15

열쇠구멍에 쇳덩어리를 쑤셔 넣는 소리. 문고리를 돌리는 소리. 문이 열리고, 운동화를 벗지도 않은 발들이 들어와 바닥을 밟아대는 소리. 신음하는 여자가 사람들 사이를 기는 소리. 여자의 머리카락에서 뚝뚝 흘러내린 물방울이 들떠 있는 장판에 투둑, 하며 떨어지는 소리.

강한은 벌떡 일어나 이불 밖으로 뛰어나갔다. 꿈이었다. 방에는 아무도 없었고, 창밖은 해가 떨어지기 직전의 남색 빛을 띠고 있었다. 사위가 고요했다. 이불이 계속해서 고르게 위아래로 움직였다. 강한은 아무 옷이나 잡히는 대로 꺼내 걸 치고는 무거운 이불을 걷어냈다. 곯아떨어진 해일의 맨살을 두드렸다.

「일어나. 시간이 많이 지났어. 비도 그쳤나 봐. 사람들이 돌아다니는 소리가 들려.」

해일은 몸을 일으키지 않고 강한의 손목을 잡았다. 다시 제 색으로 돌아온 아가미가 천천히 움직였다.

「몇 시야?」

강한이 시간을 알려주었다.

「아, 진짜 가야겠네. 좀 있으면 내 샤워 시간이니까… 엄마 보고 샤워하라고 한 다음 아무한테도 안 들키게 망봐야 돼.」

「그러니까, 얼른 일어나서 가.」

해일은 눈을 느리게 깜박이더니, 상체만을 일으켜 세웠다. 그러고는 두 팔을 들어 강한의 얼굴을 끌어당기곤 잠시 서로의 중안피를 맞대고 있다가 곧 놓아주었다.

마른 옷을 꿰입은 해일이 축축한 옷을 배에 집어넣고 방을 떠난 후, 강한은 아무렇지 않은 척했던 연기를 그만두고 다시 침대에 벌러덩 누워버렸다. 제게 일어났던 일들을 계속해서 되새겼다.

나는 어쩌면 정말로 엄마를 닮은 걸까?

진운고의 사람들이 엄마를 가리켜 좋지 않은 말로 쑥덕거리는 것을 강한은 아주 많이 주워들었다. 비구류들은 저들끼리 교실을 오가며 욕설 섞인 수다를 떨었는데, 키가 자기들 허리까지밖에 오지 않는 아이가 창틀 아래 서서 그 소리를 다 듣고 있단 건 몰랐다. 안피류들도 별다를 게 없었다. 속으로 열심히 엄마를 헐뜯었다. 엄마는 결코 듣지 못했을 것이나 강한의 머리엔 너무 생생하게 와 닿았다. 강한에게 들릴 걸 알면서도 그들은 내내 엄마를 물고 씹고 뜯었다. 그들에겐 그저 안줏거리가 필요했던 것이다. 열아홉에 임신을 한, 목을 매기까지 한 남편을 거리로 내쫓는 데 일조한, 냉혹한 주예성의 이상한 총애를 받는, 거세고 사나운 여자…….

사람 홀리는 마녀.

마녀의 딸은, 의심의 여지없이 마녀.

그런데 강한이 마녀가 되기를 미솔은 이미 원했던 것이 아닐까?

죽고 싶어 하는 사람들이 모여든 곳에 죽일 능력이 있는 자신을 불러들였다는 사실이 가리키는 의미는, 그런 것이 아닌가?

강한은 이불을 손바닥으로 훑으며 생각에 빠졌다.

미솔은 나에 대해 얼마나 알고 있을까? 예성은 미솔에게 얼마나 알려줬을까?

돈을 많이 내고 이곳에 왔기 때문에 너는 아무것도 안 해도 된다고 해일은 말했지만, 강한은 그렇게 생각하지 않았다. 김미솔이란 인물이 그렇게 주먹구구식일 것 같지 않았다.

미솔에 대해서 더 많이 알아내야 했는데. 강한은 생각했다. 강한 자신도 붙임성 있는 성격이 못 되었지만 미솔에게서 느껴지는 아득한 거리감은 다른 사람들과는 달랐다. 그래서 지레 겁먹고 지금까지 외면했을지도 모른다. 그러나 언제까지 아무것도 모른 채 여기 갇혀 살 수는 없었다. 자의든 타의든 버려져 독립적인 한 사람이 된 이상, 선택은 그 누구도 아닌 강한 자신이 해야 했다.

　강한은 이불을 걷어차고 일어났다. 가방을 뒤적거려 후드 티셔츠를 꺼내 머리를 쑥 집어넣곤 팔을 꿰입었다. 땅바닥에 빗물이 잔뜩 고여 있을 테니 반바지를 입는 게 나을 것 같았다. 브래지어를 챙겨 입지 않았다는 걸 뒤늦게 깨닫고는 티셔츠를 벗으려 밑단을 손으로 붙들었다. 그러나 제게 처음 브래지어를 던졌던 사람이 누구였는지를 떠올리고 나자 짜증이 치밀어 다시 손을 놓았다.
　그날 정숙과 예성이 자신에게 들리지 않을 정도로 멀리서, 아주 작게, 머릿속으로 무슨 대화를 나누었을지 자주 상상했다. 언제까지 저렇게 흉한 모양으로 다니게 할 거야? 정숙은 예성에게 말했을 것이다. 예성은 백화점을 몇 개고 뒤졌지만 아동용 브래지어를 아직 찾지 못했다고 대답했을지 모른다. 정숙은 자신의 캐비닛을 뒤지더니 잔뜩 보풀이 일어난 속옷을 찾아내 두꺼운 패드를 빼내곤 강한을 향해 던졌다. 허물 같은 속옷은 오래 날지도 못하고 교실 바닥에 떨어졌다. 너는 끝내 공주님 하나를 만들어내야 직성이 풀리겠니? 정숙은 이런 식으로 비꼬았을 테다. 정신 좀 차려. 없으면 없는 대로 버티게 키워야지. 내가 정말 살다 살다 애 브라를 찾으러 백화

짐을 뒤지는 꼬락서니를 보게 될 줄이야. 너는 뭐가 중요한지 모르니?

정숙은 강한의 얼굴을 바라보며 패드에 적었다.

'입어'.

일부러 하등한 비구류를 대하는 것처럼. 생각이 아니라 패드로.

그러고는 강한이 티셔츠를 벗고, 허물 같은 속옷의 어깨끈을 몸에 끼우고, 예성의 도움을 받아 후크를 잠그고, 다시 티셔츠를 입은 후에 피식 웃었다. 정숙의 속옷은 너무 컸다. 얇은 티셔츠 위로 잔뜩 들뜬 가슴이 고스란히 드러났다. 정숙은 보기 좋다며 그대로 운동장에 나가 놀라고 적었다. 강한이 싫다고 하자 표정을 일그러뜨리며 자신의 패드를 집어 던졌다. 액정이 깨졌다.

그것 또한 열 살 때의 일이었다.

강한은 속옷을 입지 않은 채 그대로 밖으로 나갔다. 그새 날씨가 또 변덕을 부려서, 안개 같은 비가 다시 내리고 있었다. 티셔츠가 조금씩 축축해졌다. 바비큐장 입구에서 철로 된 요람을 청소하던 두 사람이 손을 흔들었다. 강한은 대충 마주 손을 흔들고는 독채가 모여 있는 쪽으로 걸음을 옮겼다. 절대 해일이 보고 싶어서 가는 건 아니라고 생각했다. 그저 해일의 엄마가, 그 안쓰러운 여자가 샤워를 잘했는지 궁금해서…. 그러고는 우뚝 멈추었다. 혹시라도 자신이 남의 머릿속에 들릴 만큼 큰 소리로 생각하진 않았을까 두려웠다. 그러나 사방은 조용했고 사람들은 다들 방에 꼼짝 않고 들어가 있는 듯 보였다. 한숨을 내쉬고 다시 걸음을 옮겼다.

그때 누군가 어깨를 잡아챘다.

「애기. 어딜 그렇게 바쁘게 가?」

남자였다. 얼굴이 낯설었다. 어느 호실이었더라. 기억이 나지 않았다.

「안녕하세요.」

「뭘 이렇게 급하게 가냐고. 어디 꿀이라도 발라놨어?」

「네?」

「금방 샤워하고 나서 뛰어다니면 말짱 도루묵이지, 애기.」

남자의 손에 무언가 들려 있었다. 잔뜩 구겨진 종이와 펜. 종이에 물방울이 떨어져 글씨가 잔뜩 번져 있었다. 검은 잉크가 남자의 손가락에까지 잔뜩 번졌다. 강한은 종이 위의 글자를 읽을 수 있었다. 그러나 죄다 숫자였다.

「그냥… 비가 그친 것 같아서 산책 가러 나왔어요. 심심하니까요.」

「그랬구나.」

남자는 씩 웃었다.

「애기, 샤워하니까 아주 혈색이 돌고 좋아 보이네.」

진운고에서 가끔 제게 치근덕대던 부류의 사람인가 보다고 강한은 순간적으로 생각했다. 그러나 남자가 곧바로 말을 이었다.

「비결이 뭘까? 물을 많이 쓰는 걸까?」

「네?」

「정해진 샤워 시간 내내 물을 잠그지도 않고 줄줄 흘리면서 몸을 씻으면 그렇게 생기가 도나? 돈을 내고 들어왔으니 그래도 되는 건가? 연줄 타고 들어오면 남들이 어떻게 살든 신경도 안 쓴 채 혼자 즐겨도 되는 건가?」

「아저씨, 무슨 말씀이신지 모르겠는데….」

「참 이상하잖아.」

남자는 종이를 들여다보며 중얼거렸다.

「이상하면 파고들어야지. 이상하면 살펴봐야 돼. 세상 사람들이 다 거짓말쟁이고 다 나를 등쳐 먹으려고 준비한 개새끼들이라서, 있지. 가만히 손 놓고 있으면 다 속는단 말이야… 너는 대체 어디서 왔냐?」

「저는 아저씨를 등쳐 먹은 적도, 속인 적도 없어요. 저는 아저씨가 누군지 몰라요.」

「헛소리도 작작하지….」

남자는 말하면서도 종이에서 눈을 떼지 않았다.

그때 독채 쪽에서 해일의 목소리가 들렸다.

「야! 강한아!」

움찔거리는 모양새로 봐서, 남자도 들은 것이 분명했다.

「너 어디 가려고. 나 지금 샤워 끝냈으니까 나간다!」

친구가 불러서요. 먼저 갈게요. 강한은 고개를 꾸벅 숙였다. 등을 돌리고는 마구 달음질쳤다. 남자가 쫓아올 것 같았지만, 조금 달리다 힐끗 뒤를 돌아보니 그 구깃구깃한 종이를 손에 쥔 채 다시 어디론가 휘적휘적 걸어가는 중이었다.

「엄마 샤워 거의 끝날 즈음에, 너랑 두더지랑 하는 말을 들었어. 그래서 일부러 부른 거야.」

둘은 계곡에 발을 담그고 있었다. 아직 바위가 마르지 않았기에 하의는 속옷까지 모두 벗어 버려진 백숙집의 평상 위에 올려놓았다. 체중을 짊어진 맨살이 축축한 바위를 눌렀다. 아마 일어나면 엉덩이에 군데군데 붉은 자국이 보일 터였다. 밤이었다. 풀벌레들은 꼭 어두울 때만 울었다.

「두더지?」

「응, 다 그렇게 불러. 그 아저씨, 펜션 사람 아니거든.」

「어?」

「차라리 펜션 사람이었다면 방을 빼앗아버리면 그만인데. 펜션 뒤쪽 길을 쭉 가다 보면 폐가가 하나 있는데 거기 사는 아저씨야. 자꾸 펜션에 들어와서 들쑤시고 다니는데 그걸 막을 길이 없어. 어른들이 보는 족족 쫓아내긴 하지만 그때뿐이야.」

「무슨 짓을 하는데?」

「펜션 방들을 다 감시해. 숫자로 염탐해. 계량기 앞을 지키고 서서 계산해. 똑같이 쓰는지, 더 낭비하는지. 처음에는 방 열쇠도 복사했었대. 기술이 있나 봐. 그런데도 잡아서 벌을 주지 못했어. 우리 엄마는 겨우 샤워를 무단으로 했다고 벌을 받았는데, 두더지는 바깥사람이라고 신경도 안 쓰는 걸까….
잘 모르겠어.」

「다른 사람들도 두더지… 그 사람이 나쁜 놈인 걸 알아?」

강한은 이 와중에, '나쁜 놈'이란 단어를 자신이 드디어, 난생처음 썼다는 사실에 가슴이 살짝 찌릿해지는 감각을 느꼈다. 아주 어렸을 때 엄마가 억지로 앉혀놓고 읽어주던 동화책들이 생각나서. 엄마는 항상 손가락으로 그림을 가리키며 말했다. 얘는 착한 놈이야. 얘는 나쁜 놈이고.

나쁜 놈들은 결국 다 죽어. 착한 놈이 이기지.

끝에 가서는 결국 그렇게 돼.

강한은 몸을 뒤틀어 그 품을 빠져나오기에 바빴었다.

「나쁜 놈이 맞나. 일단 다들 엄청 싫어하지. 절대 말을 섞지도 않고, 미솔 님한테 그냥 저 집 밀어버리자고 말하는 아저씨들도 있었어. 우리가 사람 수도 많은데 그냥 눌러서 내쫓자고…. 근데 미솔 님은 안 쫓아냈고. 그래서 어떤 어른들은 의심도 하더라고. 분명 미솔 님이 여기 사람들은 모두 동등하다고 하지만 절대 아니라고, 그 증거가 두더지라고. 그, 뭐라더라. 감시하는 사람일 거라고. 감옥처럼.」

「너희 숙모를 믿지 않는 사람들도 있긴 하구나?」

강한은 미솔에게 '님' 자를 붙이고 싶지 않아서 숙모란 단어를 썼다. 그러자 해일이 얼굴을 찌푸리더니 주절거렸다. 내가 제일 안 믿지, 알면서 뭘….

그런데 '숙모'가, 정확히 무얼 뜻하는 단어였더라?

165

해일의 죽은 아빠의 남동생의 아내.

「근데 너희 아빠의 동생은… 본 적이 없는데. 어디 있어?」

강한이 묻자 해일은 대답했다.

「음. 그러고 보니 들어오실 때가 되긴 했는데.」

16

대체 어느 저주받을 시대가 인간을 직립보행하게끔 만들었을까. 네 개의 다리로 짐승처럼 달린다면 훨씬 빨랐을 텐데.

다리에 힘이 풀려 넘어진 예성은 두 손으로 꺼끌꺼끌한 땅을 짚으며 일어났다. 동시에, 누구에게랄 것도 없이 그저 물었다. 더는 뛸 수 없을 것 같았지만, 그러나 그래도, 멈춘다면 자신을 용서하지 못할 거란 사실 또한 알았다. 아직도 뒤에 사람들이 쫓아오고 있는지는 알 수 없었으나 더 많은 인원이 깔리기 전에 어떻게든 목적지에 도착해야 했다. 나약한 자신을 증오하는 버릇이 바로 추동력이었다. 그 하나로 혼자 우두커니 앉아 있던 격리시험실에서부터 지금에까지 버텨왔으니 다시 한 번 불을 붙여야 했는데, 그러려 했는데, 불씨가 자꾸만 꺼지는 것 같았다.

건물은 낮아지는 것 같다가도 다시 높아지고, 길은 골목인 척 안심을 시키고는 갑자기 불쑥 대로로 변하곤 했다. 계획이 라고는 없는, 한없이 조잡한 도시. 예성은 인기척이 들릴 때마다 눈에 보이는 곳에 아무렇게나 몸을 구겨 넣어 숨었다.

건물들이 하나둘씩 사라지고 국도로 들어섰을 때 예성은, 한 발자국만 더 떼면 죽겠구나, 라고 느꼈다. 전혀 논리적이지 않은 느낌이란 걸 분명히 알았다. 자신은 절대 죽을 수가 없으니까. 그러나 논리 따위, 좆 까라지. 언제부터 삶이 논리적이었다고. 땅에서 정령들의 손이 튀어나와 다리를 움켜쥐곤 놓지 않았다. 헛것이 보이고, 소리가 들리고, 머릿속에 죽은 이들이 찾아와 외쳤다. 운동장에 다 흡수되지 못해 넓게 퍼지던 피웅덩이가 교문을 넘어, 대로와 골목들을 지나 여기까지 둥글게 퍼져 있었다. 이미 죽어버린 도시를 다 덮고 있었다. 사람인 척하는 이들이 현실인 척하는 가상을 견뎌야만 하는 장소는, 온통 마른 척하는 늪이었다. 너무 오래 취해 있었다.

예성은 개미 한 마리 얼씬대지 않는, 풀만 가득한 도로변에 누웠다. 밤이었다. 16년 동안 늘어난 '좋은 것'은 그저 하늘에 보이는 별의 개수… 그 외엔 무엇이 있을까. 별만 세려고했는데 꼭대기 층에 침입하던 그 안피류들의 모습이 눈앞을 가렸다. 나이가 잔뜩 든 게 분명한 사람들이 개목걸이를 하고 있었다.

아가미를 그렇게 압박해놓으면, 물론 숨도 턱턱 막히곤 하지만, 더 큰 문제가 따로 있었다. 비구류 측에 붙어 초커를 찬 안피류들의 존재를 처음 알게 되었던 때, 날카로운 노끈으로 정숙과 직접 서로의 아가미를 압박해보는 실험을 통해 내린 결론이었다.

정숙은 이에 대해 이렇게 설명하곤 했다. 사람들은 기억이 직선이라고 생각하지만 자신은 그렇게 여기지 않는다고. 기억 속에 지니고 있는 과거의 일들을 자재로 삼아 사람들은 각자의 구조물을, 일종의 세계를 마음속에 지어놓고 그 안에서 생활을 영위하곤 한다고. 망각으로 인해 어느 한 건물에 실금이 가거나 벽이 사라질 수도 있겠지만, 새로운 자재가 들어와 다른 방식으로 빈자리를 채우고, 비바람을 막고, 들어와 쉴 수 있는 공간을 만들어줄 거라고.

「물론 아주 나쁜 기억들은 다 썩은 오두막을 만들지. 거기 잘못 들어갔다가는 무너진 건물에 그대로 깔리는 거야. 그러니까 그걸론 무얼 만들어선 안 돼. 다 태워버려야 해.」

정숙은 예성의 나쁜 기억이 무엇인지도 모르면서 그렇게 비유하곤, 덧붙였다.

「그런데 아가미를 압박하면 그 세계 모두를 집어삼킬 거대한 싱크홀이 생기는 거지.」

그랬다. 노끈을 쥔 정숙이 목을 조르듯 예성의 아가미를 압박했을 때 예성은 별안간 자신의 모든 기억을 짐승의 시커먼 아가리가 송두리째 집어삼켰다는 사실을 자각했다. 끔찍한 경험이었다. 본능도 이성도 살아 있었으나, 모든 판단 능력이 멀쩡했으나, 검디검은 세계에 방금 떨어진 자신이란 개체를 구성하는 과거가 실종되었다. 아무리 더듬고 다녀도 아무것도 알 수가 없었다. 내가 누구지? 여긴 어디지? 저 사람은 누구지?

둘은 몇 번이고 더, 스스로와 상대방을 이용해 실험했다. 아가미의 압박을 풀고 나면 언제 그랬냐는 듯 싱크홀이 메워지고 예전의 구조물이 다시 모습을 드러냈다. 그러나 심각한 점은 그다음이었다. 아가미가 압박당할 때 들어온 기억들은 싱크홀 밖에 새로운 구조물을 만들었다. 전혀 다른 자재로 전혀 다른 구조의 세상을 지었다. 그래서 아가미의 압박이 풀려나고 나면, 기억의 주인은 자신이 둘 중 어느 세계에 속해 그 기준으로 판단하며 생활해야 할지 갈피를 잡을 수 없어졌다.

인격이 분열되는 걸까요? 예성이 묻자 정숙은 그럴 수도 있겠지, 라고 말했다. 사람을 만드는 재료 역시 결국엔 기억이잖니.

정부는 그 안피류들의 초커를 절대 풀어주지 않을 것이다. 잠잘 때조차. 초커만 묶으면 오로지 자신들이 의도한 기억밖에 없는, 잘 프로그래밍한 기계 같은 인간을 만들어낼 수 있으니까. 비구류 정부에 붙은 안피류들을 실제로 본 것은 이번이 처음이었다. 그들이 너무나 또렷한 동공을 가지고 있어서, 또 너무나도 나이 들어 보여서 예성은 도망치면서도 몸을 덜덜 떨 수밖에 없었다. 내심 자신이 진운고에서 관리하던, 약에 취해 비척대던 비구류들처럼 그들도 유령처럼 보일 거라 상상했는데, 그 안피류들은 지나치게 멀쩡했다. 그래서 더 억울하고, 더 무서웠다.

「일어나자. 동이 트기 전에 도착해야 돼. 이런 꼴을 벌건 대낮에 안피류들에게 보일 순 없어.」

그러나 팔다리가 움직이지 않았다. 그 좁은 학교에 갇혀 좁은 운동장만 빙빙 돌면서, 그러면서 내가 정말 약해졌구나. 예성은 하늘을 바라보았다. 달리던 중간에는 왼쪽 다리가 매우 저리더니 아예 감각이 없어지는 수준에까지 이르렀다. 지금은 종아리에 계속해서 쥐가 났는데 다리를 쭉 당겨줄 사람도, 발바닥을 대고 스스로 근육을 풀 벽도 없었다. 지금껏 강한 척하며 혼자 남겨지는 상황을 계속해서 피해왔으나, 이 순간 결국 혼자였다. 자신은 철저히 혼자라고 생각하면서도, 사실 한 번도 혼자인 적이 없던 사람이었다.

잠시 희재를 생각했고 곧 잠이 쏟아졌다.

「얼마나 더 가면 도착할 수 있지. 오늘 새벽에까지 도착할 수 없다면 차라리 하루를 건너뛰는 게….」

예성의 중얼거림에도 아무런 반향이 들려오지 않았다. 사람이, 적어도 안피류가 주변에 전무하단 이야기였다. 그리고 대신, 아주 가까이는 아니지만 맘 놓일 만큼 먼 곳도 아닌 어딘가에서 온갖 동물들의 소리가 귓바퀴를 타고 들어왔다. 벌레들의 소리, 사람들이 키우던 개의 손주의 손주뻘일 들개의 소리, 기억도 나지 않는 아주 오래전 SNS에서 '공포 유발 영상'으로 유행했던, 두들겨 맞는 남자의 비명 같은 고라니 울음소리. 그리고 쿵쿵대며 땅을 파헤치는 소리….

이미 오래전 버려진 땅이니 멧돼지가 나와도 이상한 일이 아니겠지. 예성은 천천히 몸을 일으켰다. 내장이 헤집어진 상태로 살이 돋아나길 기다리며 땅에 붙어 있고 싶진 않았다.

그때 동물들의 소리가 갑자기 멈추었다. 대신 털털대는 소리가 다가왔다.

승차감이 좋지 않은, 아마 트럭 혹은 봉고일 자동차가 빠르지 않은 속도로 움직이는 소리였다.

예성은 여차하면 도로로 튀어 나갈 기세로, 잔뜩 눌러놓은 스프링처럼 몸을 낮추었다. 어둠 속에서 헤드라이트 불빛이 어슴푸레하게 보일 때까지. 차는 한 대였고 어둠 속에서도 희미하게 보이는 엠블럼을 보건대 절대 정부 측의 것은 아닌 듯 보였다. 아주 오래된 트럭이었다.

그리고 예성의 머릿속을 노랫소리가 비집고 들어왔다. 예성은 벌떡 일어났다. 안피류가 운전하고 있는 게 분명했다. 서울을 벗어나는 방향으로 달리고 있으니 어느 지점까진 태워줄 수 있으리라. 믿어보고 싶었다. 물론 더 좋지 않은 일이 일어날 수도 있었다. 그러나 그럴 경우엔, 조수석의 문을 열고 도로에 그대로 굴러떨어지면 될 터였다. 호텔 꼭대기에서도 뛰어내렸는데 그걸 못할 리가 없었다.

「비행기 타고 가요….」

남자였다. 예성은 단전에 힘을 주어 소리쳤다. 이마 가죽이 팽팽하게 당겨지고, 아가미가 빳빳하게 섰다.

「악!」

고라니의 울음보다는 더 크게 울어야 했다.

「악!」

남자의 노래가 뚝 끊겼다. 예성은 비척비척 도로변으로 올라 똑바로 서서 외쳤다. 허리가 아팠지만 최대한 꼿꼿이 서서 되뇌었다. 살려달라고. 옆을 보아달라고.

트럭이 섰다. 예성은 조수석 쪽으로 가서 붙었다. 차창이 내려가고, 운전자의 얼굴이 드러났다. 역시 안피류였다. 예성은 안도했다.

남자가 물었다.

「아니, 살다 살다 여기서 사람을 다 보네. 태워다줘요?」

「네.」

「어디로 가는데요?」

「옛날 가평역이요. 혹시 아시는지….」

「아, 뭐야. 언제적 가평역이람.」

남자의 말에 예성은 움찔했으나, 곧이어 들린 말에 안도했다.

「나도 그쪽으로 가는데. 역 근처에서 내려드릴게요. 이런 말 하니까 되게 옛날 같네. 어쨌든 역 근처에서, 내려드릴게.」

예성은 조수석의 문을 열었다. 옷에 묻은 흙 때문에 걱정이 많았는데 시트도 못지않게 더러워서 상관이 없을 것 같다. 예성이 문을 닫자 남자가 다시 시동을 걸었다.

「내가 이 밤에 여기서 웬 히치하이킹을 하고 있느냐고 물어도 대답 안 할 거죠?」

남자가 물었다. 나쁘지 않은 동행이었다.

「네.」

「그래요. 그럼 눈 좀 붙여요. 본인 몰골이 어떤지는 알죠? 뭐, 그래도 못 믿을 거 같으면 깨어 있어도 되고. 난 신경 안 쓸 테니까.」

「여기서 오래는 안 걸리잖아요?」

「차로는 한 시간 조금 넘게 걸리죠. 걸어가면 한세월이지만.」

예성은 일시정지 표시가 깜박이는 카스테레오를 바라보았다.

「그럼 노래를 들어도 되나요? 아까 보니까 노래 부르시던데.」

「아 그래, 너무 좋지. 이 가치를 아시는구나. 라디오도 잘 안 돌아가는 나라에서 음악을 듣는다, 이게 보통 숭고한 일이 아니거든요. 사실 나는 이거 때문에 돈을 버는 거 같아.」

시동을 켠 남자가 노래를 재생했다. 2000년대 후반부터 2010년대 초반까지의 가요였다. 예성이 아무것도 모르고 뛰어놀던 아이였던 때, 아직 어른의 눈치를 보는 방법을 찾아내기도 전에 거리를 장악하던 유행가들. 희망과 즐거움을 노래하던 노래들. 예성은 자꾸 눈물이 날 것 같아 고개를 숙였다. 비트와 가사가 뻔한 유행가를 천박하다 여기던 시절이 있었다. 그런데 지금 이 남자는 그때의 노래를 흥얼거리며 자신을 구하기 위해 나타났다. 주예성이란 사람을 채우던 취향이란 가치는 이미 오래전에 죽어버렸는데, 천박한 노래를 흥얼대며 나타난 남자가 이렇게.

「저는, 어, 유통업을 하거든요.」

남자는 침묵을 못 견디는 것 같아 보였다.

「그러니까 계속 차를 타고 다니죠. 그런데 이런 도로에서 사람이 말을 건 것은 정말 오래만이지. 안피류는 진짜 한 5년 됐나. 비구류는 그에 비해 많았지. 그런데 아무래도, 뭐, 아시겠지만⋯ 걔들을 군이 태울 필요는 없어가지고.」

「그럼 가평에 계시는 거예요?」

「예, 뭐, 그렇죠. 외지긴 한데, 뭐⋯ 조용히 살기에 나쁜 곳은 아니더라고. 우리도 옛날 세상에선 귀농이나 이런 거로 망으로 생각했잖아요? 뭐, 비슷해. 계속 서울 붙박이로 있던 사람들은 이해 못 할 거야, 우리 마음을.」

트럭에는 아무런 장식품도 없었다. 보통 운전자들은 가족 사진이나, 행운을 비는 토템이나, 하다못해 방향제라도 예쁜 거로 달아놓지 않나? 그러나 이 트럭에는 정말이지 아무것도 없었다. 오로지 그 옛날의 유행가뿐이었다.

「유통업은 뭘 하시는 거예요?」

「그게 뭐, 비구류 상대로 식재료 납품하는 뭐 그런 걸 하지.」

「아⋯ 안피류가 비구류에게 뭘 파는 건 처음 봐요. 보통 뭘 사거나, 고용하거나, 하는 건 봤는데.」

「그렇죠, 보통은. 내가 좀 특이하다고 해야 하나. 비구류들이 찾는 특산품 같은 게요, 하필이면 가평에서 생산이 되어

가지고.」

「아, 그래요? 처음 듣는 얘긴데.」

「여기까지. 영업비밀입니다. 비법이라고 하는 게 맞으려나.」

「그래서, 오늘도 장사 다 하고 귀가하시는 거예요?」

「한 일주일 나갔다 한 번 돌아오고 그래요. 수요가 워낙 많아서. 서울 말고 지방에도 많거든요. 주로 밤에 움직이지. 다 자는 꼭두새벽에 착착 식당에 넣어놓아야 아침에 사장님들이 장사하러 나와서 바로 쓰거든. 아주 다양하게들 드시더라고. 특히 어르신들이 못 드셔서 안달이지.」

남자는 속도를 높였다. 창밖의 풍경은 그러나 내내 황량해서, 별로 변하는 것 같지도 않았다. 빠른 비트, 트로트를 닮은 멜로디, 단순한 가사. 예성의 머리가 남자의 플레이리스트를 따라 불렀다. 잘하면 알맞은 시간에 도착할 수 있을 것 같았다.

「비가 또 오락가락하네, 여긴. 날씨가 뭐 이래.」

남자가 중얼거렸다. 예성은 깜박이는 의식을 붙잡기 위해, 그리고 무서운 속도로 달려드는 악몽을 피하기 위해 필사적으로 애를 썼다. 두개골을 열어 뇌를 해할 수 있다면 그렇게 하리라. 손톱으로 후벼 파고 송곳니를 이용해 점점이 뜯어낸 후 잘근잘근 씹다가 뱉어낼 수 있다면. 어차피 열린 두피도, 조각난 두개골도, 뭉텅 잘린 뇌도 다시 자라날 테니까. 그렇게 무서운 생각을 하는데도 의식이 자꾸만 흐릿해졌다.

「아무 짓도 안 할 테니까 눈 좀 붙여요.」

뿌연 머릿속의 안개를 헤치고 남자의 말이 갑자기 툭 들어왔다.

「뭐 하는 사람인진 모르겠고 그래서 나를 안 믿어도 상관은 없는데, 뭐, 그래도 좀 충전을 해야 무슨 일이라도 하지 않겠어? 그 체력으로 가평역 도착하면 뭐할 거예요, 뭐. 기찻길에 드러누워 기절하기밖에 더하겠냐고. 그럴 바에야 지금 쪽잠이라도 자는 게 낫지.」

예성은 남자를 믿지 않았다. 믿지 않는다고 계속해서 자신의 등에 대고 채찍질을 했다. 그러나 눈꺼풀이 무섭게 감겼다. 아무것도 걱정할 것 없던, 사람은 그냥 사람이던, 아가미나 텔레파시 따위는 영화에나 나오던 얘기에 불과하던 그 옛날의 노래들이 흘러나오는 카스테레오가 문제였다. 음질은 조악했고 템포는 점점 느려졌다. 분명 아까는 댄스곡들이 나왔는데, 지금은 흐느끼며 소리치는 발라드가 끝나지 않을 속도의 이어달리기를 하고 있었다. 예성은 잠에 빠지기 전 마지막으로 생각했다. 그래도 나는 주예성이야. 그 진운고의 그 주예성이야.

내게 무슨 일이 일어나겠어?

그럴 리가 있나.

17

승조의 말은 종민의 꿈속을 계속 둥둥 떠다녔다.

보통은 팔을 많이 썼죠. 손 달려 있으면 안 좋아해요, 사람 느낌 난다고. 그래서 손은 따로 잘라서 살을 발라 유통하더라고요. 나머지는 고스란히 써요. 처음에 저는 그 재료에 손을 대지 못했어요. 먼저 손을 댄 건 유림 쌤이었죠. 쌤은 그때까지 한 번도 제 주방에 간섭한 적이 없었어요. 이러쿵저러쿵 말도 안 했고, 오로지 홀만 담당했죠. 그런데 그때 처음으로 쌤이 내 부엌에 들어와서 칼을 쥐었어요.

그땐 식당이 조금씩 어려워지고 있었어요. 진운고에서 빠져나온 커플이란 타이틀도 쓸 만큼 다 써먹었고, 비구류들은 점점 테이블에 앉아 기다렸다가 나온 음식을 수저를 이용해 먹는, 그런 인간적인 식사를 포기하기 시작했어요. 극소수를 제외한 대부분의 비구류들은 점점 가난해지는데, 가격은 그대로니까. 뭐 이해는 하지만 재롯값이 얼마나 올랐는데 우리가 무슨 자선사업 하는 것도 아니고…. 진운고 앞에 텐트 친 사람들이 쥐나 고양이를 잡아먹는다는 소문이 돌기 시작한 게 그즈음이었는데, 그 사람들, 절대 자기들끼리만 죽지는 않더만요. 사계백반에서 쓰는 고기가 소, 돼지, 닭이 아니다… 뭐 그딴 헛소문을 내더라고요. 우리가 자기들 위해서 재료 수급하느라 얼마나 힘들었는지는 생각도 안 하고. 손님이 뚝 떨어졌죠. 아침에 출근해보면 매일같이 누군가 가게 앞에 죽은 쥐를 달아놓고. 스프레이 페인트로 셔터에 욕설 써놓고.

나중엔요, 형, 제가 나가서 그 텐트촌 한가운데서 주먹 휘두르면서 싸우기까지 했어요. 그 누구도 아닌 제가 말이에요. 상상이 돼요? 근데 진짜로 죽이고 싶었어요. 나는 아무것도 잘못한 게 없는데 왜 저렇게까지 나를 증오하고 내 성과를 해하려 들까. 그 심리를 도대체 알 수가 없어서요.

그런데 그때, 잘 알던 업자 아저씨 친구라는 곰꾼이 식당에 와서 보양식 이야길 슬그머니 꺼낸 거예요. 그때 저를 욕하고 때리던 그 사람들이 식당 문 앞에 무릎을 꿇고 앉아서 제발 팔아달라고 비는 모습을 보고 싶지 않으냐고요. 그러면서 그랬어요. 이건 절대로 비인간적인 게 아니라고, 비구류랑 안피류 양쪽을 다 위하는 일이라고. 자기와 거래하는 안피류들은 이걸로 돈을 벌어서 본인들이 생각하는 인간다운 삶을 산다고. 이불이 여러 채인 삶, 수건에서 쉰내가 나지 않는 삶, 전기를 마음대로 쓰고 오디오로 음악을 듣는 삶을 산다고요. 그러니까 이건, 완벽한 윈윈이라고, 그 아저씨는 말했죠.

형.

형은 비구류들이 얼마나 많이 왔는지 상상도 하지 못할 거예요.

저는 처음엔 다들 혼자 올 거라 생각했어요. 자기 아는 사람에게 어떻게 같이 사람 뼈 고아놓은 국을 먹으러 가자는 말을 하겠어요. 몰래 와서 허겁지겁 먹고 갈 줄 알았어요. 그래서 일부러 소꼬리곰탕도 메뉴에 적어놓았죠. 사실 팔진 않았지만, 소꼬리 같은 재료는 있지도 않았지만, 다른 손님이 그 사람을 보면 소꼬리곰탕을 먹고 있구나, 라고 착각할 수 있게 말이에요.

그런데 그러지 않았어요.

사람들은 여섯 명씩, 열 명씩 함께 왔어요.

함께 똑같은 메뉴를 먹으면서 죄책감을 나눠 가졌어요. 아주 큰 냄비에 재료를 넣고 국을 끓이는 것처럼. 재료의 맛이 물에 섞여 옅어지는 것처럼. 단단했던 채소가 다 숨이 죽어 물컹해지는 것처럼, 그렇게 죄책감이 약해지는 걸 원했어요. 일행이 많으면 많을수록 테이블엔 웃음이 넘쳐났어요. 다 바른 뼈를 옆에 쌓아놓는 걸 주저하지 않았어요.

형.

더 무서운 건 뭔지 아세요?

사람들은 그 맛에도 금방 질려요.

종민은 벌떡 일어났다. 옆방에서 무슨 소리가 들린 것 같았다. 승조가 잠꼬대를 흘리며 뒤척였다. 안피류는 스툴에 앉아 졸고 있었다. 2교대라도 하게 둘씩 붙였어야지 어떻게 한 명만⋯. 안피류들이 어떤 식으로 이용당하고 있을지 뻔히 보여서, 종민은 속으로 혀를 찼다. 종민의 잠은 이미 달아났지만, 저 사람더러 침대에 대신 누우라고 해도 절대 그러지 않을 것이다.

그때 다시 옆방에서 큰 소리가 났다. 무언가 던지고 부수는 소리. 여러 사람의 고함이 섞여 있었다. 익숙한 목소리였다. 이번엔 안피류도 눈을 번쩍 떴다. 승조만이 아직도 옆구리를 긁으며 꿈을 꾸고 있었다.

"방금 소리, 들었죠?"

종민이 묻자 안피류가 고개를 끄덕이다가, 말을 섞지 말라는 명령을 뒤늦게 기억한 듯 황급히 시야를 돌리고는 눈꺼풀을 내리깔았다.

"가봐야겠어."

종민이 일어나자 안피류가 고개를 저으며 저벅저벅 문 앞을 가로막았다.

"저기, 융통성 좀 가지자고요. 목걸이에 도청장치라도 있는 거예요? 아니잖아. 잠깐 눈감아줘도 아무도 모른다니까. 설마 내가 장희란, 그 할망구한테 이르겠어요? 나 내보냈다고?"

안피류는 다시 한 번 고개를 저었다. 옆방의 소리는 점점 커졌다. 처음엔 유림과 희재의 목소리가 반반 섞인 듯했는데, 지금은 정심의 목소리가 모든 걸 덮고 있었다. 종민의 팔을 덮고 있는 털이 곤두섰다. 정심이 언제 저렇게 큰 목소리를 낸 적이 있던가? 그럴 수 있는 사람이었던가? 아니다. 16년 전부터 그 어떤 상황에서도 정심은 퍽 차분했고 조심스러웠다. 정숙과 비교하면 더욱 그랬다. 그런 면 때문에 언제나 구석에 처박혀야 했지만.

"세 사람 목소리가 전부 다 들리잖아요, 지금."

종민이 말했다.

"셋 다 저렇게 쩌렁쩌렁한 소리 낼 정도면 멀쩡하단 건데. 그럼 지금 가장 위험에 처한 게 누구일 거 같아요? 그런 생각은 안 들어요?"

종민은 안피류의 어깨를 두 손으로 잡고 흔들었다. 귀밑머리가 희끗희끗한 그의 몸은 무게감이 별로 없었다. 승조가 일어나는 소리가 등 뒤로 들렸다. 무슨 일이에요? 승조가 물었지만 종민은 대답하지 않고 안피류를 향해 다시 입을 열었다.

"당신 동료한테 무슨 일이 생겨도 상관이 없는 거냐고요. 괜찮다 이거예요? 당신들은 안 다치니까 괜찮다 이거야? 저 방에서 남희재가 당신 동료 목을 그었을 수도 있어. 민유림이 두개골을 반쪽 냈을 수도 있다고요. 별로 걱정이 안 돼요? 우리가 옆방인데, 옆방에 있는 사람들인데, 한번 가서 무슨 일이 있나 보는 거, 그것도 안 되냐고요. 씨발, 걱정 같은 것도 없느냐고 너 같은 물고기들은…!"

그때 밖에서 노크 소리가 들렸다. 노크라고 하기엔 훨씬
큰 소리. 현관문을 향해 대포를 쏜다면 그와 비슷했을 것이
다. 쿵쿵, 쿵쿵쿵. 여러 사람의 손발로 걷어차는 듯한 소리였
다. 안피류가 온몸을 써서 막으려 했지만 종민의 손이 조금
더 빨랐다.

문밖에는 희재가 서 있었다.

"…다쳤어요."

"뭐?"

"명희 씨가."

희재가 소리쳤다.

"명희 씨가 누군데?"

"우리 방의…."

희재의 말이 끝나기 전에 종민을 가로막고 있던 안피류가
밖으로 뛰쳐나갔다. 종민과 승조가 따라 나갔을 때는 이미 옆
방의 현관문을 열고서, 젖은 러그 위에 길게 드러누운 안피
류에게로 돌진한 후였다. 누운 이의 배에서 피가 조금씩 흘러
나오고 있었다. 칼자루가 피로 얼룩진 식칼 하나가 뻔뻔하게
그 옆에서 뒹굴었다.

정심은 수건으로, 베개 커버로, 찢어낸 이불로 안피류의
배를 힘껏 누르고 있었다. 땀이 관자놀이 위를 빠르게 흘러
떨어졌다.

"아무리 해도 피가 안 멈춰."

종민이 다시 보니 정심은 울고 있었다.

"안피류잖아요. 그런데 왜…."

"모르겠어. 안 멈춰. 종민아, 이걸 어떻게 해야 하니, 응. 너무 아파하는데, 어떻게 하냐고…. 죽으면 어떻게 해, 어떻게 하냐고…."

종민은 되묻고 싶었다. 저한테 뭘 물으시는 거예요. 제가 의사예요? 저는 아무것도 몰라요. 아시잖아요, 지금껏 얼마나 무능력하게, 쓸모없는 놈 취급을 받으며 살아왔는지. 그러나 일단은 정심의 팔목을 꽉 잡고 소리 없는 비명을 지르는 사람을 돌보는 게 우선이었다. 남자 방을 지키던 안피류는 누워 있는 안피류, 아마도 명희 씨의 손을 붙든 채 벌벌 떨고 있었다. 씨발. 종민은 나지막이 속삭이며 다시 남자 방으로 뛰어들어 가 자신의 외투 주머니를 뒤졌다. 이 생각이 얼마나 터무니없는지를 알면서도, 힙플라스크를 꺼내 다시 고통에 몸부림치는 이의 옆으로 갔다. 그토록 아껴 마시던 술을 마구 부었다. 중안피에도 붓고, 쫙 벌어진 아가미에도 집어넣고, 상의를 걷어 올린 후 상처에도 뿌려댔다. 누운 자가 발버둥칠 때마다 술과 피가 섞인 액체가 튀었다.

기억도 나지 않는 그 옛날에 애덤이 입에 대던 그 힙플라스크였다.

다친 이가 기진하여 잠인지 기절일지 모를 상태에 빠져들었을 때에야 비로소 종민과 승조는 무슨 일이 있었는지 들을 수 있었다. 비자나 출입국 도장이 찍혔어야 할 페이지에 온통 필담이 가득한 여권들이 침대 위를 덮고 있었다. 신명희라는 이름을 소개한 펜글씨는 그 여권들 중 하나에서 목격되었다. '제 이름은 신명희. 옆방 지키는 사람이 남편이에요. 이름은 고명덕. 이름이 비슷하죠?' 신명희의 기록은 그가 얼마나 수 다스러운 인물인지 가감 없이 드러내고 있었다. 그리고 얼마나 남편을 사랑하는지도.

신명희의 배에 식칼을 꽂아 넣은 것은 유림의 독단적인 판단이었다. 이 호텔에서 도망치고 싶어서 저지른 짓이었다. 어차피 안피류라면, 금세 회복할 테니까. 죽지 않을 테니까. 다시 잘 살 테니까. 그러니까 죄책감을 느낄 필요가 없었다. 5분이면 되었다. 5분이면 자신도 도망치고 칼을 맞아야 했던 안피류도 멀쩡해질 거라고, 모두를 위해 좋은 방법이라고, 유림은 그렇게 생각했다.

소통의 능력을 잃은 안피류들이 다음 시험에 들기 시작했단 걸 모른 것이 유림의 탓은 아니었다. 아무도 몰랐으니까.

고명덕은 식칼을 들고 자신의 새끼손가락을 살짝 그었다. 살이 벌어지고 피가 흘러내릴 정도로 그었다. 모두 고명덕의 새끼손가락에서 눈을 떼지 못했다. 승조는 자기도 모르게 하나, 둘, 셋, 하고 초를 재었다. 유림은 현관문과 가장 가까운 곳에 서서, 고명덕이 움직일 때마다 움찔거렸다. 아내의 배에 칼을 쑤신 사람을 저 남자가 가만히 둘 것인가. 그럴 리가 없다고 유림은 생각했다.

"아물지 않아…."

희재가 말했다. 정심은 이불을 더 찢은 후 고명덕의 새끼 손가락에 매주었다. 희고 얇은 천이 금세 피로 물들었다. 고명덕은 누워 있는 아내의 옆에 무너지듯 주저앉았다. 배에선 여전히 피가 끈적하게 흘러나왔다. 잠이 끝나면 고통이 다시 시작될 것이었다.

"모든 안피류가 이렇게 되는 걸까. 아니면 몇몇만…?"

어쩌면 초커 때문일지도 몰라. 그 극악무도한 새끼들이 목걸이에 무슨 짓을 했을지도…. 종민은 식칼을 들었다. 펄쩍 뛰며 가로막는 고명덕을 설득하기 위해 별의별 말을 다 써야 했다.

"재생이 안 된다는 걸 장희란이 알면 무사할 것 같아요? 그래도 월급 주면서 당신들을 써먹을 것 같아요? 진짜 3초만 생각해봐도 아니란 걸 알걸요?"

결국 고명덕이 아내를 덮어 보호하던 몸을 비켜주고 나서야, 칼을 들고 초커에 가까이 다가갈 수 있었다.

종민은 눈가를 잔뜩 찌푸렸다. 초커가 매어져 있는 가장자리에 온통 붉게 돋아난 습진 때문이었다. 초커 근처가 이 정도라면 그 아래는 얼마나 더 심할지 짐작할 수 있었다. 괴로워 견딜 수 없었을 것이다. 어쩌면 자신은 더 이상 재생되지 않는다는 것을 이 습진 때문에 이미 자각하고 있었을지도 모른다. 근지럽고 따가운, 독충이 목둘레를 스멀스멀 기어 다니는 감각을 통해서.

초커는 칼날에도 꿈쩍하지 않았다. 긁힌 자국 하나 나지 않았다. 정말로, 개처럼 부리기 위한 상징이로구나. 종민은 머리를 감싸고 주저앉았다. 온실인 줄도 모르던 온실에 살다 나오니 잔학한 폭풍의 한가운데였다. 왜 이 안피류들은 재생 능력을 잃게 된 것일까. 어느 곳에서는 그 재생 능력을 철석같이 믿는 자들이 식인을 자행하고 있는데. 만약 재생 능력을 잃은 안피류가 그걸 모르고 돈을 벌기 위해 자기 팔을 잘라낸다면, 그렇다면 그 안피류는 이 사회에서 어떤 위치로까지 떨어지게 될까….

"장희란은 이걸 알아요? 당신들이 재생할 수 없다는 걸?"

고명덕이 고개를 젓더니 침대에 널브러진 여권들을 향해 손을 뻗고는, 글씨를 쓰는 시늉을 했다. 정심이 얼른 일어나 펜과 여권을 가져다주었다. 펜은 어디서 났어요? 고명덕이 빈 페이지를 찾아 여권을 넘길 때 종민이 물었다.

"희재가 가지고 있더라고."

"펜을 왜 가지고 다녀?"

종민이 묻자 희재는 대답했다.

"언제 어디서 내 딸을 마주치게 될지 모르잖아."

그동안 고명덕은 적었다.

'저희 부부는 알고 있지만 정부에선 아직 모르는 것 같습니다.'

다행이라면, 부엌을 멀리하던 유림이 칼을 쓰는 게 아직 익숙지 못하며, 장희란이 먹을 걸 남기고 갈 생각 같은 걸 하지 못한 덕에 굶주려 힘조차 없던 상태였다는 것이었다.

잠에서 깨어났을 때 신명희는 여전히 고통스러워하긴 했지만, 의식은 또렷해 보였다. 수건과 찢어낸 이불로 배를 칭칭 감고는 남편의 손을 의지해 걸을 수도 있었다. 예순이라고 했지, 나이가. 예순. 정심은 눈을 질끈 감았다 떴다. 자신과 거의 차이가 나지 않았다. 배에 칼을 맞는다면 자신은 견딜 수 있을까.

"일단 정부 사람들이 더 오기 전에 나가서 움직입시다. 여기 있어 봤자 우리에게도, 두 분에게도 좋을 게 없어요. 저희랑 같이 움직여요."

종민이 말하자 정심이 물었다. 1층에 비구류 두 명이 지키고 있잖아?

"제가 따돌릴 테니까 그 틈에 빠져나가면 돼요. 설마 절 죽이기야 하겠어요? 조수석만 비워주세요. 금방 탈게요."

승조의 말에 고명덕이 펜을 쥐려 했지만 신명희가 그의 팔목을 잡고는 대신 고개를 끄덕였다.

"패드나 핸드폰 같은 걸 찾기 전까지는 여권에 계속 써서 말씀을 하실 수밖에 없을 것 같아요. 아직 많으니까."

끄덕끄덕.

종민은 꼭대기 층에 올라가 예성이 서랍 속에 넣어두었던 차 열쇠를 가지고 내려왔다. 잠시 고민하다가, 열쇠를 유림에게 넘겼다. 유림이 운전대를 잡는 게 저들로서도, 자신으로서도 걱정을 덜 수 있는 길이었다. 적어도 유림은 자기 자신을 죽일 사람은 아니었다. 남을 해할 생각은 할 수 있어도, 자신은 절대 죽지 못했다. 끈질기게 끝까지 살아남을 사람이었다. 자신이 먹고살기 위해 사람의 팔을 다듬을 수 있는 사람이었다.

승조는 식칼을 들고 내려갔다. 5분 있다가 내려오세요. 승조가 시킨 대로 그들은 불안하게 앉아 있다가 천천히 내려갔다. 로비는 텅 비어 있었고, 예성의 차까지 나가보니 승조는 놀랍게도 미리 차 앞에 서서 식칼을 닦고 있었다. 무슨 짓을 저지른 걸까. 모두 불안했지만, 아무도 묻지 않았다. 때로는 모르는 것이 약일 때도 있었다.

"어디로 가게?"

모두가 서로를 비집고 올라탄 후 정심이 물었다. 조수석을 차지한 승조가 대답했다.

"잘 아는 분이 있어요. 외곽이니까 숨기도 쉬울 거예요. 일단 거기 가서 조금 상황을 보고, 그다음에 움직여요."

"우리가 다 숨을 수 있을 만한 곳이야?"

"믿을 만한 사람이야?"

정심과 종민이 연달아 물었다. 승조는 네, 네, 하고 대답했다. 희재는 아무 말도 없었다. 맨 뒷좌석에선 가끔 시트를 내리치는 소리가 났다. 신명희가 고통을 참으려 주먹을 쓰는 소리였다.

18

예성이 눈을 뜬 것은 고통 때문이었다. 목 근처에서 어마어마한 통증과 그를 이겨내려 발버둥 치는 극도의 생명력이 동시에 충돌했다. 이런 느낌은 처음이었다. 가슴팍에 총을 맞았던 때를 자기 인생에서 가장 고통스러웠던 때로 단정 짓고 말해왔지만, 이건 이미 세월의 망각에 휩싸인 그 경험보다 훨씬 더했다.

무슨 일이 있었더라?

예성을 가장 겁에 질리게 만든 것은 아픔이 아니었다. 아무것도 기억나지 않는다는 점이었다.

왜 자신이 여기서 볼을, 그러니까 예전에 볼이라고 불렸던 중안피의 오른쪽을, 더러운 바닥에 비비며 쓰러져 있어야 하는지.

왜 손도, 발도 쓸 수 없는지.

왜 이렇게 숨이 가쁜지.

아무것도 기억나지 않았다. 자신이 그 트럭에서 잠에 빠져들었단 건 알았다. 그러나 자신은 수면제 같은 걸 먹을 수도, 옛날 소설에 나오던 클로로포름 따위를 흡입하고 정신을 잃을 수도 없는 안피류였다. 그런데 왜 조수석에서 끊긴 기억이 여기서 시작되는 걸까? 그럴 수가 있나?

누군가가 다가왔다. 예성은 눈을 치켜떴다. 누군지 알았다. 남자였다. 트럭을 운전하던 남자. 그가 칼을 들고 있었다. 멍청하긴, 그렇게 대체 왜 모르는 사람을 믿어서…. 예성은 자신을 저주하며 몸에 힘을 주어 꿈틀거렸다. 그러나 남자의 표정엔 미동도 없었다. 아니, 움직임이란 것이 애당초 불가능한 것처럼 보였다. 남자의 표정은 공허했다. 투명했고 가벼웠다. 프로그래밍된 대로 돌아가는 홀로그램에 가까웠다.

날카로운 날이 목에 닿는 순간 예성은 깨달았다. 그러나 곧 다시 모든 기억을 잃었다.

✴

누군가가 이불을 홀러덩 벗기는 기척에 강한은 벌떡 일어났다. 아직 사위가 어두웠다. 침대 옆에 선 사람의 얼굴이 보이지 않았다. 머리맡에 둔 패드의 화면을 켜서 시계를 보았더니 새벽 3시 10분 전이었다. 패드의 빛이 불청객의 얼굴을 비쳤다. 해일이었다.

「미안해.」

해일은 사과부터 했다.

「그렇지만, 일단 나와. 급해. 나도 이게 무슨 일인지 모르겠는데 네가 알아야만 해. 그냥 그런 직감이 들어.」

「이 시간에?」

「나도 방금 일어났어. 그러니까 제발.」

강한은 옷을 하나도 입고 있지 않았다. 대충 옷을 아무거나 걸치는데 해일이 옆에서 중얼거렸다.

「문 좀 잠그라니까, 진짜, 아직도….」

강한은 대꾸하지 않고 신발 두 짝을 들었다.

해일이 현관문을 열었다. 앞에는 익숙한 얼굴이 있었다.

두더지였다.

강한은 해일에게로 고개를 획 돌렸다. 그러자 해일이 급히 속삭였다.

「가면서 설명할게. 일단 신발 신어. 조용히. 아무한테도 들키면 안 돼. 주예성이었대, 분명.」

「뭐?」

「진운고의 그 주예성 맞대. 손발이 다 묶여서 이 근처에 갇혀 있대. 두더… 아저씨가 핸드폰으로 찍은 사진을 보여줬어. 나는 주예성이 어떻게 생겼는지 몰라. 너는 알 거 아니야. 아저씨가 찍어놓은 거 봐. 아니, 그 사람이 주예성이든 아니든, 지금 위험해. 뭔가 이상한 일이 일어나고 있어.」

강한은 작은 스마트폰 화면으로 익숙한 얼굴을 확인했다.

바닥에 얼굴 반쪽을 비비며 드러누운 모습을. 예성 이모가?
아가미가 마구 벌름거렸다. 예성이 어떻게 저런 꼴을 보여야
하는 사람인가. 그럴 수 없다. 그래선 안 된다. 저 사람은 모
두를 이기는 사람인데 어떻게….

그때 두더지가 사진을 멋대로 확대했다. 얼굴은 훅 커지더
니 모서리 쪽으로 사라지고, 목이 확대되었다.

강한이 눈에 보인 걸 제대로 이해하기도 전에 두더지가 먼
저 말했다.

「아가미를 자르고 있어.」

사진은 붉고 검고 무서우며 끔찍했다.

「자라나면 또 자르고, 자라나면 또 잘라. 계속해서 반복하
고 있어.」

이것은 예성 이모가 아니더라도, 라고 강한은 생각했다.
예성 이모가 아니더라도….

「아니더라도, 구해야지.」

해일이 강한의 손을 잡고 말했다.

그러나 겨우 우리끼리, 어떻게?

강한은 생각했다. 그러나 사실은 답을 알았다.

두더지의 앞에서 능력을 보이는 것은 주저되는 일이 아니
었다. 어차피 펜션의 사람도 아니었고, 펜션의 사람들과 긍
정적인 교류를 나누는 사람인 것 같지도 않았으니까. 문제는
해일이었다. 만약 강한이 안피류를 죽일 수 있다는 것을, 그
리고 예성을 구하기 위해 실제로 죽였다는 것을 해일이 알게

된다면, 그렇다면 해일은 강한을 지금처럼 대해줄 수 있을까? 방에 찾아오고, 함께 샤워하고, 중안피를 맞대고, 아무도 없는 근방의 길을 걷고 계곡에 발을 담글 수 있을까? 그래줄 수 있을까? 해일은 죽고 싶지 않다고 했다. 그 말인즉슨, 누가 죽는 걸 원하지도 않을 거란 이야기였다. 그렇지 않은 사람들도 물론 있겠지만, 해일은 자신이 겪고 싶지 않은 것을 남이 겪는 데에서 괴로움을 느낄 아이였다.

그러나 예성을 이대로 내버려둘 수도 없었다. 죽지 않는 것이 더 큰 형벌일 고통 속에서.

강한이 조금 주저하는 모습을 보이자 해일이 채근했다. 그때 두더지의 목소리가 머릿속으로 들어왔다.

「아가미를 잘라 팔려는 거야.」

「네?」

강한이 크게 소리쳤다.

「너, 남자 애기, 이름이 뭔진 모르겠지만. 너도 몰랐지. 여기 있는 사람들은 하나도 몰라. 안에 갇힌 지 너무 오래되어서 밖에서 무슨 일이 일어나는지 몰라. 너희가 돈을 내고 있다고 생각하지만 그 돈이 김미솔에겐 푼돈밖에 안 된다는 것도 몰라. 나는 매일 숫자를 적었어. 너희가 전기를, 물을 얼마나 쓰는지를 적었어. 어떤 물건들을 사들이는지 적었어. 믿을수가 없었기 때문에. 이 산골짜기에서 아무것도 하지 않는데 저렇게 잘사는 사람들이 있단 걸 믿을 수가 없었기 때문에. 숫자로 다 계산했어. 그리고 알았지. 너희는 절대로 그 돈을

낼 수가 없어.

그런데 어떻게 사는 걸까? 어떻게 무너지지 않고 계속해서 살아갈 수 있었던 걸까?」

두더지의 얼굴이 벌게졌다. 중안피의 색과 크게 다르지 않았다.

※

비구류들은 점차 팔과 손으로는 만족할 수 없게 되었다. 아무리 먹어도 썩 효능이 있는 것 같지 않았다. 게다가 처음엔 웃돈까지 주고 알음알음 구해야 했지만, 점점 흔해지고 그에 따라 값이 내려가더니 이젠 개나 소나 다 먹을 수 있는 보양식이 되었다. 특별하지 않은 재료로 위치가 점점 내려갔다. 그러니 공급업자들이 울상이었다. 돈 냄새를 맡은 사람들은 계속해서 사업에 뛰어드는데, 초반의 주요 고객이었던 노년의 부유층은 어느 순간 사라지고 없었다. 돈 안 되는 서민들과 남루한 백반집만 상대해야 했다. 박리다매로 이전의 황홀한 이윤을 유지하기엔 에너지가 너무 많이 들었다.

펜션 이터널을 드나드는 공급업자가 미솔에게 새로운 대안을 제시한 것이 그쯤이었다.

「노인네들 몰라? 그 사람들은 담백한 살은 크게 쳐주지 않아. 끈덕진 피, 기름진 내장. 그런 게 더 영양 덩어리라고 생각하잖아. 이제 팔은 그만둬, 포화라고. 좀 지나면 엉터리 약장수 소리 듣게 생겼어.」

「뭐, 선지라도 만들라는 거야? 그리고 배를 가른다? 사람들이 가만히 있겠어? 팔 자르는 것도 정착시키는 데 머리 엄청 굴리고 입 털어야 했던 거 알잖아. 쟤들은 자기들을 사람이라고 생각해. 죽겠다고 왔으면서도 존엄에 대한 환상이 아직도 남아 있다고. 자기들이 가축이라고 생각하질 않아.」

「아니, 배는 안 갈라도 돼. 야, 미솔아. 네가 뒈지기 직전의 비구류 할배라고 생각해봐. 살고 싶어 미치겠는 인간이야. 안피류의 몸에서 뭘 먹으면 만족할 수 있을 것 같아?」

「그걸 내가 어떻게 알아.」

「자꾸 그럴래? 잘 생각해보라고. 네 몸을 한번 떠올려봐. 안피류의 생명력이 어디서 뿜어져 나온다고 비구류들이 볼 것 같아? 자기들이랑 똑같이 생긴 부위? 과연 그럴까? 자기한테도 뻔히 있는 팔, 남의 거 먹는다고 뭐가 달라질까?」

「…아가미?」

「그렇지. 안피류들 아가미엔 지느러미도 붙어 있어. 너 옛날에 광어 지느러미 환장하고 먹었잖아. 그 기름진 맛이 있잖냐, 응? 이게 노다지야, 미솔아. 한번 시도를 해보자고.」

「아가미를 잘라도 살 수 있을까?」

「뭐?」

「확신이 안 서네.」

미솔은 주저했다.

「자기 말대로 아가미가 생명력의 원천인 것처럼 보이는 게 맞아. 그런데 정말로 그러면 어떡해? 그걸 자르면 사람이 죽는다면. 그러면 어떡하지? 그걸 사람들이 보는 순간 여긴 그대로 무너질 거야. 다들 죽을 용기는 없는 작자들이니까. 꽁무니를 빼고 도망가겠지. 그리고 우리는 거지가 될 거야. 황금알을 낳는 거위의 배를 갈라버린 꼴이 되고 말 거라고.」

「그러면….」

「실험해보기 전까진 절대 안 돼. 절대.」

✳

두더지는 자신이 엿들은 장면을 전했다.

「그러니까, 그 팔들로 장사를 하고 있었다고. 김미솔이라는 그 여자가.」

해일은 물었다.

「그, 지금 아가미를 자르고 있는 남자요….」

「어, 공급업자. 왜?」

「혹시 어떻게 생겼는지… 보셨어요?」

「코랑 입도 없는데 어떻게 아냐, 내가. 음. 눈은 아주 순진하게 생겼어. 송아지 눈 같더라. 그리고….」

「귀가 아주 크죠.」

「어, 그래. 그게 좀 특이했지.」

「우리 삼촌이에요. 그 사람.」

「뭐?」

「미솔 님 남편이요. 우리 아빠 동생….」

전국 곳곳을 떠돌아다니며 일을 하다가 일주일에 한 번씩,

가끔은 정말로 잊을 것 같을 때마다 한 번씩 펜션 이터널에 들르던 해일의 삼촌이 지금 여기 있다는 것이었다.

「제가 삼촌에게 말해볼게요.」

해일이 말했다.

「그래도 삼촌은 내 말을 들을 거예요. 삼촌은 그렇게 나쁜 사람 아니에요…. 일단 가요.」

해일이 걸음을 옮겼다. 어디로 가야 하는지 방향도 모른 채였으니 그저 공허한 움직임일 뿐이었다.

「뭐 해요. 빨리 안내해주세요, 아저씨….」

「너, 인마.」

「네?」

「너도 알던 거야?」

두더지가 해일의 손목을 잡아채며 물었다.

「이런 말을 듣고 어떻게 그렇게 아무렇지 않은 척할 수가 있어? 이해를 못 했냐? 사람 팔을 잘라 팔아먹었다고, 네 삼촌이란 작자랑, 그렇구나, 그러니까 김미솔이 네 숙모겠구나, 그렇지. 어쩐지 왜 같이 사나 했다, 그 숙모가 말이야. 너는 이게 별일이 아닌 것처럼 들려? 너도 공범이야? 알고 있었어?」

그럴 리가 없어. 강한은 무섭게 소리 내는 칼날 밑으로 팔을 들이밀던 해일의 표정을 기억했다. 이해할 수 없는 펜션 사람들의 모순을 이야기하며 가슴을 치던 걸 기억했다. 영화를 보면서 눈을 빛내고, 자신의 손이 살갗에 닿을 때마다 심장을 벌렁거리던 그 순간들을 기억했다. 해일이 그걸 알고도 가만히 있었을 리가 없었다. 적어도, 자기 팔이 아니라, 다른 사람들의 팔까지 팔아넘겼단 걸 알면서도 뻔뻔하게 모르는 척할 리가 없었다.

「내가 그걸 어떻게 막아요.」

강한은 저 농도의 눈물이 무엇인지 알았다. 엄마가 쫓겨날 때의 자신이 흘리던 것과 똑같았다. 그해의 기억은 흐릿하지만 유독 그날 얼굴이 얼마나 따가웠는지는 생생했다. 자기 자신의 피부를 쥐어뜯어 버리고 있단 착각이 들 정도로 독성이 가득한 눈물이 눈에서 철철 넘치던 날이었다.

해일은 알았을 것이다. 강한은 확신했다. 그러나 팔까지였겠지. 아가미를 자른단 생각은 하지 못했을 것이다.

악!

강한은 소리를 질렀다.

악!

두더지와 해일이 동시에 자신을 돌아보았다.

「싸우는 건 나중에 하고 일단 가자고요, 씨발. 어디냐고요, 거기가. 뭐가 중요한지를 아직 몰라요? 이게 영화예요? 옛날 사연들 다 설명하는 동안 나쁜 놈들이 내내 기다려줄 줄 아냐고요, 어?」

19

「삼촌.」

예성의 가슴이 가쁘게 오르내렸다. 아무것도 안 들리면 좋을 텐데. 머리에 낯선 목소리가 들어차면 들어찰수록 목의 통증은 더욱 심해졌다. 여기가 어디지? 내가 어쩌다 여기 온 거지? 아무것도 기억나지 않았다. 맞은편의 남자는 무거운 쇠붙이를 들고 있었다. 남자가 오른쪽으로 고개를 휙 돌렸다. 예성에겐 목을 가눌 힘이 없었다. 소리만 머릿속을 맴돌았다.

「이모!」

저건 또 무슨 소리인가. 예성은 줄에 묶인 손목을 비비며 앓았다. 제발 모두 닥쳐줬으면 했다. 차라리 죽는 게 나았다.

그러나 누군지 모를 사람들은 예성의 사정을 봐줄 생각이 전혀 없었다.

「어, 장해일. 너 인마, 이 시간에 안 자고 뭐 하냐? 일찍 자야 키 커, 인마. 너 그 나이 때 안 자면 삼촌 나이 되어서도 후회해.」

「삼촌 지금 뭐 하는 거예요?」

「아?」

「이 피는 다 뭐고….」

「아. 좀 흉하긴 하지? 이게 그, 어른들의 비즈니스라서. 어린애들은 몰라도 되는…. 뭐 그런 거지. 해일이 너도… 알 만큼은 다 알잖아? 모르는 거 아니잖아? 그걸 조금 확장한 다고 보면 돼, 해일아. 별거 아니야. 원래 사업 아이템을 늘리 려면 있지, 테스트를 많이 해봐야 하거든. 안 그러면 소비자 들이 만족을 못 해요. 그러면 우리 해일이한테도 좋을 게 없 어요. 하루하루가 기구해져요.」

예성은 목덜미가 꿈틀대는 것을 느꼈다. 동시에 머릿속에 서 과거의 기억들이 돋아나고 있었다. 아까 이모를 부르짖던 목소리의 주인에 대해서, 여기 얼굴을 처박고 뒹굴게 된 과 정에 대해서, 그리고 지금 이 지옥 같은 세계가 어느 날 어떻 게 시작되었는지에 대해서도.

「이런 식으로 하신다고는 말씀 안 하셨잖아요. 삼촌. 저희 팔을 자르는 건 저희가 동의한 거였어요. 아니, 삼촌이 그걸 무슨 의도로 팔아넘기는지는 대부분 몰랐지만… 그렇지만 죽 음으로 가는 업보를 쌓기 위해 자해가 필요하다… 혹은 다들 돈이 필요하다… 그런 명분이 있었잖아요, 미솔 님이 우리 팔을 자르고 고양이랑 같이 삶는 것에요… 그렇지만 이건…
이건 전혀 다르잖아요. 저기 누워 있는 사람이 동의를 했어요?
여기가 어딘지 아는 거예요? 삼촌은….」

예성의 기억은 이제 거의 다 돌아왔다.

「삼촌은 지금 대체 무슨 생각인 거예요?」

그러나 저 목소리의 주인이 누구인지는 전혀 알 수 없었다.

「어, 문자가 오네?」

삼촌이라 불린 사람이 말했다.

「장해일, 미안. 중요한 거래처 문자라서 있지. 이거 답하고
마저 얘기하자, 응? 삼촌이 워낙 일이 많아서, 알지? 삼촌 없
으면 우리 해일이가 어떻게 살아.」

삼촌이라 불린 남자는 지금까지 남자아이 옆에 있는 두 사
람에 대해서 한마디도 하지 않았다. 그러나 예성은 그 둘 중
하나를 알아보았다. 부를까 말까, 하는 주저함은 절대 없었
다. 그 애는 아직 기억할 수 없는 시절의 자신을 구성하는 것
이었다. 세상의 다수였다. 자신을 안아줄 상대였다. 그렇게 생
각되었다.

「강한아.」

이제야 막 기억난 이름이 본능적으로 튀어나왔다.

「도와줘. 강한아… 도와줘. 살려줘.」

강한이 고개를 돌렸다. 그 애와 자신 사이의 사연을 아직
다 알지도 못하면서 예성은 뇌까렸다.

「너무 아파. 도와줘, 강한아. 여기서 나갈 수 있게 해줘. 아

무엇도 기억나지 않아. 제발 살려줘. 살고 싶어. 여기서 나가고 싶어.」

「내보내드린다니까.」

삼촌이란 남자가 핸드폰을 주머니에 쑤셔 넣고는 말했다.

「열 번만 더 하면 돼…. 일단 초도 물량이 있어야 거래를 트거든요. 게다가 팔 자를 때처럼 무한히 계속해도 목숨에 상관이 없는지, 그것도 알아야 돼…. 사람들이 죽어버리면 안 되니까…. 그러면 더 팔 게 없어지니까….」

그런데 나 여기 있는 건 누가 안 거지? 삼촌이라 불린 남자가 남자아이를, 강한을, 그리고 그 옆의 남자를 한 명씩 뚫어지게 바라보며 묻는 것을 예성은 헐떡이며 지켜보았다. 이 시간에 함부로 펜션 밖을 쏘다니라고 누가 그랬어, 응? 큰일 나요… 애들은 잘 시간이잖아. 그러더니 삼촌이란 사람은 강한 옆의 남자에게 시선을 고정시켰다.

「어이, 두더지. 두더지가 땅속을 파고 다녀야지 땅 밖으로 뛰어나오면 쓰나…. 두더지면 두더지답게 굴어야지 지금 뭐 하는 거야.」

「우리 이모 놔줘요.」

강한이 남자의 시선을 자기에게로 돌렸다. 남자는 눈을 동그랗게 뜨고서 강한의 얼굴을 바라보았다. 강한은 남자의 눈이 정말로 소의 것처럼 생겼다고 생각했다. 아주 선한 얼굴. 해일과도 닮아 있다는 걸 강한은 비로소 알아보았다.

「내가, 왜?」

남자가 아주 작게 물었다.

「내가 그래야 할 이유가 뭐지? 설득할 이유가 있냐?」

너무도 당연한 것을 물어서 강한은 잠시 말문이 막혔다.

「사람이면 그런 짓을 하면 안 되니까요.」

「무슨 짓?」

「원하지 않는 사람을 고통스럽게 만드는 짓.」

남자는 칼을 들지 않은 손을 등 뒤로 넘겨 티셔츠 속에 집어넣고는 벅벅 긁었다. 그러더니 대뜸 물었다.

「죽이는 건 되고?」

한 박자 쉬더니 다시 물었다.

「너, 사람, 지금까지 몇 명이나 죽였지?」

아.

강한은 심장이 쿵 떨어지는 소리를 들었다.

해일과 두더지가 강한에게로 고개를 돌렸다. 강한은 손을 내젓고 싶었다. 말도 하고 싶었다. 그러나 손은 옆구리에 딱 붙어 있었다. 낱말을 만들어낼 수가 없었다.

「이런 걸 가리키는 속담들이 옛날엔 참 많았는데… 악마 같은 아가야, 미안하지만 나는 사람을 죽인 적은 없어. 그럼 누가 더 악하지?」

「너, 죽였어?」

해일이 속삭였다.

「비구류들을? 진운고에서?」

강한은 고개를 세차게 저었다. 목밖에 움직일 수 있는 곳이 없었다. 남자는 다시 심술궂게 말했다.

「아니, 해일아. 아니야, 비구류가 아니야, 해일아.」

강한은 해일의 옆을 박차고 달려들었다. 남자의 머리를 틀어막아야 했다. 더 이상 말을 옮길 수 없게 만들어야 했다. 누구에게까지 강한의 능력이 알려져 있을까? 확신할 수 없었지만 씨앗은 모두 제거해야 했다. 지금 빨리 손을 써야 다시 아무 일도 없던 것처럼 묻을 수 있을 것이다….

「남강한!」

예성의 외침은 강한을 멈추지 못했다. 남자의 외침에 묻혔기 때문이었다.

「그래, 나도 죽이려면 죽여라, 제발 죽여주고 여기 있는 사람들 싹 다 몰살시키고 떠나, 어? 지겨워 죽겠어, 지겨워! 이러려고 네가 왔지, 어? 쌍년아, 네 몸값을 하란 말이야, 어?」

마지막 '어?'의 억양은 올라가지 못하고 힘없이 꺾였다.

딱 닫힌 아가미를 어루만지던 남자가 강한과 해일을 번갈아 보고는 씩 웃었다.

강한은 그걸 보고 알았다. 저건 자신이 어떤 식으로 죽임을 당할지 알았던 자의 모습이었다.

「봐라, 장해일. 말했지. 중요한 애라고. 잘 지켜보라고 했잖아.」

남자가 앞으로 쓰러지기 직전 남긴 마지막 말이었다.

✴

강한은 그대로 빈 공장을 뛰쳐나갔다. 해일이 따르려 했는데 두더지가 팔을 붙잡았다.

「쟤가 어디로 도망갈 수 있을 것 같아? 곧 돌아올 거야. 먼저 이 여자 풀어주는 게 우선이야. 쟤는 곧 돌아와, 장담해. 일단은 내 말 들어.

그리고 네 삼촌이 죽었잖아, 지금, 아가야.」

두더지는 예성의 손발을 묶고 있는 케이블타이를 죽은 남자의 칼을 이용해 잘라냈다. 해일은 길게 드러누운 남자의 티셔츠가 덮고 있는 가슴을 어루만졌다. 얇은 천을 주먹으로 쥐었다가, 다시 놓았다. 또 꽉 쥐었다가, 손을 펴서 마구 쓰다듬었다. 그러고는 얼굴을 그의 가슴팍에 묻었다. 앞섶을 생명줄처럼 잡고 있던 손을 놓더니 굳게 닫힌 아가미를 꾹꾹 눌렀다. 손톱을 세워 이미 막힌 틈 사이를 파고들었다. 긴 손톱으로 살을 파고들어 숨길을 열면 다시 남자가 살아날 것처럼.

손발이 자유로워진 예성이 자신의 아가미를 만졌다. 이제 온전히 돌아온 아가미는 아무것도 모른다는 듯 태연하게 천천히 움직였다. 바람이 선선히 부는 날 운동장에 서서 고개를 약간만 들면 볼 수 있던 나라의 국기의 모양처럼, 천천히 여유롭게 펄럭였다. 예성의 손길에 따라 부드럽게 파도치기도 했다.

「여기가 어디죠?」

예성이 물었다.

「펜션 이터널 근처, 문 닫은 공장.」

두더지가 말했다.

「펜션 이터널이 어딘지는 알 거고. 당신이 진운고 주예성인 건 우리 모두가 알아요.」

예성은 두 손으로 바닥을 짚고 천천히 상체를 일으켰다. 누워 있는 남자의 사체를 보았다. 그의 가슴에 얼굴을 대고 있는 가녀린 아이의 뒤통수를 보았다. 그 아이가 이마를 남자의 가슴에 부빌 때마다 가느다란 머리카락이 하늘하늘 움직였다.

강한이 두 번째, 혹은 세 번째 살인을 저질렀구나.

그러한 자각이, 비로소 들었다.

예성은 세상이 속절없이 무너지는 소리가 귓바퀴에 감겨 들어오는 것을 느꼈다. 10년간 강한은 모든 슬픔과 분노를 참아왔다. 여섯 살, 아무것도 모를 때 저지른 첫 살인은 제 엄마를 보호하기 위한 것이었고, 강한 자신은 극구 부인하던 10년 후의 두 번째 살인은 해묵은 감정과 불안정한 사고의 결과물이었다. 그렇게 믿고 싶었다. 아무도 모르는 펜션 이터널에 아이를 굳이 집어넣은 것도 그 이유에서였다. 강한은 오래 참을 수 있는 아이였다. 말이 거칠고, 행동이 사납고, 일부러 더 위악적으로 날뛴다 하더라도. 예성은 믿어 의심치 않았다. 그리고 혹시라도, 정말 만에 하나라도 능력을 들킨다 해도 덜 위험할 곳이었다. 죽음을 원하는 집단이라는데. 강한을 배척할 이유가 뭐가 있단 말인가.

예성은 펜션에 강한을 집어넣을 때만 해도 그렇게 생각했었다. 안일했다.

「누가 오는 것 같은데?」

어찌할 바를 모르는 듯 서 있던 남자가 말하며 죽은 이의 가슴팍에 엎드린 아이의 상체를 일으켜 세웠다. 그제야 예성은 자신의 귀에서 붕괴하는 듯 메아리치던 소음이 자신에게만 들리는 환청이 아니라는 것을 깨달았다. 정체를 알고 나니 너무 뻔했다. 어떻게 저 소리를 헷갈릴 수 있었을까. 그것은 잘 관리한 자동차들의 엔진 소리였다. 그 소리가 가까이에서 멎었다. 곧 자동차의 문이 여러 번 열리고 닫히는 소리가 들렸다.

예성은 벌떡 일어났다. 가슴팍이 뻐근하고 종아리가 조여들었다. 그러나 움직여야 했다. 누가 자신에게 이로운 인물인지 더는 판단할 수가 없기에 숨어야 했다. 예성의 움직임을 보고 남자가 따라붙었다. 따돌릴 에너지가 예성에겐 없었다. 예성은 거미들이 기어 다니는 기계와 기계의 사이에 숨었다. 남자도 아이를 질질 끌고는 근처에 몸을 숨겼다.

공장의 문이 열렸다. 그리고 예성은 자신의 시야 안에 말도 안 되는 사람의 모습이 들어온 탓에 그만 어지러워져 주저앉고 말았다. 삶은 미리 줄거리를 만들어놓은 후 진행되는 인형놀이가 아니라서 아귀가 하나도 맞지 않았다. 모조리 다 엉망진창이었다. 그 정도는 예성도 알았다. 그러나 이 정도일 줄은 몰랐다. 대체 뭐가 어떻게 돌아가는 거야. 예성은 바닥에 얼굴을 처박았다. 당신이 어떻게 다시 내 눈 앞에 있는 거야.

✳

"뭐야, 왜 갑자기 잠수를 타시는 걸까요?"

승조가 종민에게 외치듯 말했다. 차 밖에 나가 흐늘흐늘 걸어 다니던 사람들은 잠시 승조를 쳐다봤다가 다시 고개를 돌렸다. 버터감자, 통오징어, 소떡소떡. 과거의 유물이 된 단어가 보란 듯 거대하게 인쇄된 간판의 색은 너무 많이 바래 있었다. 빨강, 노랑, 초록. 다 바래고 푸르스름한 색만 남았다.

"이러면 곤란한데."

승조가 이맛살을 찌푸렸다.

"대략적인 동네만 알지 정확한 위치를 모르는데… 그렇다고 동네를 다 헤집는 건 서울에서 김 서방 찾기밖에 더 되냐고요."

누가 봐도 희한한 조합이었다. 일가족 행세를 했으나 일가족이라는 개념 자체가 사라진 지 오래인 세상이었다. 아직도 그런 게 있느냐고 낄낄대는 이들의 되물음을 받으며 검문을 통과하는 것은 쉽지 않은 일이었다. 그렇게 꾸역꾸역 외곽에까지 나왔는데 승조가 믿는 구석이라 말하던 남자가 잘되던 연락을 뚝 끊어버렸다. 전화도 받지 않았다. 이 하룻밤 연락을 취한 비용만 해도 뼈아플 정도인데. 아마 충전해둔 요금을 거의 다 사용했을 터였다. 그러면 꼼짝없이 서울로 돌아가 선불식 핸드폰을 취급하는 업자를 찾아야 했다. 그 시간 안에 그들이 없어진 게 발각되고 수배가 내려질 게 당연했다.

"뭐든 상관없잖니. 천천히 하렴."

정심이 말했다.

"어차피 우리는 그곳에서 도망쳐야 했어. 그러니 어디로 가든 그건 중요하지 않아. 핸드폰도 좀 내려놓자. 비싸지 않니, 그거. 한순간 한순간이 다 돈이잖니."

승조는 핸드폰을 내려놓고는 아스팔트 바닥에 벌러덩 누워버렸다가, 젊은 남자가 비명을 지르는 듯한 소리에 벌떡 일어났다. 안피류 둘과 정심을 제외하고는 모두 소스라치게 놀랐다. 정심이 말했다.

"고라니 울음소리야."

"간 떨어지는 줄 알았네."

종민이 몸서리쳤다.

"고라니면 사슴 같은 거 아니에요? 그 얼굴로 어떻게 저런 소릴 내지?"

"사람 기준으로 그렇게 말하면 고라니가 섭섭하지. 자기들한텐 저게 정상일 텐데."

"아니, 그렇게 선문답처럼 말씀하시면 내가 뭐가 돼요. 세상 다 산 할머니처럼. 아직 창창하시거든요? 예전에야 우리 중에서 왕이었지만, 지금은 또래 친구들도 저기 있는데."

또래 친구. 정심은 맨 뒷좌석에 엉켜 있는 두 사람을 보았다. 비스듬히 누워 남편의 무릎을 벤 채 잠든 신명희와 아직도 신명희의 배 위에 올려둔 손을 거두지 않고 앉은 고명덕을.

"동생 생각이 나."

정심이 누구에게랄 것도 없이 말했다.

"나는 수화를 늦게 배웠는데. 왜냐하면 안 배우려고 안간힘을 썼거든. 그래서 그때까지 동생이랑은 아무런 대화를 하지 못한 거나 마찬가지야. 걔가 두 살 때 열을 못 내려서 그렇게 되었으니까…."

"그럼 언제 배우셨는데요?"

종민이 물었다.

"스물두 살에."

"와, 정말? 그럼 그전까지는 전혀 대화가 없었던 거예요?"

"그렇지. 사실 그러니까, 내가 일방적으로 말만 한 셈이야. 동생이 필담이라도 하려고 펜을 들면 도망가버렸고. 한 열여섯 살 때까지는 나한테 수화를 가르치려고 부모님이 노력하셨는데, 고등학교 가서는 포기하셨고."

"왜 그러셨어요?"

"미운 마음에서였지, 뭐."

정심은 아직도 그때 살던 방의 벽지 무늬와 거기 핀 곰팡이 하나하나까지도 생생히 그려볼 수 있었다.

"가뜩이나 가난한데 걔 낫게 한다고 여기저기 병원 쏘다니며 돈은 다 썼고. 그런데 좋아진 건 하나도 없고. 그게 걔 잘못은 아닌데 자꾸만 화살을 돌리고 싶었어."

"하긴 그러면 부모님도 힘드셨을 테니까 집안 분위기도 좀 그랬겠어요."

"아니."

정심은 고개를 저었다.

"단 한 번도 힘들다 말씀 안 하셨어. 두 분이 싸운 걸 본 기억도 없고. 그 시대에 그런 부모가 존재했을까 의심스러울 정도로 사랑 넘치는 분들이었거든. 돌아가실 때까지 둘도 없는 잉꼬부부였고. 돌아가실 때도 어떻게 그러셨는지, 며칠 차이도 없이 나란히 가셨고. 이 꼴 안 보고 가셔서 다행이지."

종민은 드러누운 승조 옆에 쭈그려 앉은 유림을 바라보았다. 정심은 계속 말을 이어 갔다.

"그게 싫었던 거야. 정말 못난 마음이었지. 만약 불행해졌으면 더 쉽게 미워할 수 있는데, 부모님은 개 때문에 힘들어 보이지 않으니까. 그러니까 무언가 어긋난 느낌이었어. 힘들고 미워하는 나만 하찮아지는 느낌."

"의외네요. 정심 샘은 항상 진짜 착한 천사 같다, 뭐 그렇게 생각했는데."

"절대 아니지. 나는 위선자야."

"위선이라도 부리는 게 어디예요. 다들 그런 것도 없이 사는데. 저도 그렇고."

종민이 말했다.

"근데 정심 샘이 이런 말씀 하시는 거 처음 들어요. 옛날이야기 하시는 거."

"명희 씨네 보니까 우리 부모님 생각나서 그래. 우리 부모님 돌아가실 때 딱 저 정도 나이였을 텐데. 일찍 가셨지. 너무 일찍 가셨어."

종민은 뭐라 반응해야 할지 몰라 목을 조금 긁더니 말했다.

"이젠 다 상관없으니까 저 개목걸이라도 풀어드릴 수 있었으면 좋겠어요."

"어쩔 수 없어요, 연락이 안 와도 근처까진 가봐야지."

승조가 툴툴대며 흩어진 사람들을 다시 불러 모았다. 다리안 저리세요? 괜찮아요? 정심의 연이은 물음에 명덕이 고개를 젓고, 그다음엔 끄덕였다.

일찌감치 사람들의 시야에서 벗어나 있던 희재는 가장 늦게 차로 돌아왔다. 손에는 이름 모를 주황색 열매가 달린 가지를 몇 개 들고 있었다. 짜부라진 방울토마토 같다고 정심은 생각했다. 방울토마토를 본 지도 오래되었지만. 한때는 지긋지긋할 정도로 매일같이 식판에 놓아주던 후식 과일이었는데. 그 달고 신 맛이 갑자기 기억나서 침이 돌았다.

희재를 태운 차가 서서히 움직이기 시작했다.

"이 근처가 숲이더라고요."

희재가 말했다.

"이거 뭔지 모르겠는데. 먹을 수 있는 건 아닌 것 같고. 숲언저리에 엄청 많길래 그냥 조금 꺾어왔어요."

"나도 뭔지 모르겠네."

정심이 서둘러 대답했다. 지금껏 있는지도 모를 정도로 너무나 조용하던 희재가 입을 연 순간이었다. 실은 희재가 눈밖으로 사라졌을 때, 어쩌면 다시는 돌아오지 않을까 봐 걱

213

정했었다. 그러니 희재의 작은 행동 하나하나를 놓치고 싶지 않았다. 모두 반응해야 했다. 희재는 정심의 마음속에서 아직도 아이였다. 하트 모양의 입을 벌리며 웃던 아이. 마흔이 되어도, 쉰이 되어도 그럴 터였다.

명덕이 뒷좌석에서 여권을 내밀었다. 마지막 페이지였다.

'해당화예요.'

움직이는 차에서 써 내리느라 고르지 못한 필체였다. 정심은 고개를 돌려 뒷좌석을 바라보았다. 펜을 쥐고 있는 것은 명희였다. 명희가 정심을 향해 고개를 끄덕이더니 다시 손을 내밀었다. 여권을 쥐여주자 천천히 펜을 놀리며 글씨를 더 적어 내려갔다.

'꽃이 정말 예쁜데 열매도 예쁘고
조금 일찍 맺었네요 열매를
덕분에 오랜만에 봤어요.'

그러고는 다시 통증이 오는 듯 손바닥으로 배를 지그시 눌렀다.

해당화래.
해당화 열매래.
명희 씨가 그러시네.

정심의 목소리가 차 안에 퍼졌다. 종민이 손뼉을 짝 쳤다. 아! 어디선가 들어본 것 같은데. 너무 옛날 일이라 기억은 안 나지만. 옆에 앉아 있던 희재도 대답했다. 아, 그렇구나. 그러더니 말했다. 정심 할머니는 할머닌데 왜 몰라요? 할머니는 다 알아야 하는 건데. 정심은 크게 웃었다. 미안하지만 나는 도시 할머니야. 그리고 세상이 망하기 전까지는 할머니가 아니라 아줌마였단다.

정심은 이제, 그런 농담 정도는 할 수 있었다.

유림이 운전하는 차는 계속해서 서울의 동쪽으로 향하고 있었다.

20

미솔은 천천히 공장 안으로 걸어 들어왔다.

예성은 미솔 옆에 서 있는 여자를 알아보았다.

그날 아이를 빼앗으러 왔던 여자.

피웅덩이를 깨금발로 건너며 꽁지가 빠지게 달아나던 여자.

그러고도 그 경험을 내세워 지위를 쟁취하느라 혈안이 된 여자.

안피류의 목에 감히 개목걸이 따위를 채울 생각을 한 여자였다.

"이게 무슨 난리람."

장희란의 구두 굽에서 부드럽게 땅을 밟는 소리가 났다. 굽이 새것이었다. 이토록 지옥처럼 변한 세상에도 구두 굽을 갈아주는 사람이 있구나, 예성은 새삼스럽게 느꼈다. 버스정

류장이나 지하철역 옆에 짙은 회색의 컨테이너 모양으로 서 있던 구둣방들, 그 안에 연신 부채를 부치며 부끄럼 없이 맨발을 드러낸 회사원들이 앉아 있던 풍경들이 다 전생의 일만 같은데. 예성은 어깨를 움츠렸다. 비구류 여럿이 장희란을 따라 들어왔다.

"다 어디 간 거야?"

장희란은 길게 누운 시체를 보며 혀를 쯧쯧, 하고 찼다. 미솔이 그 옆에 쭈그리고 앉았다. 손바닥을 들어 꾹 닫힌 아가미 앞에 대고는 숨결이 정말로 끊겼는지 확인하려는 듯 이리저리 흔들었다. 그러더니 주먹을 쥐어 무릎 위에 대고는 그 팔의 힘으로 몸을 지탱하며 일어섰다. 예성은 미솔의 눈을 보았다. 내가 잘못 본 것이 아닐까, 라고 생각했다. 그건 담배를 피우고 좆같은 세상을 외치며 깔깔 웃던 어느 재수생의 눈과 똑같았다. 단 하루도 더 늙은 것 같지 않았다.

"아주 확실히 끝내놓긴 했네. 그런데 다들 대체 어디 간 거야? 어디 숨었나, 좀 불러봐, 좀."

장희란의 말에 미솔이 이름을 불렀다.

「강한아.」

대답이 없자 다정한 투로 다른 이름을 불렀다.

「예성아.」

자신의 이름이 이렇게 빨리 나올 줄은 몰랐다. 예성은 천천히 손끝으로 자신의 아가미를 쓰다듬었다. 이미 다 자라 있었지만, 그래도 몇 번이고 확인하고 싶었다.

미솔이 핸드폰에 뭔가를 적더니 장희란에게 내밀었다. 장희란이 눈가를 찌푸리며 핸드폰을 얼굴에서부터 멀리 떨어뜨렸다. 그러더니 미솔에게 손을 내밀었다. 미솔이 제 셔츠 앞주머니에 있던 안경을 건넸다. 그 안경을 끼고 비로소 장희란은 얼굴을 폈다. 그러더니 고개를 끄덕였다.

「장해일!」

미솔이 소리쳤다.

「장해일, 나와. 너희 엄마 머리카락에서 샴푸 냄새가 진동을 하더라?」

예성으로선 무슨 뜻인지 알 수 없는 말이었다.

「규칙을 그딴 식으로 어겨놓고 어떻게 그렇게 뻔뻔하게 잠을 처자고 있을까, 그렇지? 머리를 말릴 생각도 안 하고 말이지. 아무래도 네가 해명을 해줘야 하는데, 장해일. 안 그러면 엄마 혼자 규칙을 어긴 걸까? 그럼 엄마한테 벌을 내려야 하는데, 그렇지? 아들내미가 억지로 시킨 게 아니라 엄마가 직접 한 거면 말이지, 그러면 엄마가 죗값을 받아야지. 해일이가 시킨 게 아니라면….」

예성은 아이가 스프린터처럼 공장 한복판으로 뛰어나오는 것을 보았다.

「남강한은 어디 있어?」

미솔의 물음에 해일이란 아이가 고개를 저었다.

「버릇없이 입 꾹 다물지 말고 대답을 해야지.」

「몰라요.」

「왜 몰라?」

「삼촌이….」

해일의 머리에서 나오는 생각들은 이상하게 연기가 가득 찬 것처럼 뿌연 느낌이었다. 물안개 같은 게 아니었다. 아주 매캐하고 알싸했다. 예성은 깜짝 놀랐다. 매캐한 것도, 알싸한 것도, 자신은 더 이상 감각할 수 없어서, 그래서 오래전에 망각한 후각의 일종이었으니까.

「삼촌이 저렇게 되었을 때 밖으로 도망갔어요.」

「삼촌을 저렇게 만들었을 때, 겠지.」

해일은 대답이 없었다.

「내가 어딜 가든 개 옆에 꼭 붙어 있으라고 말하지 않았니?」

아무 대화도 듣지 못할 장희란은 천천히 공장 안을 걸어 다니다가 가끔 발을 멈추곤 멀뚱멀뚱 미솔과 아이를 응시하곤 했다. 장희란은 이제 두더지가 숨은 곳과 그리 멀지 않은 위치에 서 있었다. 아마 아이는 남자가 함께 숨어 있던 곳을 들키지 않기 위해 그렇게 빠른 속도로 뛰쳐나갔으리라고 예성은 생각했다.

「응? 내가 그러지 않았느냐고. 도망가지 않게 하라고. 항상 언제든 내 앞에 대령할 수 있게 하라고.」

「삼촌이 저렇게 되었으니까….」

「뭐?」

「삼촌이 저렇게 됐는데 무시하고 쫓아갈 수가 없었어요.」

허, 하고 미솔이 목을 젖히며 어깻죽지를 둥글게 돌렸다.

「잘못했어요.」

「내 말이 더 중요할까, 네 삼촌이 더 중요할까….」

예성은 아이의 목이 움츠러드는 것을 보았다.

「잘못했어요.」

예성이 강한을 키울 때 절대로 듣고 싶지 않았던 말이 있다면 그것이 바로 저 한마디. 잘못했다는 문장이었다.

어른들은 예성더러 어른이 되면 자신들을 이해할 터라고 말했지만 천만의 말씀이었다. 그러지 않기 위해서 예성은 무진 애를 썼다. 가장 싫은 건 이유를 말하지 않고서 반성만을 요구하는 행위였다. 어른들은 거짓된 억지 반성을 얻어내는 행위에서 대체 불가능한 희열을 느끼는 것 같았다. 그러지 않고서야 보란 듯 그딴 식으로 행동할 리 없었다. 아이들이 아무리 열심히 눈을 뭉쳐도 득달같이 뺏어다가 꾀죄죄한 잿더미 위에 데굴데굴 굴려버렸다. 그러고는 회색이 된 눈덩이를 다시 품에 던지며 물었다. 네가 뭘 잘못했지? 왜 너를 위해 안간힘을 쓰는 늙은 나의 마음을 아프게 하지?

그러나 그러한 포악을 예성 자신과 함께 가장 경계했던 자가 바로 미솔이 아니었나? 예성은 미솔이 저딴 자세로 아이 앞에 서 있다는 사실을 믿을 수 없었다. 저 사람은 자신이 알던 미솔이 아니었다. 무엇보다 누군가 대놓고 길게 늘어져 죽어 있는 상황에서 마치 마네킹을 보는 것처럼 눈썹 한번 까딱하지 않고 아이만을 다그치는 사람은 절대 자신이 알고 믿던 미솔일 수 없었다.

「나가서 불러와.」

미솔이 아이에게 말했다.

「장해일, 네 말은 귀신같이 잘 듣잖아. 어떻게든 데려와.」

「데려와서….」

「뭐?」

「데려와서, 뭘 어떻게 하시게요.」

미솔은 두 손바닥으로 무릎을 치더니 아이에게 가까이 다가갔다. 아이가 반 발자국 뒤로 물러났다. 미솔의 두 손이 아이의 어깨를 잡았다.

"뭐 이렇게 늘어져, 언제까지 꾸물댈 거야. 브리핑이라도 제대로 해주든가."

지루한 표정으로 구두코를 이용해 죽은 남자의 몸을 뒤적거리고 있던 장희란이 투덜거렸다.

「다 잃고 싶으면, 그대로 있고.」

미솔이 말했다.

「다 얻고 싶으면, 작은엄마 말 듣자. 장해일. 이럴 거야? 작은엄마가 지금까지 얼마나 잘해줬는데. 우리 해일이 위해서 작은엄마가 안 해준 게 뭐가 있는데….」

얼굴을 이름 모를 기계의 차가운 표면에 붙이고 있던 예성은 바닥에 누운 시체와 미솔을 번갈아 바라보았다. 삼촌, 작은엄마. 너무나 옛날에 사회에서 소멸되어버린 두 호칭이 귓바퀴를 간지럽혔다. 자신의 아가미를 잘라내던 남자가 미솔의 남편이었다면….

미솔이 남편 같은 걸 만들 수 있는 사람이었다면 예성은 처음부터 미솔을 믿지 않았을 것이다.

미솔이 묽은 된장국의 간과 담배 냄새가 섞인 채로도 자신의 입에 혀를 집어넣을 수 있는 사람이었기에, 그러고도 우스운 사랑을 논하지 않고 자신을 꽁꽁 매어두지 않았기 때문에 예성은 미솔을 믿었다.

「해일아. 아빠는 너무 미웠고, 지금은 없지. 엄마는 많이 힘드시고, 해일이 외엔 믿을 사람이 없어. 그리고 삼촌이 있었는데, 삼촌을 누군가 죽였어… 이유도 묻지 않고, 왜 그렇게 칼을 들었어야만 했는지 묻지도 않고 벌레 죽이듯 그렇게.」

「걔가 죽인 게 아니에요.」

「작은엄마도 걔가 죽였다고 말한 적 없어. 위탁받은 아이 잃어버리면 안 되니까 하는 말이잖니.」

미솔의 목소리가 조금 날카로워졌다.

「네가 그렇게까지 작은엄마를 나쁜 년 만들고 싶으면 맘대로 하든지. 그렇지만 네가 누구 덕에 지금껏 살았는가를 생각해. 너희 엄마도.」

아이가 걸음을 뗐다. 공장의 출입문 손잡이를 열어서 천천히 밖으로 몸을 옮겼다.

「강한이가 너를 정말 좋아하는 것 같더라, 해일아. 너도 마찬가지라면 방을 붙여줄게. 독채에서 본관까지는 너무 멀 잖아?」

아이가 우뚝 멈추는 것을 예성은 바라보았다. 강한이 저 아이를 좋아했다고? 예성은 자신이 열여섯 해 동안 본 강한 의 모습을 빠르게 되감았다.

강한이 진운고 안에서 누군가를 진정으로 좋아한 적이 있 었나?

✳

혼곤한 잠에 빠져들었던 이들은 모두 급정거에 화들짝 눈을 떴다. 아아니, 운전을 좀 제대로…. 어린애 잠투정 같은 종 민의 말을 유림의 외마디가 막았다. 명희의 배를 쑤신 이후 유림이 거의 처음으로 뱉은 말이었다.

"사람이야."

승조가 유림보다 빨리 문을 열고 밖으로 튀어 나갔다. 그 다음으로는 유림, 종민, 정심의 순이었다. 중간 좌석에 앉아 있던 희재는 양옆의 사람들이 움직이는 것을 아랑곳하지 않 고 고개를 푹 숙이고 있었다. 종민이 소리를 지르기 전까지 그랬다.

"야! 남강한!"

그 이름을 듣기 전까지.

"일어나, 인마! 야! 씨발, 너 뭐, 얼마나 뛰어온 거냐, 불

223

사조면서 힘든 척하지 말고, 야! 픽픽거리지 말고 정신 붙들어 매라고!"

희재는 잠시 고민했다.

내가 혹시 드디어 진정으로 미쳐서, 듣고 싶은 소리를 멋대로 상상하는 것일까?

그러나 그때 정심이 아이의 겨드랑이를, 종민이 두 다리를 받쳐 들고는 엉거주춤한 모습으로 차의 측면을 향해 다가왔다.

희재는 손을 뻗었다가, 물렸다가, 다시 뻗었다.

저렇게 많이 컸을 줄 알았지만, 몰랐지만, 실은 알았다.

얼마나 컸을 줄, 얼마나 변했을 줄, 그래서 서로를 알아보지 못할 줄을 짐작했으면서도 내내 부인하고 싶었다.

그러나 아이는 걱정보다 훨씬 덜 변했다.

몸집만 커졌을 뿐 여섯 살 때의 모습 그대로 컸다.

그것이 효도였다.

희재를 위해 아이는 그런 식으로 컸다.

"강한아."

희재는 차의 문을 열고 나왔다. 다리에 힘이 풀렸다. 아스팔트 위를 무릎으로 기었다.

"남강한. 강한아."

뒷좌석에서 신명희와 고명덕이 차창을 통해 자신을 바라보는 것이 느껴졌다. 강한은 아가미를 헐떡이고 있었다. 눈을 둥그렇게 뜨고는 희재의 눈을 바라보았다. 유림과 승조가 아이의 다리를 하나씩 맡아 주물렀다. 종아리에 흙탕물이 가득 튄 위로 땀이 흘러 미끄러운 다리였다.

희재는 그들처럼 아무렇지도 않게 손을 내밀 수 없었다. 여섯 살 때 아이는 자신의 마지막 모습을 배웅하러 나오지조차 않았다. 원망이 가득 쌓여서. 엄마는 미운 사람이라서. 평생을 일방적인 짝사랑만 하게 될 미래를 희재는 열아홉 살, 아이를 뱄다는 사실을 깨달은 그날부터 알고 있었지만, 그 사랑의 대상이 자신을 미워할 것이라고는 생각지 못했었다. 절대 미움을 받을 엄마가 되지 않을 거라고 자신했던 과거, 자신은 장희란과 다른 사람이라고 확신했던 착각. 그 모든 게 송두리째 자기 자신을 과신한 결과였을 뿐이라는 답에 가까이 온 지금, 희재는 함부로 아이를 만질 수가 없었다.

그러나 그때 강한이 먼저 팔을 뻗었다.

"뭐 해, 애기 엄마. 얼른 안아주지 않고."

아이의 등을 지탱해주던 정심이 말했다. 희재는 벼락을 맞은 듯 화들짝 떨었다. 품을 열고 10년의 세월을 향해 돌진했다. 한 번이라도 볼 수 있을까, 아주 작은 구멍이라도 나 있을까. 정숙이 더 높게 세운 진운고 담을 뱅글뱅글 돌며 그 앞에 진을 친 텐트 무리에게 내내 손목과 발목을 잡히던 시절. 비즈니스호텔에 홀로 머물며 매일같이 자신을 집어삼키는 외로움을 끝낼 방법은 아주 쉽다고, 자유낙하하는 몇 초의 순간만 참으면 될 거라고 자신에게 어긋난 용기를 불어넣던 시절. 그러나 지상에 남겨놓은 유산이 있어서, 그 유산이 어떤 식으로 얼굴이 변하고 몸이 자라고 머리 모양을 만들며 무엇을 즐겨 하고 또 사랑하게 될지 도저히 보지 않고서는 떠날 수가 없어서 내일 하루만, 하루만 더, 하고 초를 세는 목소리를 쌓던 시절. 비구류들이 자해하던 이유가 안피류들이란 사실을 알게 된 후에 매일같이 베갯머리에서 속삭이던 기도들. 우리 아이는 나쁜 것은 알지 못하게 해주세요. 우리 아이는 행복하게만 해주세요. 우리 아이는 사랑만 받고 하고 나누게 해주세요. 우리 아이는…. 그리고, 패를 내던지듯 풀어놓던 마지막 문장. 저는 평생을 못 봐도 되니 꼭 그렇게 해주세요.

희재는 강한을 안았다. 강한이 중안피를 희재의 볼에 갖다 대곤 조금 세게 눌렀다. 희재가 놀라며 몸을 조금 떨어뜨리곤 얼굴을 마주 보자 강한은 눈을 가만히 응시하더니, 이번엔 중안피를 희재의 입술에 대었다.

21

　강한은 자신이 도망쳐 나온 곳을 향해 자동차가 다시 달리고 있는 걸 몰랐다. 너무 어두웠고, 너무 꼬불꼬불 달려왔다. 오래 도망친 것 같았지만 겨우 지척을 맴돌고 있었단 사실 역시 몰랐다. 그저 이젠 안전할 것 같았다. 자신의 편이 많았으니까. 정심도, 종민도, 그리고 희재도. 운전석과 조수석에 앉은 사람들은 처음 보는 얼굴들이었는데 강한이란 이름을 알고 있었다. 왠지 자신을 서먹해하는 게 느껴졌으나 아무래도 괜찮았다.

　그러나 뒷좌석에 있는 안피류들을 소개받았을 때는 이상한 기분에 휩싸였다.

　부부라고?

　강한은 예성과 정숙이 노끈으로 서로의 목을 묶고 아가미를 압박하던 장면을 기억했다. 그들이 보여준 것은 아니었다. 강한이 몰래 보았다. 그때쯤 강한은 몰래 무언가를 하는 것에 몹시 익숙했으니까.

둘은 부부일 리가 없었다. 아니, 부부였다 하더라도, 그걸 기억할 리가 없었다. 아가미가 저런 식으로 압박되어 있으면 과거의 일을 모두 잊는다고 했다. 제아무리 금실 좋은 부부였다 한들 예외이지 않을 터였다. 누군가 저들에게 저런 식으로 목걸이를 채워놓았다면 그가 노린 것 역시 당연히 기억의 삭제와 조작일 게 분명했다.

그러나 강한은 일단 자신이 의혹을 품었다는 걸 들키지 않도록 눈을 피했다. 그들이 자신의 편인지도, 내 편이 아니라면 얼마나 위협적으로 변할 수 있는 사람들인지도 알지 못하기 때문이었다. 두 사람 모두 나이 들어 보이고 한 사람은 비스듬히 누워 진득한 핏덩이가 흐르는 배를 부여잡고 있었지만, 그래도 혹시나 모를 상황에 언제나 대비해야 했다.

왜 그 둘 중 하나가 아직도 배를 부여잡고 있는지에 대해서도 들었다. 정심이 설명하고, 종민이 어영부영 부연 설명을 했다. 강한은 그 사실을 일주일 전부터 예보된 태풍이 딱 시간 맞춰 몰아친 것처럼 퍽 당연하게 느끼려 애를 썼다. 오히려 다행으로 생각해야 하지 않을까? 지금껏 유일하게 안피류를 해할 수 있었던 강한 자신보다 더 큰 힘을 가진 누군가의 손이 장난질을 치고 있다면, 그렇다면 자신은 이제 별로 중요한 사람이지 않을 테니까. 시간이 지날수록 더 그렇게 될 테니까. 자연이 손을 튕겨 벌레를 쫓듯 자신을 떨어뜨려 다른 사람들과 섞이게 만든다면 강한으로서는 안심해야 할 일이 아닐까? 안피류들이 상처 입는 몸이 된다면 언젠간 죽을 수도 있을 터이므로, 이젠 누가 죽어도 예성이 경악한 얼굴로 강한만을 바라보진 않을 것이었다.

강한은 거기서 더는 생각을 뻗지 않으려 애를 썼다. 대신 방향을 돌려, 자신의 손목을 꼭 붙들고 있는 엄마에게 집중했다. 엄마는 자신의 얼굴을 똑바로 쳐다보지도 못했다. 손을 마주 잡지도 못했다. 몹시 두려워 목이 굳은 사람처럼 뚫어지게 앞만 바라보았다. 자신이 알던 엄마가 아니라고 강한은 생각했다. 자신을 야단치고 혼내고 손으로 등을 때리다 엉엉 울어버리며 결국엔 예성의 품에 매달리던 엄마가 아니라고.

강한이 엄마의 손에 자신의 손을 포개자 엄마가 티 나게 놀랐다. 강한은 갑자기 서글퍼졌다. 10년. 10년 동안 엄마에겐 무슨 일이 있었던 걸까? 엄마는 왜 이렇게 작은 사람이 되었을까? 엄마의 엉덩이 정도까지밖에 오지 않던 키의 강한이 올려다본 엄마의 얼굴은 넓적하고, 두툼하며, 거칠었었다. 눈빛은 잘 보이지 않았고, 그 부피감은, 나중에야 알게 된 개념이지만, 거대한 산과 같았다. 그러나 지금은 강한이 엄마보다 키가 한 뼘은 더 컸다. 위에서 내려다본 얼굴은 비쩍 말라 있었다. 어깨를 제발 펴라고 말하고 싶었다. 자신에게 입이 있다면. 즉각적인 소통 방식이 존재한다면.

"강한이 펜 쓸 줄 아니?"

정심이 물었다. 강한은 고개를 저었다. 지금껏 언제나 노트북이 있었다.

"애 만날 때 쓴다고 펜을 가지고 다녔는데, 지금 보니 말짱 헛수고였네요."

엄마가 말하더니 웃었다. 강한은 그 웃음이 진짜가 아니라는 것 정도는 알았다. 그래서 정심에게 손을 내밀었다. 정심은 언제나 손짓 하나만으로도 자신이 원하는 걸 기막히게 알아채곤 하는 첫째 할머니였으니까.

"펜 줄까, 강한아?"

강한이 고개를 끄덕였다.

여권의 페이지들은 손글씨를 처음 써보는 강한에게는 너무나 좁았다. 게다가 차가 움직이는 중이었기 때문에 더욱 힘들었다. 강한은 주먹으로 펜을 움켜쥐고 찍찍 그어댔다. 한쪽에 한 글자씩만 간신히 쓸 수 있었다. 그러나 그래도 희재는 행복해했다. 그게 강한은 의아하면서도 좋았다. 자신이 기억하는 한 엄마는 단 한 번도 자신에게 잘한다는 말을 한 적이 없었는데 지금은 무얼 하든 그저 감격해 어쩔 줄 모르는 표정이었다.

"응, 그래, 맞아, 강한아."

'안 아파요?' 강한이 가까스로 써낸 네 글자의 질문을 본 희재가 빠르게 말했다.

"하나도 안 아파. 완전 쌩쌩해. 엄만 평소에 밥도 잘 먹고,

잠도 많이 잤어. 그래서 엄청 건강해… 그래서 좋아. 이게 꿈이 아니란 걸 너무 잘 느낄 수 있으니까… 몸이 아팠다면 꿈이었다고 생각했겠지."

강한은 조금씩 답답해졌다. 묻고 싶은 게 너무 많았는데 글씨를 빨리 쓸 수가 없었다. 손에 어떤 식으로 힘을 줘야 할지 도통 알 수 없어서 자꾸만 펜을 놓쳤다. 손이 바들바들 떨렸다. 짜증이 치밀어 올랐다. 노트북이 있으면 좋을 텐데. 왜 뒷좌석의 안피류들은 그 흔한 패드 하나가 없는 걸까. 생각하다, 들킬까 봐 그만두었다.

몇 번을 실패하자 벌써 여권의 마지막 장이었다. 쓰고 싶은 문장은 일곱 글자나 됐는데 겨우 한 장밖에 남아 있지 않았다. 강한은 정심에게 얼른 다시 손을 내밀었다. 정심이 새 여권을 꺼내주었다. 다 쓴 여권과 새것을 주고받으려 하는데 차가 갑자기 급정거를 했다. 그 바람에 강한이 다 쓴 여권을 바닥으로 떨어뜨렸다.

"깜짝이야. 뭐예요?"

"뭔지 모르겠네. 고라니인가."

"치었어요?"

"아니. 아닌가, 살짝 치었나."

"아까처럼 사람 아니고요?"

"절대 아냐. 네 발로 다니던데."

운전석에서 오가는 대화 사이로, 뒷좌석에서 신명희가 카시트를 두드리는 소리가 들렸다. 배를 어딘가에 세게 눌린 모양이었다.

"괜찮으세요?"

종민이 대답을 들을 수 없다는 사실을 빤히 알면서도 물었다. 정심도 걱정스러운 표정으로 고개를 돌렸다. 강한은 자신이 떨어뜨린 여권을 줍고, 정심의 손에 있던 새 여권도 슬쩍 빼 왔다. 떨어뜨린 여권은 펼쳐진 채 뒤집혀 있었다. 강한은 그걸 집어 올렸다.

그래서 첫 페이지에 적힌 이름을 볼 수 있었다.

신명희.

새 여권을 펼쳤다.

신명희.

강한은 두 개의 여권을 양손에 들고 인적사항이 적힌 페이지를 비교했다. 얼굴은 전혀 달랐다. 새 여권의 사진이 훨씬 나이 들어 보였다. 여권번호도 달랐다. 그러나 나머지의 모든 것이 동일했다. 눈으로 한 글자 한 글자를 확인했다.

다시 정심에게 손을 내밀었다. 이번엔 정심이 강한의 요구를 이해하지 못했다.

"왜, 펜이 안 나오니?"

정심의 말에 강한은 고개를 젓고, 두 개의 여권을 동시에 정심의 눈앞에 내밀었다. 믿을 수 있는 첫째 할머니에게.

정심은 강한이 무슨 말을 하는지 바로 알아챘다. 그 즉시 노란 고무줄로 묶여 있던 나머지 여권을 하나씩 꺼내 펼쳤다.

신명희, 신명희, 신명희, 신명희.

얼굴은 모두 달랐지만, 여권번호도 모두 달랐지만, 이름은 전부 신명희였다.

✳

예성은 손톱을 세워 아가미를 벅벅 긁었다. 아주 오래전, 그러니까 안피류가 되기 전, 작은 상처를 입었다가 나을 때 그 부위가 견딜 수 없게 간지러웠던 경험과 비슷했다. 아주 사소하지만 참을 수는 없는. 아무는 속도가 영 늦었다. 나이가 들었나. 예성은 이 와중에도 자기 자신에게 실없고 체념적인 농담을 던지는 중이었다.

남자아이가 나간 후 갑자기 열 명은 족히 넘어 보이는 무리가 대거 공장 안으로 들어왔다. 비구류 몇 명과 개목걸이를 한 안피류가 대중없이 섞여 있었다.

「아니, 조용히 좀 끝내자니까. 이렇게 시끌벅적하면 우리 펜션 사람들도 다 안다니까….」

미솔이 하소연하는 투로 말했지만, 어차피 장희란은 듣지 못할 터였다.

장희란은 예성에게서 잘라낸 아가미와 지느러미가 쌓인 커다란 김치통을 점검하는 중이었다.

"돈이 되겠어, 그렇지?"

미솔이 핸드폰에 뭐라 적어 장희란에게 보여주었다.

"그렇지. 네가 하여간 똑똑하다니까. 네 사업은 네가 알아서 해, 나는 뒤나 봐주고 있을 테니까."

장희란이 등을 돌리다 말고 문득 돌아섰다.

"그런데 사실 누구에게도 실험을 할 순 있었잖아? 뭐, 돈만 준다고 하면야 누구나. 심지어 내가 자원자들도 받아줬는데. 그런데 왜 하필 주예성이야? 손에 들어올 때까지 그렇게 오래 기다릴 필요가 있었나? 뭐 대단하다고?"

미솔은 대답을 타이핑하면서 동시에 말했다.

「그 사람이 상징적이잖아요. 저는 상징을 중요하게 생각해요. 적군 백 명의 해골을 허리춤에 거는 것과 적장 한 명의 머리를 창끝에 꽂아 전시하는 건 전혀 다른 수준의 일이죠. 저는 주예성을 지옥 끝까지 몰고 갈 거예요. 아마 이 안에 있겠죠. 지금 내 말을 듣고 있을 거예요. 뭐, 어때. 나를 믿은 게 바보지.」

예성은 회색빛 담배 연기가 거듭 몰려오는 걸 느꼈다. 눈을 가리고, 피부에 와 닿더니, 매캐하게 코를 찔렀다. 내게 코가 없는데 어떻게 매캐함을 느낄까. 예성은 다시 의아해했다. 그러나 곧 분노가 모든 걸 덮었다. 김미솔이 어떻게 저딴 식으로 말을 할 수가 있는가. 어떻게. 자신은 단 한 번도 미솔에게, 현미경으로도 보이지 않을 만한 악의조차 품은 적이 없는데.

자신은 미솔을 믿어서 강한을 맡겼는데.

예성은 자신만이 아는 방향에서 무언가 마찰하는 소리가 들려온 것을 느꼈다. 고개를 휙 돌렸다. 두더지라 불렸던 남자였다. 두더지가 두 손을 천천히 움직이고 있었다. 그리고 동시에 또다시 공장 밖에서 자동차 소리 비슷한 무언가가 들렸다. 그러나 이번엔 두더지가 더 빨랐다.

기계가 요란한 소리를 내며 돌아가기 시작했다. 하나, 둘, 셋. 어떻게 버려진 공장에 아직도 전기가 들어오고 있을까? 궁금해할 새도 없이 계속해서 기계들이 깨어났다. 모터가 돌고, 롤러가 움직이고, 삑삑거리는 기계음이 사이사이를 치밀하게 채웠다.

귀청이 터질 것 같았다. 비구류들이 뭐라 외쳤지만 하나도 들리지 않았다. 장희란이 발을 구르는 것이 보였다. 춤을 추는 사람처럼 딱, 딱 하고 구두 굽 소리가 날 테지만 그 역시 들릴 리가 없었다.

그때 예성은 기계들이 하나같이 커다란 날을 움직이고 있다는 사실을 깨달았다.

「나가요.」

두더지의 말이 머릿속에 들어왔다. 청각과는 상관없는, 고막을 통하지 않은 목소리였다.

「내가 시선을 돌릴 테니까 일단 나가라고.」

예성은 미솔을 바라보았다. 미솔이 팔짱을 풀고는 눈을 동그랗게 뜨고 있었다. 두더지의 목소리가 들리는 게 분명했다.

「두더지.」

미솔이 말했다.

「아저씨 짓이구나?」

「이제 그만해라. 이미 네가 다 망쳤으니까.」

「내가 뭘.」

「너 같은 애가 사람 괴롭히라고 펜션을 만든 게 아니야.」

「웃기시네.」

공장 안에는 사람들이 너무 많았다. 두더지 혼자 나서 봤자 절반의 인원만으로 충분히 제압당할 터였다. 예성이 빠져나갈 가능성은 적었다.

「아저씨. 아저씨가 펜션에 있을 때 사람들이 얼마나 비참하게 살았는지는 생각이 안 나? 그때 거긴 지옥이었어. 지금은 다들 얼마나 행복해하는데. 사람답게 살고 있다고. 냄새 안 나고, 몸도 깨끗하고, 이주성 그놈은 폭죽을 모으고 싶은 만큼 모아. 양문주 아줌마는 바이올린을 샀다고. 임시훈한테는 매일같이 이불을 빨아도 될 정도로 여벌 이불이 많아. 아저씨, 사람들한테 물어봐. 백이면 백, 내가 있는 지금이 더 행복하다고 할 거야.」

「그게 악마지. 죽음을 원하는 사람들에게 계속해서 허울뿐인 행복을 주입하는 게. 그 사람들은 이제 죽고 싶지도 않을 거야. 그냥 만족한 돼지들로 사는 거지. 천박한 돼지들로. 그리고 너는 더 많이 얻지. 누군가 위에서 한몫 단단히 챙기고 있단 걸 그 돼지들은 알지도 못하고!」

「아저씨, 무언가를 단단히 착각하는데. 아저씨, 그거 알아? 배때지가 부른 사람들은 다 알아도 절대 아는 척하지 않아. 우리 사람들이 모를까? 다 알걸, 다. 그런데 왜 나를 내쫓지 않을까? 이유는 간단하지. 밖에서보다 훨씬 풍족한 생활

을 절대로 버리고 싶지 않은데, 근데 자기 팔 잘라낼 용기는
또 없거든. 그걸 파는 건 하고 싶지 않거든. 아저씨 말마따나,
돼지 같은 행동이니까. 그래서 악역을 나한테 맡기고 눈 가리
는 거지. 여차하면 피해자가 될 수 있게. 아저씨, 그 사람들한
텐 악한 내가 필요해. 그리고 아저씨가 지저분한 두더지처럼
밖에서 돌아다녀주는 게 나한테 필요했고. 그래야 사람들이
아저씨를 보면서 계속 옛날을 생각하게 되거든. 거지처럼,
짐승처럼 살았던 때를 잊어버리지 않거든.」

「너희는 다 변했어.」

「죽고 싶었던 이유가 뭐야? 삶이 불행했으니까. 그런데 이
제 불행하지 않게 만들어줬으면 된 거 아냐? 진짜 착한 거 아
냐, 나? 내가 거의 그 사람들의 신이 아니냐고?」

신!

예성은 어지러웠다. 신을 따서 '예수의 성령'이란 이름을
받았고, 잠깐은 무언가에 홀려 그 자신이 신과 같은 행세를
하였으며, 한때는 담장 밖의 사람들이 신으로 떠받들거나 혹
은 저주했던 대상이었던 예성은 이제 확실히 알았다. 그딴 건
없었다. 다 인간, 인간, 숱한 인간들이 뭉친 덩어리가 만들어
내는 이야기들일 뿐이었다. 이야기를 믿는 자들이 존재하지
도 않는 것을 찾고 부르고 사칭하는 것일 뿐이었다. 한때는
예성 자신이 이야기를 만들었고, 그렇게 사람들을 끌어들였
고, 그러다 또 다른 이야기들에 침입당해 갈기갈기 찢겼고,
이렇게 주저앉았다.

두더지는 손에 닿는 물건들을 의도적인 게 분명할 정도로 큰 소리를 내며 집어 던졌다. 사람들이 보는 앞에 몸을 드러냈다. 비구류들이 뭐라 외쳤는지는 기계의 소음에 가려 들리지 않았지만 손가락으로 두더지 쪽을 가리키는 것은 예성의 위치에서도 확실히 보였다. 목걸이를 한 안피류들만 그에게 달려들었다. 침묵하는 안피류들, 목소리를 잃은 사람들만 달려들었다.

그러나 두더지는 죽은 남자의 칼을 휘둘렀다. 안피류들에게 칼을 휘둘러서 뭐해? 예성은 가쁘게 모순을 느꼈다.

삑삑.

드르륵.

쿵!

삑삑.

드르륵.

쿵!

삑삑.

드르륵.

몇 번째인지 모를 쿵, 소리가 계속해서 났다.

시야가 붉어졌다.

예성은 가장 큰 소음이 터질 때를 계산해 뛰어나갔으나, 곧 붙들렸다.

22

"쌤, 차 세워요."

"뭐?"

"동물이 아니잖아….'

"어?"

"잠깐만 확인하고 올게요."

조수석 문이 열리는 소리가 들렸다. 그러나 강한과 정심은
신경 쓸 새가 없었다. 계속해서 여권을 들춰보았다. 신명희,
신명희, 신명희.

"이 한 묶음이 다 똑같아."

정심이 말했다. 분명 자신이 청사에서 구경하던 여권들은
다양한 얼굴과 이름을 가지고 있었다. 그러니, 그 많은 여권들
중 신명희라는 이름만으로 인쇄된 한 묶음이 얼룩처럼 끼어

있던 것이었다.

어딘가 고명덕이란 한 묶음도 있을까. 정심은 이제 여섯 묶음 정도 남은 여권들에 손을 비집어 넣어 묶음별로 하나씩을 꺼냈다. 하나, 둘, 셋, 넷….

"고명덕."

있었다. 고명덕이란 이름만으로 가득한 묶음 하나가 있었다. 정심이 힘없이 뱉은 목소리에 뒷좌석에 앉아 있던 명덕이 자신을 부른다고 생각했는지 고개를 쭉 뺐다. 아니. 아니에요. 잘못 말했어. 아무것도 아니에요. 정심이 서둘러 얼버무리자 고명덕은 다시 목을 움츠리곤 신명희에게로 시선을 떨어뜨렸다.

그렇지. 그럴 리가 없었어. 강한은 아주 가느다란 실마리를 잡은 것 같았다. 뒷좌석의 두 사람은 신명희와 고명덕이 아닐 터였다. 그 이름들은 초커를 차고 옛 기억을 싱크홀에 빠뜨려 잃은 후 주입받은 새로운 정체성일 것이었다.

부부라는 사실도, 서로가 서로에게 저토록 소중하단 사실조차도, 누군가 만들어 억지로 심어준 관계에 불과할 게 분명했다.

서로를 죽을만치 보호하고 지키라는 뜻에서.

그 어느 동료애보다도 강한 사슬이 될 터였다.

사람의 목에 개목걸이를 만들어 걸듯 타인의 사랑도 필요에 따라 함부로 만들어내고 뒤집어씌울 수 있는 사람들이 활개를 치고 있었다.

"저기, 유림 쌤. 승조가 뭐라고 소리를 치는 것 같은데. 가

240

서 봐야 할 것 같은데."

종민이 말하더니 차의 문을 열었다. 그 말에 강한은 퍼뜩 정신을 차리곤 여권 더미에서 눈을 떼고 앞창을 바라보았다. 직선으로 뻗은 헤드라이트 불빛의 끝에 승조가 웅크리고 있었다. 강한은 눈을 가늘게 떴다. 승조만 있는 게 아니었다. 몸 하나가 더 있었다. 빛의 끝에 덩그러니 걸려 있었다.

예성의 영화들을 보며 내내 이해하지 못하고, 의아해하다가, 종내에는 비웃던 감정들이 있었다. 나오지 않는 코웃음을 일부러 쳤다. 해일의 앞에서도 그런 적이 많았다. 간지럽고 부끄러웠지만, 실은 부러워서였을지도 모른다.

아주 작은 것 하나만으로도, 예컨대 약한 바람에 흩날리는 머리카락이나 손, 혹은 등과 같은 것만으로도 상대를 알아보는 불가능한 일들을 가능케 만드는 상황들이 부러워서.

그 감정이 어떤 식으로 밀려들어 무릎을, 배꼽을, 가슴과 턱을 적시는지 이제 강한은 알게 되었다.

그리고 머리끝까지 잠겨버리기 전에, 두 다리가 이미 움직이고 있었다. 강한은 자신이 어떤 방향을 잡아 헤엄쳐야 할지 알았다.

✳

그때, 이게 함정이라거나, 혹은 내가 너를 저버릴 거라고는 생각지 않았어?

아주 나중에, 모든 일이 끝나고 나서, 모든 결말을 본 후 해일은 강한에게 물었다.

왜? 왜 그게 궁금해?

너라면 궁금하지 않겠어? 너는 아주 빠르게 도망쳤어. 내 표정을 제대로 한번 바라보지도 않고. 설명을 구하거나 혹은 설명하려 하지 않고. 그대로 우리는 절대 다시는 서로의 얼굴을 보지 못하게 될 수도 있었어.

맞아. 그랬겠구나. 그때 너의 몸이 거기 누워 있지 않았더라면. 그렇지만 나는 지금껏 그런 가정조차 한 적이 없어. 왜냐하면.

왜냐하면?

왜냐하면, 그때 너에게로 뛰어가면서 나는 딱 한 가지 엉뚱한 상상에 온통 사로잡혀 있었거든. 마지막까지도 쭉.

어떤 상상?

만약 내가 나중에 누군가, 나보다 어린 누군가에게 이 순간을 설명할 기회가 마침내 온다면….

너보다 어린?

응.

그렇다면?

나는 내 다리를 멋대로 움직인 그 충동을 무어라고 묘사해주어야 그 누군가가 받아들일 수 있을까.

왜 그런 생각을 했어?

엄마가, 혹은 예성 이모가 자기들 삶이나 선택을 잘 설득

시켜줬더라면, 그랬다면 내 삶은 아주 많이 달라졌을 거라고 여겨졌었거든. 그때까지는. 그래서 그 둘과 있었던 기억들을 똘똘 뭉쳐 멀리 던져버리려고 애썼고.

그런데?

그런데 그때 깨달았어. 나도 나를 설명할 수 없더라고, 하나도.

너는 그때 너무 어렸잖아.

열여섯이? 양심이 있으면 그렇게 말하면 안 되지. 같이 할 거 다 해놓고 무슨.

음.

어쨌든 계속 그 생각만 했어. 아, 이게 진짜 이상한데 또 하나도 이상하지 않은 거… 그렇게밖에 설명을 해줄 수가 없겠구나, 그럼 그 애는 내가 그랬던 대로 똑같이, 남강한은 멍청한 어른, 어른 같지도 않아서 따를 점 하나 찾을 수 없는 그런 어른이라고 생각할 거라고… 그럼 어떡하지? 거기까지 생각했을 때 네 몸 앞에 도착해버려서 더는 생각을 이어나갈 수가 없더라고.

나중에라도 더 해보지 않았어?

그다음엔 너랑 떨어진 적이 없잖아. 난 한 번에 여러 개는 못 하는 인간이었나 봐. 머리가 안 돌아가서.

그런데 네가 내 앞에 딱 도착했을 때 한 말은 그게 아니었는데. 그러니까 최소 두 가지 생각을 할 수 있는 건 확실해. 아니면 네가 멋있는 척하느라 아까 한 말은 지금 지어낸 거든지.

죽을래? 근데 내가 뭐라고 말했어? 나는 그때 너무 정신이 없어서… 무슨 말을 했는지는 기억도 안 나는데.

✳

「다행이다.」

강한의 목소리였다.

「다행이다. 아물고 있어서.」

누워 힐떡이던 해일은 그때만 해도 강한이 무엇을 두려워하는지 몰랐다. 왜 당연한 걸 가지고 다행이라고 말할까.

「다행이다….」

그러니까, 사실 강한은 스스로가 가장 잘 알았다. 자신은 하나도 괜찮지 않았다는 것을. 말할 수 없음은 아무래도 좋았다. 강한은 해일이 말을 잃을 미래를 걱정해본 적이 없었다. 그러나 뼈와 살을 재생할 수 없음은 달랐다. 그 순간부터 지속적으로 한 가지 이미지에 붙잡혀 있을 수밖에 없었다. 고집스레 사람 사는 집에 들어와놓고는 들어온 구멍을 찾지 못해 나가지 못하고 빙빙 돌다 잡히는 나비처럼, 존재조차 느지막이 감각할 수 있는 감옥에 스스로를 가둘 수밖에 없었다.

팔을 잘리는 해일은?

만약 언젠가 팔이 새로 돋아나지 않는다면?

펜션의 어른들이 함부로 대하는 해일은?

만약 누군가 해일을 때린다면?

죽고 싶어 하는 사람들이 가득한 펜션에서 가장 어린 해일은?

만약 누군가 해일더러 가장 먼저 죽어보라고 등을 떠민다면?

강한은 하나도 괜찮지 않았다.

「괜찮아, 다 내가 아는 사람들이야… 나쁜 사람들이 아니야….」

자신의 몸에 손을 대는 승조와 종민, 그리고 몰려드는 다른 사람들을 보며 눈을 휘둥그레 뜨곤 사지를 움츠리는 해일에게 강한이 말했다.

「괜찮아… 절대로 너를 해칠 사람들이 아니야….」

그러면서도 강한은 해일이 의아해할 거라고 생각했다. 분명히 물을 거라고 확신했다. 너는? 그러는 너는 나를 해칠 사람이 아니야? 너는 내 삼촌을 죽였어. 나는? 나는 죽이지 않을 거야?

그러나 해일은 다른 것을 물었다.

「왜?」

「뭐?」

「왜 다시 오고 있었어?」

해일의 눈이 강한의 얼굴과 자동차의 헤드라이트를 번갈아 오갔다.

「왜 다시 오고 있었어?」

그때 그 아이의, 아직 이름조차 모르던 아이의 얼굴에서 희재는 표정이란 것을 보았다고 굳게 믿었다.

표정. 코와 입을 중안피로 덮은 안피류에게서 소멸되었다고 믿어져 의심치 않았던 것.

에헤이, 엄마라고 또 자기 딸내미 남자친구한텐 그렇게 감성적인 거야? 누가 스물 되자마자 애 낳은 사랑꾼 아니랄까 봐. 나중에 종민이 놀려댈지도 몰랐지만 희재는 진심으로 그렇게 믿었다.

해일의 눈에서가 아니었다.

희재는 해일의 중안피에서, 아가미에서 표정을 보았다.

그 붉은 거죽이 움직이는 모양새에서, 공기를 빨아들이는 속도에서 표정을 읽었다.

내가 완전히 잘못 생각했구나.

희재는 깨달았다.

우리는 담이 무너져 자유로워진 것을 알아채지 못한 동물원의 맹수처럼 완벽히 잘못 여기고 있었어.

강한은 그제야 자신이 어느 방향으로 가고 있었는지를 다시 알아채곤 새파랗게 질렸다. 해일이 강한의 마음을 읽었다.

「너를 찾아오라고 했어. 너는 더 멀리 도망가야 돼. 다시 돌아가면 어떻게 될지 몰라.」

「그러는 너는?」

강한이 물었다.

「너는 나를 못 찾고 돌아가면 어떻게 하려고 했는데?」

해일이 손을 어색하게 들어 도랑 어딘가를 가리켰다. 강한이 그쪽으로 눈을 돌리기도 전에 어리둥절한 표정으로 쭈그려 앉아 있던 종민이 먼저 해일의 손가락이 가리키는 방향으로 뛰어갔다. 그러더니 외쳤다.

"어어이, 이거 뭐야! 노트북인데? 아주 박살이 났는데?"

그 외침을 들은 해일의 눈이 순간적으로 휘더니, 살짝 처졌다.

「네가 방 문을 잠그지 않아서 들고 나올 수 있었어.」

해일의 목소리가 조금 작아졌다.

「나는 그곳에서 저것만 가지고 나오면 될 거라고 생각했는데.」

그러더니 잠깐 틈을 주고 다시 말했다.

「그런데 부서졌다면… 괜히 들고 나온 걸까….」

"어어이!"

종민이 다시 소리쳤다.

"야, 액정이 아주 파들파들 떠는데. 그런데 용케 돌아가네. 야, 역시 기계는 고물이 최고지!"

헤드라이트는 계속해서 텅 빈 도로를 비추었다. 해일과 강한의 손이 서로 키보드에 달려들어 말을 알아듣지 못하는 어른들에게 호통을 쳤다. 삼촌, 숙모 혹은 김미솔, 주예성, 장희란, 펜션, 공장, 아가미, 전기톱…. 문장을 제대로 구성하는 법을 잘 모르는 아이들이 어지럽게 뱉어내는 낱말들 사이에서 어른들은 길을 잃은 듯 보였다.

"네 삼촌이 내가 찾아가던 사람이야."

승조가 맥이 탁 풀린 목소리로 간신히 말했다.

"믿고 몸 의지할 데가 없거든. 아무도 없거든. 쌤이랑 식당 손님들 말고 가장 많이 봤고, 가장 많이 알던 사람이 네 삼촌이야. 네 삼촌이 자주 그랬었지. 사계네, 휴가 오는 겸 해서 가평 놀러 와, 하고. 계곡에 발도 좀 담그고 그러라고. 잘 곳도 아주 많고, 재밌는 구경거리도 많을 거라고⋯. 여름이 가장 바쁜 때인 걸 알면서, 아니까 그렇게 말했겠지⋯."

"본론만 정리해, 이제 거기 가면 장희란이랑 맞닥뜨린단 얘기잖아."

종민이 승조의 말을 잘랐다.

"너는 안피류들이 퇴화하기 시작했단 정보 하나 들고 헐레벌떡 가던 중이었는데. 우리가 조금만 더 일찍 도착했으면 아주 볼 만했겠다. 야."

그러더니 두 팔을 들었다.

"젠장, 이제 서울로도 함부로 못 갈 텐데 어떡하면 좋으냐고."

"아니, 근데 그 사장님은 대체 장희란 쌤이랑 뭘 하고 있는 건데⋯."

강한은 승조의 나지막한 혼잣말을 들은 해일이 어깨를 잠깐 떠는 것을 보았다. 해일은 삼촌이 죽었단 이야기를 키보드로 적지 않았다. 다른 이들이 그 일을 알게 되는 것이 얼마나 무서운 결과를 불러오게 될지 본능적으로 아는 사람처럼 보였다.

"결국 우린 돌아가야 되는 거네. 서울이든, 어디로든."

유림이 말했다.

"기껏 호텔에서 도망쳐놓고 다시 호랑이굴로 갈 순 없으니까."

강한이 벌떡 일어남과 동시에 희재와 정심이 동시에 물었다.

"예성 언니는?"

"예성이는?"

유림이 조금 더 늦게 물은 정심에게 대답했다.

"수적으로 봐요. 중요한 사람이 누구누구 있는지. 거긴 주예성 혼자. 근데 여긴? 우리 전부가 장희란 눈에 띄면 안 되는 사람들 아니에요? 우리 말고도 저기 뒤에…."

그러더니 입을 꾹 다물었다.

"네가 칼로 쑤신 신명희 씨랑 고명덕 씨까지 포함해서 말이지."

종민이 툭 던졌다. 유림이 입술을 일그러뜨렸다. 자신이 저지른 짓을 절대 인정하고 싶어 하지 않는 얼굴이었다.

"도망칠 거면 빨리 가야 돼요."

승조가 말했다.

"내가 그 비구류들을 죽이진 않았으니까…. 호텔에 있던 사람들 말이에요. 지금쯤 윗선에도 연락이 다 돌았겠죠."

"아무도 네가 사람을 죽였을 거라고 생각 안 했어."

정심이 말했다.

"그래요? 난 솔직히 승조가 너무 일찍 도착해 있어서 그냥

다 죽여버렸구나, 고기 다루듯이, 하고 생각했는데."

종민이 심술궂게 반박하자 정심이 나무라는 표정을 지었다.

"아니라니까요. 그냥 좀 겁만 줬어요. 그리고 사람이랑 고기랑 어떻게 같아요."

희재는 아연한 표정으로 옛 연인을 바라보았다. 괴로움에 화장실에서 스스로 목을 매달았던 동갑내기와 저 남자가 같은 사람인가?

"왜, 사람 고기 고아서 잘만 팔던 놈이."

뭐? 정심이 되물었다.

"나중에 설명할게요."

너무 지지부진했다. 강한은 울고 싶어졌다. 이렇게 늘어져선 안 됐다. 가슴이 펄떡펄떡 뛰었다. 어른들이 어떻게 이럴 수 있단 말인가? 커다랗고 명백한 구멍이 뻥 뚫렸고 그곳으로 구정물이, 마치 온갖 썩은 것을 얹은 채 수영장에서 출렁이던 빗물처럼, 그런 물이 쏟아져 내려올 판이었는데 어른들은 죄다 여기서 말, 말, 말뿐이었다.

강한은 손을 허공에 휘젓다가, 희재의 옷깃을 잡고 눈을 맞추었다.

희재의 눈구멍이 커졌다.

강한은, 엄마가 자신의 귀에는 들리지 않는 말을 스스로 듣고 이해했음을 확신했다.

"거기까지 뛰어서는 얼마나 걸리니?"

희재가 해일에게 물었다.

"너도 뛰어왔으니까, 나도 차 없이 충분히 갈 수 있을 거야."

23

「꼴좋다.」

피식피식 웃는 두더지의 목소리가 머릿속에 들어왔다.

「이젠 무서워서 장사도 못 하겠고, 김미솔 씨는 앞으로 뭘 가지고 사람들을 홀릴까?」

두더지의 상처는 서서히 아물었다. 두엇밖에 남지 않은 안피류들은 아문 상처에 매번 다시 칼을 박아 넣었다. 미솔은 장희란을 바라보고 있었다. 그러나 장희란은 그 시선을 모른 척하고 팔짱을 낀 채 혀를 차고 있을 뿐이었다.

그리고 예성은 커다란 칼날이 위에서 아래로, 다시 아래에서 위로 규칙적인 낙하와 상승을 반복하는 기계 옆에 자리를 잡고서는 팔을 죽 뻗고 있었다.

장희란이 뭐라고 입을 벙긋거리기 시작했으나 기계들의

소음에 묻혀 하나도 들리지 않았다. 그러자 이번엔 온 힘을 다해 소리를 내질렀다. 아, 저 목소리. 예성은 귀를 막고 싶어졌다. 아주 악한 아기 같은, 덜 자란 사람이 덜 된 듯한 새된 목소리.

"설명은 듣고 싶지 않아?"

초커를 두른 안피류들은 피를 흘리며 누워 있었다. 예성을 마크하는 두어 명을 제외한 나머지 비구류들이 여기저기를 오가며 기계의 전원을 끄기 위해 노력했으나 시간이 꽤 오래 걸리는 모양이었다. 그중 하나가 공장 문을 열더니 밖으로 뛰어나갔다. 한참 대치 상태가 흐르고는 아예 전기를 차단하는 법을 찾아냈는지, 갑자기 모든 소리가 멎었다. 조명마저 모두 꺼졌다. 창문을 통해 어슴푸레 들어오는 빛만이 남았다.

동이 트고 있나 보다, 예성은 생각했다.

칼날이 멎은 것을 본 비구류들이 다시 달려들었다. 이젠 꼼짝없이 붙들리는 수밖에 없었다.

"아프지. 아파⋯."

장희란이 주위를 둘러보며 중얼거렸다.

'청장님. 저 안피류들 뭐예요?'

미솔의 핸드폰 액정이 번쩍였다.

"결말이지."

장희란이 말했다.

"세상이 제 것인 줄 알던 짐승들의 결말이라고."

미솔이 뭐라 다시 적으려 하자 장희란이 손을 들어 저지했다. 네 말을 들어 무엇 하겠니. 중요하지도 않아.

"자연이란 건 참 위대하잖아. 꽤 오래 걸렸지만 결국엔 다시 정상으로 돌아갈 길을 찾아내지. 아니, 더 나아질 길일지도 몰라… 알잖아, 원래, 집이란 것도 있지, 깨끗하게 유지할 가장 좋은 방법은 때 되면 다 버리는 거였지…. 옛날에… 아직 개나 소나 다 말이지, 대부분의 사람들에게, 자격을 묻지 않고 집이라 부를 만한 게 주어지던 시기에."

예성은 자신이 장희란을 바라보는 눈빛이 미솔의 것과 비슷하게 멍할 것이라고 자각했다. 무슨 소리를 하는 거지?

"하지만 만약 자연이 아주 조금 느리다면, 사람들이, 그러니까, 사람 같은 사람들이 조금 보탬을 줄 수도 있지…."

「언니. 지금 저 여자가 무슨 말을 하고 있는 거야. 언니도 아는 말이야? 그런 거야?」

예성이 미솔에게 물었다.

그러나 미솔은 예성을 향해 고개도 돌리지 않았다. 시선은 장희란에게 못 박혀 있었다.

"인간 싫어, 동물 좋아. 인간 다 멸종해, 귀엽고 착하고 지구에 무해한 동물만 살아남도록 해."

장희란이 몸을 비트는 안피류들 중 하나에게로 몸을 굽혔다.

"젊은 애들이 다들 그러더라고. 지금은 힘 빠진 이전의 어른들이 얼마나 힘겹게 자기들 보금자리를 꾸며줬는지는 생각도 안 하고 그딴 말을 뱉었었지. 학교에서도 그랬어. 아주 오래전에. 미래가 보이지 않는다고 생각했지. 쟤들한테는… 지

금 가진 걸 감사해야 할 게 아니라 권리라고 생각해서 매너리
즘에 빠진 애들한테는….”

이제 공장 안은 완전히 밝아져 있었다. 어디서 음악 소리
같은 게 들린다고 예성은 생각했다. 귀에 아주 익은 흥겨운
클래식 음악이었다. 잔치의 느낌이 물씬 나는. 내가 드디어
미쳤구나. 예성은 눈앞이 조금씩 흐려지는 것을 느꼈다.

“처음엔 나도 착각하고 절망했어. 내가 열등해졌다고 아주
잠깐 착각했어. 특히 그날… 그날에는 더 그렇게 생각했지.
그 운동장을 어떻게 잊겠니? 이제 나도 끝이라 생각했지.”

그런데 그게 아니었어.

“주예성, 주예성이 죽인 거라더라. 그게 첫 번째 힌트.”

장희란이 웃었다.

“그리고 보양식 파는 인간들을 찾아낸 게 두 번째 힌트. 그
두 힌트에 비구류들이 영향 끼친 건 전혀 없지. 다 안피류들이
저지른 짓이야.”

예성은 전혀 이해가 되지 않았다. 그때 장희란이 고개를
들어 김미솔을 바라보았다. 애석하다는 표정이어서 예성은
깜짝 놀랐다. 저 사람이 저런 표정을 지을 수 있단 말인가?

“너희는 너희가 함부로 지껄이던 것처럼, 귀엽고 지구에
무해한 짐승이 되고 싶어 하는 것처럼 굴더라고.”

예성은 참을 수가 없어서 손발이 자유로운 미솔에게 소리
쳤다.

「죽여, 씨발년아. 너도 할 수 있잖아.」

255

예성은 미솔에게 외쳤다.

「할 수 있는 거 다 안다고. 당장 목을 긋게 만들어. 당장.」

그러나 미솔은 대답하지 않았다. 어느 순간부터 미솔이 줄줄 땀을 흘리고 있단 걸 예성은 그제야 알아챘다. 잠이 부족하고 지쳐 흐릿해진 시야로도 목덜미에 줄을 긋는 땀방울을 볼 수 있을 정도였다. 그 정도로 크고 홍건했다.

두더지는 축 늘어져 웃고 있었다.

「짐승들이지.」

"그래서 우리는 돕기로 했어. 사람 수를 줄이고 귀여운 짐승들을 늘리는 방법을 찾아내서… 인구가 푹 줄고 너희가 좋아하는 동물 한 종이 더 생겨나는 거야. 얼마나 바람직한 일이니."

바닥에 무릎을 꿇은 채 붙들려 있던 예성은 비구류 남자의 발을 향해 머리를 박으려 몸부림쳤다. 남자가 소리를 질렀다. 미솔의 고개가 예성 쪽으로 휙 돌아왔다.

「죽여. 안 그러면 내가 죽일 거야.」

예성은 말하면서 눈을 부릅떴다. 그러면서도 자신이 얼마나 큰 모순을 말하고 있는지 알았다. 결국엔 미솔에게로 모든 책임을 돌리고 싶어 하는 이기심이었다.

그러나 미솔은 대답하지 않았다.

「들리냐고.」

대답이 없었다. 예성은 눈을 두 번 깜박이며 외쳤다.

「왜 씹냐고!」

높고 새된 목소리가 이어졌다.

"전염성이 있어."

장희란이 미솔에게로 가서 어깨를 감싸 안았다.

"꽤 강한 전염성이야. 예전에 내 딸내미가 참 면역력이 약했었는데. 유행병이란 유행병은 다 걸려 왔지…. 애지중지 클수록 더 그렇다고 하더라. 흙바닥에 굴리면서 키워야 이 균 저 균 다 먹고 강해진다고. 그래서 알지. 우리 안피류 여러분은 지금껏 비구류들보다 훨씬 깨끗하게 잘 살아서, 그래서 더 쉽게 걸릴 거야."

그러고는 예성을 향해 씩 웃었다.

"아, 그리고 잠복기는 아주 짧아…. 우린 16년 동안 놀고 있었던 게 아니야, 안피류 여러분. 여러분은 이제 여러분이 원하는 대로 되고 있어. 여러분이 원하는 대로, 귀여운 강아지가 되었어. 말 못하고, 충직하고, 다치면 애처롭게 낑낑거리고, 몸에 좋은 강아지."

미솔이 손을 들어 예성을 향해 휘저었다. 아무런 목소리도, 단 하나의 글자도 예성의 머릿속에 들어오지 않았다.

"죽는 법은 아직 못 찾으셨더라고, 우리 박사님들이… 영 실마리를 못 잡으셨는데."

장희란이 비구류들에게 손짓했다. 남아 있던 비구류들이 미솔을 붙들었다.

"그런데 여기 오니까, 세상에. 불사였던 케르베로스가 죽어 있잖아. 이게 무슨 일이야. 이게 무슨 횡재야."

미솔이 예성의 옆으로 질질 끌려와 똑같이 무릎을 꿇었다.

"김미솔 씨, 이제 말해보자. 어차피 당신 사업은 끝났어요, 사장님. 우리 강아지들 한 무리가 펜션을 쭉 훑고 있을 거거든요…. 다들 열심히 전염될 거예요…. 원하던 대로 말이야. 이제 서로 말이 통하지 않으니 싸우지 않을 거예요…. 팔을 자르면 잘린 채로 살아야 하니 자기 몸을 소중히 여길 거고요… 목걸이를 차면 더 행복해질 거예요. 주인만 보면 행복한 개가될 거예요…. 아니, 고양이라고 해야 할까? 고양이들에겐 기억력이 없다고들 하잖아…. 그런데 난 고양이가 참 싫었어. 그쪽 찢어진 눈. 사람 아기 흉내 내는 소리. 흉측한 송곳니 같은 것들. 소름 끼치게 싫었어."

장희란이 누운 안피류들을 건너 미솔과 예성의 앞에 왔다. 마르고 깨끗한 바닥을 찾아, 떡하니 반가부좌를 틀고 앉았다.

「아, 씨발, 존나게 아프네… 저기, 진운고 대가리 님, 제 말 들려요? 들리냐고?」

두더지의 목소리가 예성의 머릿속에 들어왔다.

「들려요.」

「김미솔은 대답을 안 하던데.」

「잃은 것 같아요….」

예성은 담배를 피우던 그 옛날 미솔의 입술을 뜬금없이 떠올렸다.

「목소리를.」

「그게 그 아까 전염성 어쩌고저쩌고하던 거예요?」

「그런 것 같은데, 아무래도요.」

「우리도 얼마 안 남았겠네. 김미솔이가 면역력이 약했나 봐, 안 그래 보이더니만.」

그러더니 아물어가는 상처에 연거푸 파고드는 칼날 때문에 비명을 지르는 것이었다.

"김미솔도 중요하고 주예성도 중요해서 왔더니 죽은 안피류가 떡하니 누워 있다, 그거야….”

장희란이 입맛을 다셨다. 미솔도 예성도 할 수 없는 행동이었다.

"나는 필요한 모든 걸 다 가져가는 거야. 어떻게 죽었는지만 알면 돼. 그러면….”

장희란은 허공에 실로 매달린 과자를 바라보며 펄쩍펄쩍 뛰어오르는 아이의 얼굴을 하고 있었다. 예성은 몸을 떨었다. 저게 인간인가? 그 본질인가? 자신이 예전에, 아주 예전에 여겼던 그대로? 이 세상의 모두를 경멸하며 동시에 상처받았던 열아홉의 자신이 이미지화했던 인간의 전형이 결국엔 진실이었나?

그러나 지금까지의 16년은?

희재는? 강한은?

정심은?

주예성의 뛰는 심장은?

뇌는?

그 안에 담긴 모습과 풍경들은?

익숙한 이들의 목소리가 드문드문 들렸다.

혼선된 라디오 방송처럼 마구잡이로 들렸다.

잘리고 돋아난, 또 잘리고 다시 새로 돋아난 아가미에서 비롯된 여러 인격이 충돌하는구나.

이렇게 나를 미치게 만드는구나.

예성은 그렇게 생각했다.

그러나 그때 두더지가 말했다.

「다시 오고 있어, 왜.」

끽끽 웃었다.

「어린애들이 왜 자꾸 지저분한 어른들 싸움에 끼어들려고 해, 왜. 기껏 겁줘서 쫓아 보냈더니만. 왜.」

그러곤 눈을 감았다.

「그냥 겁주지 말고, 푹 잠이나 자게 내버려둘걸. 끼어들지 말았어야 하는데. 대체 이 모든 일이 나랑 무슨 상관이라고 내가 이렇게…. 어차피 나는 여기서 완전한 조연일 뿐인데… 이렇게 쑤시다 버리고 떠날 텐데, 다들….」

열려라, 참깨.

두더지가 힘없이 뱉었다.

그러나 공장의 문은 열리지 않았다.

대신, 창문이 열리더니 무언가가 호를 그리며 들어왔다. 공중을 날 듯 굴더니 곧 툭 떨어졌다.

둥글고 무거운 머리였다.

머리들이었다.

저주처럼 빠르게 날아와 종말같이 떨어졌다.

그러고는 바닥에서 팽글팽글 돌았다.

불을 뿜으며 튀어 올랐다.

두더지가 웃음을 터뜨렸고, 성대를 이용해 웃는 것이 아닌데도 잔뜩 쉰 목소리처럼 들리는 바람에, 예성은 깜짝 놀랐다. 그는 웃음이 참 많은 사람이었다. 아무 때나 웃었다.

24

공장이 아니라 펜션의 앞마당에 차를 대자고 한 것은 해일
이었다. 소리가 들려요, 빛이 보여요, 라고 타자를 쳤기 때문
이었다. 공장 쪽에서 소리가 들려요. 빛무리도 보여요. 조금
이 아니에요. 많은 사람들이 그곳에 있어요. 우리 몇 명 가지
고는 무얼 할 수 없어요. 사람이 더 필요해요. 정심은 큰 소리
로 그 말을 운전석에 곧바로 전달했다. 이 작고 텅 빈 마을에
서 풍경만 우두커니 응시하며 거의 평생을 산 아이였다. 지금
이 계절 이 시간의 하늘이 어떻게 생겨야만 하는지, 공기의 흐
름이 어때야 하는지 정확히 알았고, 그래서 이질적인 기류를
곧바로 알아챘다.
　그들은 앞마당에 차를 댔다. 아이들끼리 무엇을 계획했는지
어른들은 아무도 몰랐지만, 적어도 강한과 해일은 자신들이

해야 할 일을 정확히 아는 듯 차가 완전히 멈추기도 전에 문을 열고 뛰었다. 펜션을 빙 둘러 가더니 어디론가 사라졌다.

그리고 자동차가 들어오는 소리 때문에 잠이 깬 건지, 두어 개의 방에서 반짝 불이 켜졌다. 한 군데는 곧 다시 꺼졌지만, 한 군데에선 사람의 형체가 창문에 붙어 밖을 내다보더니 문이 열렸다. 방에 있던 사람이 팔을 휘저으며 걸어 나왔다. 안피류였기에 그가 무슨 말을 하는지 아무도 알아들을 수 없었다.

그때 무언가 굴러가고 몸부림치고 찢어지는 듯한 소음이 새벽의 고요를 깨뜨렸다. 쭈뼛대며 차 밖으로 걸어 나온 사람들은 모두 놀라 펄쩍 뛰었다. 안피류 남자 역시 마찬가지였다.

신명희를 부축해 밖으로 나온 고명덕이 눈을 휘둥그레 떴다.

분수가 솟구쳤다.

곧은 선의 조명이 허공을 향해 뻗어 나갔다.

음악이 흘러나왔다. 너무나 익숙한 곡인데, 이거 뭐지? 종민이 소리 내지 않고 고개만 갸웃거리는데, 정심이 대뜸 말했다.

"〈아름답고 푸른 도나우〉."

저 나이가 되면 독심술이라도 생기나 봐. 종민은 실없이 생각했다.

음질은 조악했지만 음량만은 충분했다. 아마 모든 게 평화

롭던 그 옛날, 꺅꺅거리며 물놀이하는 투숙객들의 함성을 덮고 이목을 집중시켜야 했기 때문일 것이다. 순식간에 대부분의 방에 불이 들어왔다. 방 밖으로 걸어 나온 사람들도 많았다. 마찬가지로 영문을 모른 채 둥글게 뭉쳐 있는 낯선 무리를 못 본 척하며, 펜션의 사람들은 고개를 젖히고 분수와 조명을 보고 있었다. 물은 수영장 바닥에서 나오고 있었고, 조명은 가장자리에서 시작해 물보라를 지났다. 누구든 물의 뿌리를 보았다면 더러운 나뭇잎과 곤충과 동물의 사체가 물의 움직임에 따라 살아 있는 듯 꿈틀거리며 춤을 추는 모습을 볼 수 있었을 터였다.

춤.

정심은 그 곡을 알았다. 오스트리아의 빈에서는 매 새해 카운트다운이 끝나고 모두가 환호할 때마다 공영방송에서 그 곡이 흘러나온다고 했다. 사람들이 집 밖으로 몰려나와 이웃들을 부둥켜안고 밤공기를 가르며 왈츠를 춘다고 했다. 그게 전통이라고 했다. 허황된 선전일 뿐이야, 그런 나라가 어디 있어? 한국도 밖에서 보면 멋진 나라일 텐데. 정숙이 시큰둥하게 손을 휘저었지만 정심은 믿었다. 언젠가는 자신이 한국식 나이 한 살을 더 먹는 1월 1일 0시 그 순간에 거기 있을 거라고. 왈츠를 어떻게 추는지는 모르지만 몸을 움직여 멋져 보이게 만드는 것엔 제법 자신이 있었다. 아주 어렸을 때부터, 솜이불에 고개를 처박고 라디오에서 흘러나오는 노래에 귀를 기울일 때부터 그랬다.

그때부터 엉키기 시작한 꿈의 매듭을 풀지 못하고 이 땅에 단단히 뿌리박은 채 어느새 예순을 훌쩍 넘겼다.

강한과 해일이 손을 붙든 채 다시 뛰어 돌아왔을 땐 이미 대부분의 안피류들이 마당에 나와 위태로운 기대와 일상적인 불안이 뒤섞인 표정으로 분수를 바라보고 있었다. 둘 중 누가 뭐라고 말했는지 몰라도, 안피류들이 어느 순간 일제히 둘을 응시했다.

낮은 일렁임이 수많은 사람들의 등허리를 훑고 지나갔다. 일부는 손을 들어 자신의 팔뚝을 매만졌다. 어떤 사람들은 눈가를 꾹꾹 눌렀다.

정심이 그때 종민의 손을 덥석 잡았다.

"왜요, 누님, 갑자기."

"너 왈츠 출 줄 아니?"

"네?"

"아니, 몰라도 된다. 그냥 나 부둥켜안고 무게중심만 좌우 다리로 움직여라, 얘."

정심은 이어 말했다.

"왠지 지금 꼭 춰야 할 것 같은 느낌이 들어서."

"노망났나 봐, 누님."

"노망난 늙은이 소원 한 번만 들어줘."

"아니, 갑자기. 너무 뜬금없잖아요."

"지금이 아니면 언제 도나우 듣고 분수 보면서 춤을 추겠니?"

종민은 별일이 다 있다고 생각했지만 못 해줄 건 없었다. 정심은 조금 춤을 추다가 영 종민이 뻣뻣해 견딜 수 없다며 파트너를 희재로 바꾸었다.

사람들을 깨우려 최대 음량으로 틀어놓은 분수의 음악 때문에 그들은 더 많은 자동차의 무리가 펜션으로 다가오는 소리를 들을 수 없었지만, 만약 결과를 미리 알았더라도 똑같은 방법을 썼을 거라고, 모두는 나중에 생각했다.

부서지는 물방울을 자주색과 파란색 빛이 통과하는 모습을 꼭 봐야만 했을 거라고.

정심과 희재는 두 팔에 서로를 안고 천천히 빙글빙글 돌며, 어린 두 연인이 사람들 앞에서 허공에 손짓하는 모습을 보았다. 붉게 달아오른 아가미가 뻐끔대는 모습을 보았다. 한때는 딸의 목소리를 들을 수 없음을 그토록 서운하고 서러워했던 희재는, 지금은, 그 목소리가 귀가 아니라 딸과 닮은 이들의 머릿속에서 울릴 수 있음에 기뻐해야겠다고 생각했다. 그러지 않았더라면 이 커다란 오케스트라의 연주에 묻혀 아무 진실도 전하지 못한 채 배턴을 떨어뜨렸을 테니까.

✳

강한은 해일의 독채 거실에서 나온 머리 모형들에 기함했다. 비구류의 얼굴이었는데, 조잡하게 그려놓은 눈은 감기지

266

않았고 콧구멍도 막혀 있었다. 머리카락은 아주 뻣뻣했고 색도 다양했다.

「이게 엄마가 원한 전부였어.」

해일이 말했다.

「엄마는 이거면 된다고 했어.」

신발을 벗지 않은 펜션의 사람들이 몇십 명씩 거실을 오가며 머리를 날랐다. 해일의 엄마는 거실의 낡아빠진 흔들의자에 앉아서 그 모습을 지켜보고 있었다. 한 손은 정심에게, 다른 한 손은 희재에게 가 있었다. 아주 오랫동안 독한 약을 써서인지 손의 감촉은 오래된 나무껍질 같았다. 미용실이란 일터를 잃은 지 16년이 지났어도 피부는 낫지 못한 것이었다. 안피류가 되었어도, 화석처럼 변한 손바닥은 살아나지 못한 것이었다.

종민은 이름 모를 남자와 함께 손수레를 가져왔다. 이 아이디어가 누구에게서 나왔는지 종민은 알 수 없었지만, 적어도 정말이지 기막히게 우스꽝스러우며 동시에 서글픈 광경을 연출할 건 알았다. 그들은 묻고 싶은 것이었다. 머리를 자르면 우린 살아날까? 아니면 죽을까? 살아난다면, 잘린 머리와 몸 중 어디가 진짜배기로 자라날까? 어디가 버려질까? 머리일까, 몸일까? 마음일까, 그릇일까?

우리는 사람일까, 아닐까?

누군가는 시끄럽게 작동하는 전기톱을 들고 왔다. 퍽 격앙된 듯한 움직임으로 갑자기 자신의 멀쩡한 팔에 톱날을 들이 대려고 해서 종민은 깜짝 놀랐다. 곧 사람들이 톱을 빼앗았다. 밖에서는 계속해서 음악이 나왔다. 분수의 물줄기는 조금 약해져 있었다. 물탱크의 수위가 빠르게 줄고 있는 모양이었다.

"비가 다시 와요! 꽤 오는데."

밖에 있던 승조가 안으로 고개를 빼꼼 들이밀더니 말했다. 앞머리가 축축하게 젖어 있었다. 그러자 남자 하나가 밖으로 뛰어나갔다. 영문을 모르겠단 표정의 승조 옆에 선 유림이 말했다.

"정말 웃기지?"

"뭐가요?"

"저 남자. 우수조 담당이야. 마당에 있는 게시판에서 봤어. 마지막이 될 순간을 준비하면서도 비가 오니까 물 잘 받고 있나 확인하러 가는 것 봐. 엄청 빨리 뛰어가네."

유림은 승조에게 속삭였다. 승조도 따라 웃었다. 두 사람은 똑같은 생각을 했다. 저게 인간이지. 그러나 예전처럼 시큰둥한 마음은 아니었다. 자기들도 그런 존재란 걸 알기 때문이었다.

그게 별로 싫지 않기 때문이었다.

전기톱의 소리가 다시 났다. 톱은 이제 신명희와 고명덕의 초커를 향하고 있었다. 안 돼, 안 돼. 이 사람들은 진짜 다친단 말이야. 정심이 어느새 그 옆에 가서 말리고 있었지만 이상하게도 신명희가 막무가내였다. 계속해서 손가락으로 자신의 목을 가리켰다.

"정말 조심해야 돼."

정심이 울 듯한 표정으로 말했다. 톱을 든 여자의 손이 알코올 중독자처럼 덜덜 모양새가 멀리서도 보였기에 모두가 긴장했다. 여자는 마치 자신이 다치기라도 할 것처럼 톱을 움켜쥐었다.

식칼 앞에서 꿈쩍도 하지 않던 초커는, 전기톱으로 두 동강 났다. 그 순간 신명희가 눈을 휘둥그레 떴다. 목의 피부에 닿는 초커의 안쪽은 매끄럽지 않았다. 온통 작고 날카로운 쐐기가 박혀 있었다. 아가미 쪽의 쐐기는 더 컸다. 아가미가 절대 닫히지 않도록 쐐기가 목의 피부와 아가미 사이를 막고 있었을 터였다. 그러니 호흡 역시 편했을 리가 없었다.

텅 빈 플라스틱 머리 안에 폭죽을 넣자고 제안한 것은 방에서 잘 나오지 않던 남자였다. 남자는 해일이 아주 어렸을 때, 그러니까 미솔이 아직 해일의 엄마를 정신병자 취급하며 사람들로부터 차단하기 전에, 해일의 엄마가 손에 든 가위를 사람들이 두려워하기 시작하기 전에, 자주 들러 머리를 잘랐던 사람이었다. 40대 초반 정도로 보이는 그의 이마는 이제 훤했다. 해일은 그가 젊었을 때 기상천외한 머리색을 얼마나 많이 했었는지 기억해냈다. 그러고 보니 남자가 원했던 거주의 조건은 단 하나였다. 폭죽.

미솔은 안전상의 이유라며 폭죽을 원하는 만큼 구해주지 않았다. 그는 폭죽을 더 구하기 위해 스스로 몰래 팔을 잘라 팔아먹기도 했다. 바비큐장을 좀 더 자세히 관찰했던 사람이라면 이상하게 통 잘 마르지 않는 내부와 오랜 녹이라고 하기엔 지나치게 붉은 자국들 때문에 의심을 할 법도 했겠지만, 사람들은 언제나 판단하기 전에 남의 의견을 먼저 묻곤 했다. 그리고 모두는 생각했다. 설마 자기 팔에 스스로 날을 들이밀 정도로 고통을 참을 수 있는 사람이 어디 있겠어?

빛과 소리에 정신을 빼앗긴 자는 할 수 있었다.

그리고 이제 그는 인조 머리의 말랑한 뒤통수에서 불꽃이 치솟게 만들 수 있었다. 사람같이 생겼지만 전혀 사람의 것이 아닌 순간들을 연출해줄 수 있었다.

머리에 폭죽을 다 집어넣은 사람들이 떠나고 얼마 지나지 않아 처음 보는 자동차들이 주차장으로 들어섰다. 개들이 튀어나왔다. 개 같은 인간들도 튀어나왔다.

공중에서는 헬기가 맴돌았다.

25

    사람을 물어뜯도록 개를 훈련시키는 것은 쉬웠다. 16년 전, 사람들이 죽어가던 때, 숨 끊어진 주인과 집에 갇혀 굶주려 봤던, 그러나 결국 모종의 방법으로 아사하지는 않았던, 그리고 밀폐된 공간 안에서 서서히 미쳐가다가 핏발 선 눈으로 마침내 어떤 방식으로든 탈출해 거리로 뛰어나왔던 개들의 자손이었다. 동시에, 사람들이 남긴 음식만을 먹을 수 있었던, 줄에 묶인 채 떠도는 아무 개의 새끼를 뱄던, 그렇게 낳은 새끼를 개장수의 손에 뺏기거나 혹은 암컷 새끼를 남겨놓은 채 자신이 개장수에게 팔려가야 했던, 그렇게 운명을 계속해서 물려줘야 했던, 인간들의 분류법에 따르면 시골 잡종이라 불렸던 개들의 자손이기도 했다.

    절대 만날 일이 없던 두 종류의 핏줄이 섞였고, 찌꺼기 없이 피에 용해된 기억 역시 대물림 되었다.

사람을 개로 만드는 것 역시 어려운 일은 아니었다. 목소리를 잃고 겁먹은 인간들은 쉽게 속았다. 처음엔 초커를 채우고 이름을 주었다. 함께 움직이며 서로를 지킬 대상을 지정해주면 퍼포먼스가 훨씬 뛰어나진다는 사실은 조금 뒤에 밝혀졌다. 그때부터 무조건 그들을 한 쌍씩 묶었다. 너희가 서로 사랑하는 사이라고 주입했다. 대충 지은 이름은 모두에게 똑같이 주어졌다. 귀엽지 않은 개, 애완용이 아닌 개에게 굳이 힘들여 어려운 이름을 지어줄 필요는 없다고 윗사람들은 생각했다. 도망친 발바리의 자리에 새로운 개를 잡아넣어 놓아도 이름은 발바리니까. 개장수에게 판 흰둥이의 배 속에서 나온 새 강아지도 하얗다면 흰둥이니까. 게다가 이름 대신 번호로 관리하는 게 더 편하기도 했다.

초반에는 여권을 발급하기도 했다. 걱정하지 말고 당국을 믿으라는 뜻의, 이를테면, 선전용 찌라시 같은 존재였다. 당연히 유효하지 않은 껍데기 여권이었으나 어차피 개들이 그 여권을 쓸 날은 지구 종말의 날까지도 오지 않을 거라고 정부는 확신했다. 어차피 사라질 것. 무의미한 것. 바닥에 뒹구는 쓰레기가 될 것.

역시 나중에는, 가짜 여권을 굳이 찍지 않아도 될 만큼 많은 사람이 전염되고 겁에 질려 정부를 찾았다.

272

비가 또 내리고 있었다.

헬기가 천연덕스럽게 무언가를 뿌려댔다.

우수조는 활짝 열렸다.

신명희와 고명덕 들은 지시받은 대로 개를 풀고 사람들의 머리나 다리를 향해 곤봉을 휘둘렀다.

비구류가 몇 있을 거란 귀띔은 받지 못했기에 약간 당황했지만, 비구류들이 먼저 공격을 하는 통에 어쩔 수 없이 싸잡아 두들겨 팼다. 어차피 개에겐 주인 말고는 다 똑같으니까.

생각보다 사람이 적다는 것이 모두를 의아하게 만든 점이었는데, 일단은 잠들어 있을 줄 알았던 사람들이 모두 깨어 있었기에, 비가 내리는 와중에 분수가 치솟아 오르고 있었기에, 귀청이 터질 듯한 오케스트라 소리가 끊이질 않았기에 신명희와 고명덕 들은 그 점을 깔끔하게 잊고 임무에 집중하기로 하였다.

그런 면에서 본다면 그들은 개라기보단 차라리 투박하게 짜인 알고리즘을 수행하는 기계에 가까웠다.

남을 돕는 게 귀찮았거나 혹은 겁을 집어먹어서 펜션에 남은 사람들 먼저 감염되기 시작했으니, 대부분의 경우엔 그렇지 않지만, 이날만은 삶이란 게 퍽 정당했다고 볼 수도 있었다. 감염된 자들은 절대 동의하지 못할 수 있지만, 사실은, 많은 시간이 흐른 뒤에, 결과론적으로 보자면, 모두 한 덩어리가 되었으니 상관없었다.

　불을 뿜는 머리들은 새였고, 개구리였으며, 제 꼬리를 잡으려 도는 고양이였다. 허공을 날거나 바닥을 빠르게 뛰어다니거나 제자리에서 뱅뱅 돌았다. 예성은 불티를 피해 몇 뺨씩 가까스로 움직여야 했다. 머리들은 계속해서 날아왔고, 예성은 이전에 보았던 영화 하나를 떠올렸다. 어른들이 아이들을 섬에 가두고 서로를 죽이게끔 만들었다. 그때 누군가 동급생의 머리를 잘라 던졌다. 그 영화를 예성은 초등학교 때 교실에서 보았다. 그 동네의 선생들은 영화를 틀어놓고 노트북으로 다른 일을 했다. 공문을 처리하거나, 석사논문을 쓰거나, 혹은 가파른 그래프를 관찰하기도 했다. 누군가의 부모가 항의할 때까지 그랬다. 예성은 그 항의가 조금 우습다고 생각했다. 그 인간에게 배우는 것보다는 영화를 보는 게 훨씬 유익했으니까. 그러니 그들은 그저 담임이란 작자가 주어진 일을 하지 않고 월급을 따박따박 받아 간다는 사실이 마음에 들지 않아 그런 일을 저질렀을 터였다.

　뚝 자른 동급생의 머리를 던지는 영화. 열두 살에 그런 영화를 봤기 때문에 지금껏 살아남은 게 아니었을까? 그리고 그 덕에 지금 이 광경에 대해 장희란처럼 굴지 않을 수 있는 게 아닐까? 예성은 생각했다.

　사실 날아오는 머리들은 전혀 위협적인 존재가 아니었다. 그저 매우 보기 흉하고, 절대 다칠 일이 없다고 여겨지던 사람들이 피를 흘리며 누워 있는 현장에서 제법 의미심장한 상징이 될 뿐이었다. 그러나 그걸로 충분했다. 장희란의 표정을 보면 알 수 있었다.

어쩌면 그게 비구류와 안피류의 차이가 아니었을까. 예성은 이제야 알 수 있을 것 같았다. 비구류들은 외부의 타인들을 두려워했다. 적은 많았다. 아가미를 가진 사람, 어느 날 갑자기 그날처럼 다시 변이가 일어날 거란 공포, 목을 긋게 될 거란 공포, 아니면 하다못해, 지금껏 애써 쌓아온 삶이 산산조각나고 역사책 속에서나 봤던 배곯는 피란민이 되어 죽을 거란 체념. 그들의 적은 언제나 밖에 있었다. 그들은 그렇게 자신들을 가두었다. 자신들이 변하지 않고 대신 안피류들을 개로 만들면서. 요동치는 세상을 억지로 자루 속에 넣은 후 두들겨 패 멈추게 하려 노력하면서.

그러니 창밖에서 날아오는 기괴하면서도 우스운 무기가 무서운 것이었다. 외부에서 오는 그 분노가 어느 정도일지 가늠할 수 없기 때문에. 자기들이 어떤 잘못을 했는지 전혀 자각하지 못하기 때문에.

여기저기 불씨가 떨어졌다. 겨우 저게 이 넓은 공간에 불을 붙일 수 있을까? 예성은 회의적으로 궁금해했다. 대체 밖에 있는 자들은 어떤 생각으로 이런 짓을 하고 있을까?

장희란은 출입문을 향해 돌진했다. 머리끝까지 분노가 치민 것 같았다. 공포는 경악으로 쉽게 바뀌었다.

"감히 이딴 식으로 장난질을 해?"

장희란이 뱉은 말을 들은 두더지가 쿡쿡 웃었다.

「그렇지, 이렇게 각 잡고 탄압하러 왔는데 인형 머리에 불을 붙여 던지고 있으면 꼰대들로서는 화가 나, 안 나.」

그 말을 들은 예성은 이 모든 일이 끝나고 나면 꼭 두더지에게 물으리라 다짐했다. 아저씨 통찰력이 남다르시던데, 혹시 저랑 일해볼 생각 없으세요?

그 '일'이 무엇이었는지 예성이 설명할 수 있었다면 참 좋았을 터였다. 그러나 예성 자신도 이젠 자신의 미래를 알 수 없었다. 무엇이 될지도, 어떻게 살지도.

출입문을 연 장희란의 어깨를 잡아 다시 공장 안으로 밀어 넣은 것은 강한이었다. 누군지도 모르면서, 그냥 누군가 문을 열고 도망치려는 것 같기에 그렇게 했다. 어깨를 붙들고, 운동화 신은 발로 무릎 뒤쪽을 차 무너지게끔 만들었다. 자신의 모습을 보고 해일이 놀라는 걸 강한은 알았다. 그러나 별다른 죄책감도 우려도 들지 않았다.

그것이 성장이었을까.

그렇게 이야기해도 될까.

강한은 더는 물을 생각이 없었다.

해일과 희재, 그리고 예성으로선 처음 보는 안피류 남자가 그들의 옆에 함께 있었다. 예성은 그를 보고는 조금 놀랐다. 누구인지 전혀 감을 잡을 수가 없었기 때문이었다. 목을 보고는 더욱 놀랐다. 붉은색의 두드러기가 교수형을 당한 자의 올가미 자국처럼 늙고 병든 목덜미를 칭칭 감고 있었다. 두드러기는 건조하지 않았다. 습했고, 진물이 흐르고 있었다.

희재가 외쳤다.

"고명덕 씨!"

바닥에 누워 있던 자들 중 자그마치 절반이 고개를 들었다. 그러고는 동시에 서로의 얼굴을 멍하니 휘 둘러보았다.

남자가 목을 긁으며 아이처럼 울기 시작했다.

26

머리를 싣고 공장 쪽으로 돌진하는 무리를 따라가던 정심의 시선은 그들이 시야에서 사라지자 다시 자신의 옆으로 돌아와 머물렀다. 한없이 쪼그라든, 물에 젖어 갈기갈기 찢어진 종이상자처럼 생긴 여자가 옆에서 비를 맞고 있었다. 남자아이의 어머니였다. 저 많은 머리들의 주인이었다. 이젠 아무것도 손에 남지 않은 사람이었다. 안피류들은 그 여자에게 유독 거리를 두고 뻣뻣하게 굴었다. 정심이 알아채지 못할 리없었다.

여자와 함께 독채로 들어섰다. 거실 마루에 깔아놓은 이불위에 신명희가 누워 있었다. 이불에 피가 점점이 떨어졌다. 이제 신명희는 상체를 일으키는 것조차 힘겨워했다.

내가, 너무 나이가 들어서. 정심은 생각했다. 지나치게 오래 살아서, 짐이 될 정도로 살아서. 그래서 이런 꼴도 보는구나. 동생처럼 일찍 죽어버렸다면 차라리 나았을까.

떠나지 못하고 머뭇거리던 남자아이와 어찌할 바를 모르던 고명덕을 안심시키기 위해 정심은 자신이 여기 남아 그들을 보살피겠다고 했다. 내가 할 수 있는 건 이 정도겠지. 정심은 속으로 생각했다. 그러면서 내심, 그들 모두가 어떤 결과든 들고 어떤 모습으로든 돌아올 때까지 저 음악이 끊어지지 않았으면 좋겠다고 잠시 빌었다.

종민이 돌아올 줄은 몰랐다. 아마 뛰어온 것 같았다. 아니, 아무래도 육십 넘은 아줌마들 셋만 두는 게 영 불안해서요. 내가 이렇게 효성이 지극해, 누님. 종민이 말했다. 효성이라니, 너도 마흔여섯이야. 이제 중년 중에서도 중년이지. 정심은 핀잔을 놓으면서도 괜히 고마워졌다. 종민은 16년이 지나도 종민이었다.

그러나 그게 마지막 평화였다.

곤봉을 든 무리는 사람들을 마당으로 내몬 후 도망가지 않도록 퇴로를 차단했고, 헬기는 무언가를 수없이 분사했다. 저주가 섞인 빗물이 피부를 때리고, 바닥에 닿아 튀어 기화된 증기가 아가미에 가닿자마자 안피류들의 눈이 휘둥그레졌다. 막 폭발한 화산을 등 뒤에 둔 채 두 다리로 달아나는 멍청이처럼 속절없이 손을 휘저었다. 네 다리의 개는 도망치려 하는 안피류들을 물어뜯었다. 두 다리의 개는 이상한 종류의 증오심에 휩싸여 가만히 손을 들고 있는 사람들의 목을 졸랐다.

그들은 독채에 있던 정심과 종민까지 끌어냈다. 손톱을 세워 바닥을 긁는 안피류들을 똑바로 바라보게 했다. 개 몇몇이 무거워 보이는 자루를 질질 끌고 왔다. 목걸이들이었다. 그걸 안피류에게 하나하나 채우기 시작했다.

"이렇게 같이 모여 살아주니까 얼마나 편하고 좋아…."

팔짱을 끼고 있던 비구류 하나가 말하자 옆에 서 있던 사람이 맞장구를 치더니 물었다.

"그런데, 지금 쏘는 것들은 이미 벙어리 된 애들한테는 별 영향을 안 끼치나?"

"몰라, 그런데 안 끼칠 리가 없지 않나. 멀쩡하던 놈들 말 잃고 재생력 잃게 만드는 독극물이 거기서 멈춰줄 리가 있어?"

"멀쩡하던?"

"자기들 기준으로."

"그런데 이게 다인가? 생각보다 좀 적은데. 청장은 어디 갔어?"

"자기 찾지 말라시잖냐, 할망구."

"이러고 일 다 끝나면 슬렁슬렁 나타나서."

"엉, 나타나서 다 자기 공이라고 떵떵거리는 거지. 할망구가 제일 잘하는 거 아니냐."

"양심에 찔리지도 않나, 매번 이런 식으로 일을 처리하면?"

"그런 사람들은, 있지…."

남자가 혀를 찼다.

"놀랍게도 양심이 없는 게 아니야. 자기 자신한테 거짓말을 기가 막히게 잘하는 거지. 진짜로 자기가 했다고 생각하고,

진짜로 자기가 노력했다고 생각하고, 진짜로 이게 옳은 일이라고 생각해. 진심으로 그렇게 여긴다고."

"그러냐."

"우리처럼 조금이라도 양심이 있는 사람들은 절대 청장처럼 성공 못해. 끝까지 똘마니지."

"목걸이 많이 채웠나?"

"거의 다 채운 것 같은데."

"이것도 남녀 나눠서 따로 교육시켜야 하나. 귀찮은데. 그냥 성별도 없애고 이름 하나로 통일시키면 어디가 덧나나?"

"내가 아나. 할망구 취향이니 따라야 하는 거겠지 뭐."

예성과 같은 능력을 가진 안피류는 여기에 한 명도 없는 걸까. 정심과 종민은 바닥에 얼굴을 부비며 그 대화를 듣고는 똑같은 생각을 했다. 저들의 입을 닥치게 만들 수 있는 사람이 아무도 없는 걸까. 아니면 차마 능력을 쓸 수 없어 참고 있는 걸까.

그리고 누군가 그 능력을 써주길 바라는 자기 자신에게 깜짝 놀랐다.

자신들이 살기 위해, 벗어나기 위해 모르는 누군가의 죽음이 벌어지고 있기를 바라고 있다는 사실에.

남자아이의 엄마에게까지 목걸이를 채우고 난 사람들이 눈살을 찌푸리며 신명희를 내려다보았다. 신명희의 손에 아직도 잘린 목걸이가 쥐어 있었다.

"그니까…."

"신명희였던 거 맞지?"

"신명희였겠지."

"목 봐."

"씨발, 징그러워."

"너무 흉한데."

침묵.

"이런 거 본 적 있어?"

"뭐?"

"목걸이 뺀 안피류."

"아니."

"이런 게 있다고 보고하면."

"아, 그러네. 씨발."

"우리한테도 뭐라고 할까?"

"당연하지, 그 할망구."

"그러면?"

"없는 게 제일 낫지."

"그런가?"

"어차피 개 한 마리야."

"음."

"등록도 안 된."

그들은 잠시 고민했다. 땅을 팔까, 불을 지를까. 전자의 경우는 품이 많이 들었고, 후자는 유용한 개들마저 다치게 할 위험이 있었다. 비구류 부하들이 펜션의 창고에서 토치와 삽을 연달아 찾아냈다. 둘은 마침내 결론을 내리곤 삽을 찾은 자들을 향해 고개를 주억거렸다. 그러고는 말했다.

"어차피 길들여야 할 거, 개를 쓰는 것도 나쁘진 않지 않겠어?"

젊은 비구류들은 방금 목걸이를 찬 남녀 한 쌍을 찾아 꿇어앉혔다. 신명희 씨, 당신은 삽 하나 들어. 고명덕 씨, 당신은 손수레 쓸 줄 알지? 그러더니 목걸이를 하지 않은 신명희의 몸을 손수레에 구겨 넣었다. 펜션 인근의 야산으로 그들을 몰아가기로 했다. 적당히 무른 땅을 찾아 파도록 시켰다. 몸을 숨기게 하려면 이 방법밖에는 없지. 둘은 머리를 맞대고 수군거렸다. 그럼 어떡하겠는가? 죽지도 않지만 이제 쓸모도 없는, 오히려 치부만 될 신명희를 어떻게 처리하겠는가? 그 누구의 눈에도 보이지 않도록 만드는 것이 최선이었다.

정심은 비구류들의 팔다리를 물어뜯었다. 손톱을 세워 할퀴었다. 남자아이의 엄마가 삽을 들고 있었다. 멍해진 눈으로 자신에게 명령을 내리는 젊은 비구류를 바라보고 있었다. 신명희 씨. 비구류들이 여자를 그렇게 불렀다. 신명희 씨. 당신은 영 비리비리해서, 땅이나 팔 수 있을까?

정심과 종민은 여러 개의 팔에 붙들려 마당으로 끌려 나왔다. 저 음악 좀 끄라고, 씨발. 시끄러워 죽겠네. 누군가 신경질적으로 연신 외쳤지만 통 콘솔을 찾을 수 없는 모양이었다. 헬기의 프로펠러 소리도 계속해서 귀청을 때렸다.

"누구 찾아내라고 했지?"

"남강한. 주예성. 김미솔은 할망구가 붙잡고 있겠다고 했고."

"근데 코빼기도 안 보이냐. 어디 숨은 건데?"

너무 오래 살았다. 정심은 부러진 이를 사탕처럼 혀끝으로 굴리며 생각했다. 얼른 죽으라고 하늘에서 벼락이 내려왔는데 아득바득 버티니까 결국엔 이런 꼴까지 보는구나. 시야의 언저리에 유림과 승조가 버려진 빨래처럼 걸려 있었다. 왜 자기 자신은 하나도 불쌍하지 않은데 저들이 안쓰러운지 모를 일이었다. 16년 전의 유림도 승조도 아직 너무 생생하게 기억이 나서일까. 식판에 너비아니를 놓아주는 정심의 손에 대고 잘 먹겠습니다, 감사합니다, 하며 꾸벅 고개를 숙일 줄 알던 몹시 드문 사람들이어서. 가끔 퇴근길에 마주치곤 하던 유림의 살랑살랑 흔들리는 눈부신 블라우스 자락이나, 배식이 끝나고 남은 닭다리를 호시탐탐 노리는 친구들 옆에서 수줍은 웃음만 짓고 있던 승조의 손마디 같은 것들이 잊히지 않았다.

남자들은 유림의 배를 계속해서 찼다. 정심은 이를 꿀꺽 삼켰다. 날카로운 조각이 낡은 식도를 타고 내려갔다.

"그럼 다른 비구류들은 우리 맘대로 처리해도 상관없단 거 아니야?"

"아예 언급도 없었어."

"없는 사람 만들란 얘기네. 어차피 목격자가 많아 봤자 좋을 게 뭐가 있나. 총 몇이야?"

"남녀노소 골고루 넷."

"총이 있으면 깔끔하고 좀 좋아?"

"그러게. 아, 공기 눅눅해 미치겠네. 대체 언제까지 뿌린대?"

"얼추 멈춰도 되지 않을까 싶긴 한데."

"영 찝찝해. 우리한텐 해가 없단 말을 도대체 믿을 수가 있어야지…."

"함부로 그런 말 하지 마. 듣는 귀 많다."

✳

승조는 마당에 엉킨 사람들을 둘러보았다. 눈을 비비고, 다시 보았다. 자신이 다듬고 끓였던 것이 저 사람들의 팔이었다. 맞다. 그러나 너무나 사람 같아 보였다. 지나치게 사람 같았다. 움직이고 있어서, 더 견디기 힘들었다. 캔버스 속 정물이나 다름없던 대상이 갑자기 뛰어나와 숨을 쉬고 있었다. 공포에 휩싸여 몸을 비틀고 있었다.

"이제 도망칠 방법이 없네."

유림이 말했다.

"오자고 한 건 쌤이에요."

승조가 말하자 유림이 대꾸했다.

"그래, 맞아. 나이도 많이 드신 분이 그 밤길을 걸어서 가시겠다는데, 내가 염치가 있지… 어떻게 버리고 가니."

승조는 가만히 유림을 바라보다가 말했다.

"그래서 지금 이렇게 다쳤고요."

웃음이 나와요? 유림에게 승조가 버럭 소리를 질렀다. 유림은 말했다.

"있지, 황승조."

"뭐요."

"나는 그게 항상 무서웠어."

"뭐가요."

"내가 보호해야 할 누군가와 함께 있을 때, 최악의 상황이 벌어지는 게. 왜, 그런 거 있잖아. 현장학습을 갔는데 산불이 났고 헬기는 한 대밖에 없다면… 누군가 학교에 불을 지른다면… 들어와서 칼부림을 한다면… 아니면 총기 난사라도…."

"한국에서 무슨 총기 난사예요. 희한한 소리 하지 말아요."

승조는 대답하자마자 옛날 그 진운고 운동장에서 까만 흑점들처럼 흔들리던 총구를 떠올리곤 목이 메었다.

"그러면 나는 내가 보호해야만 하는 사람들을 먼저 보내고 죽음을 무릅쓸 수 있을까 궁금했었다고. 내가 그럴 수 있는 사람일까. 세상 사람들은 내게 그런 용기를 당연히 원할 텐데, 왠지 나한텐 그런 거 없을 것 같아서, 그래서 불안했어. 그리고 예성이를 처음 본 날에, 있잖아, 그 수능날에. 그때 비로소 확신을 얻게 된 거지. 아니구나. 나는 그런 훌륭한 사람 아니구나. 그리고 세상이 엉망진창이 되었지. 그러니까 너무 끔찍한 안도감이 찾아왔어. 아무렇게나 되는대로 나쁘게 살아야겠구나, 라는… 그런 생각들. 너도 알잖아."

승조는 처음 보는 신명희의 배에 칼날을 들이민 유림을 떠올렸다. 억센 말투로 초로의 손님들과 실랑이를 일삼으며 기어코 지폐를 받아내던 유림을 떠올렸다. 승조가 손대지 못하던 살 붙은 뼈를 손질하기 시작하던 유림을 떠올렸다. 낄낄대며 세상에 대한 저주를 퍼붓던 술 취한 유림을 떠올렸다. 자신의 팔을 붙잡고 질척한 붉은빛 운동장을 가로지르던 유림을 떠올렸다. 분침에 검지를 걸고는 계속해서 시계를 앞으로 돌렸다. 끝없이 원을 그렸다.

검지를 떼면, 뛰어오르는 용수철처럼 금세 시계는 다시 현재로 돌아왔다.

그래서 제가 쌤을 믿었던 거예요. 승조가 속으로 말했다. 착한 척하지 않아서요. 위선자가 아니어서요. 힘들면 힘들다고 표현을 해줘서 나만 힘든 게 아니구나, 라고 안심을 시켜줘서요.

그리고 자신도 유림도 안피류가 아니기 때문에 방금 한 말을 유림이 절대 알아들을 수 없음에 감사했다.

"그런데 있지."

유림의 시선이 승조의 어깨를 지나 다른 어딘가에 머물렀다. 승조는 그쪽을 돌아보았다. 귓가에 유림이 말을 잇는 소리가 들려왔다.

"그런데 지금이 좀 더 맘이 편하네. 왜 그럴까. 설명이 돼?"

비구류들의 발이 다시 날아왔다.

＊

그들은 가장 먼저 종민에게 불을 붙였다.

극도의 침묵이 귀를 덮었다. 종민은 눈을 번쩍 떴다. 물에

287

잠겼는데도 어깨가 타오르는 것 같았다. 정심이 옆에서 머리를 내밀려고 할 때마다 손으로 억세게 그 정수리를 눌렀다. 아직 더 참을 수 있잖아요. 속으로 바락바락 소리를 질렀다. 충분히 할 수 있으면서 왜 포기하려고 하는 거냐고요, 왜.

종민은 물속을 헤엄치며 온갖 더러운 것들을 손에 넣고 안간힘을 써서 배수구를 막았다. 그래도 역부족이었다. 자꾸만 물이 빠져나갔다. 힘없이 가벼운 낙엽이나 두꺼비의 사체 따위로는 구멍을 모두 막을 수 없었다. 물이 다 빠져나가면, 그러면 저들은 몹시 안심하며 두 사람을 끌어올리려 내려올 것이다. 한꺼번에 올 것이다. 아니면 불덩이를 던질 것이다. 아무짝에도 쓸모없는 쓰레기를 태우듯 던질 것이다.

근처에서 아주 커다란 흐름의 변화가 느껴졌다. 기포가 터져나갔다. 정심이 숨을 참지 못하고 그만 위로 솟구쳤을 게 분명했다. 종민은 욕을 씹으며 정심 쪽을 바라보았다. 그러나 아니었다. 정심은 여전히 눈을 질끈 감은 채 몸이 떠오르지 않도록 팔을 휘저으며 도리질을 하고 있었다.

무언가 커다란 물체가 수영장 안으로 떨어진 탓이었다. 종민은 제자리에서 몸을 한 바퀴 돌리며 주변을 살폈다. 부릅뜬 눈구멍 안으로 계속해서 더러운 부유물이 밀려들어 왔다. 시야가 계속 흐려졌다.

눈을 깜박였다.

감기지 않은 두 쌍의 눈이 자신을 마주 보고 있었다.

잘 아는 모양의 눈이었다.

종민은 자신도 모르게 입을 벌렸다. 입속으로 밀려들어 오는 더러운 물을 연신 삼킬 수밖에 없었다.

　　정심에게 그렇게 악을 쓰며 참아내라 했는데, 그만 자신이 먼저 포기해버릴 것만 같았다.

27

하나의 신명희는 본디 양종신이란 이름으로 불렸다. 종 자가 돌림자였다. 그 수능날 양종신은 마흔다섯 번째 생일을 맞았지만 그날이 양종신의 생일인 것을 알 만한 사람들은 이 세상에 존재하지 않았다. 서울에 화장실이 없는 집이 아직도 있구나. 폐지라도 주워. 우리 옆 빌라 양반은 건물주인데도 폐지를 줍는다고. 양종신이 마지막으로 찾아갔던 사촌은 그렇게 말했다. 사촌의 집엔 수석이 많았다. 양종신은 그걸 들어 자기 머리에 내리치는 상상을 잠시 했다. 남의 머리에 내리치는 것은 양종신이 할 수 없는 수준의 일이었다.

양종신은 안피류가 되어서 좋았다. 너무 좋았다. 더 이상 식비가 나가지 않게 되어서 좋았다. 먹는 재미로 산다는 사람들이 제일 밉고 끔찍했기 때문에, 무언가를 먹고 싶다는 생각은 단 한 번도 들지 않았다. 어디가 아파도 금방 나아서 좋았다. 부은 잇몸 때문에 잠을 잘 수 없던 건 다 옛날 일이 되었다. 냄새를 맡을 수 없어서 좋았다. 열 집이 함께 쓰는 공동 화장실과 욕실은 더 이상 더러워 보이지 않았다. 발바닥을 간지럽히는 티끌들만 참으면 괜찮았다.

말을 잃었을 때도 그러려니 했다. 어차피 평소에 만나는 사람도 없었다. 자신이 평소에 말할 것들도 뻔했다. 저거, 얼마, 비싸, 아저씨 제발, 제발 야 인마…. 그런 말들. 차라리 입 밖으로 꺼내지 않고 싶던 말들뿐이었다. 말을 잃은 안피류가 정부에 신고하면 지원금을 제공하고 일자리를 보장하겠다는 정부 정책이 발표되었을 땐 더는 없는 입술로 함박웃음을 지었다. 이제 내 삶이 풀리려나 보다. 양종신은 생각했다.

그리고 그 모든 기억을 잃은 채 신명희가 되었다. 신명희가 되어서, 사랑을 퍼주는 남편을 얻었다.

하나의 고명덕은 본디 민범이란 이름으로 불렸다. 범 자가 돌림자였는데 태어나자마자 아버지가 실종되는 바람에 한 글자를 더 얻지 못한 채 그저 범이 되었다. 사람들이 종종 사라지는 시대였다. 그 수능날 민범은 마흔다섯 번째 생일을 맞았고 야간 아르바이트를 하던 편의점에서 가져온 즉석미역국과 폐기용 케이크로 스스로를 축하했다. 케이크는 아들이 먹었다. 싸구려지만 고운 초콜릿 가루가 아들의 입에 덕지덕지 붙었다. 민범은 아들을 정말 사랑했다.

아들도 안피류가 되었다면 얼마나 좋았을까. 그렇다면 어느 날부터 사람의 눈을 절대 마주치지 못하던 그 애의 머릿속에 무슨 생각이 들어있는지 마침내 알 수 있었을 텐데. 그러나 스물다섯 살짜리 아들은 아버지의 말을 너무 잘 들었다. 마스크를 벗기기만 하면 세상이 무너지는 것처럼 울어 젖혔다. 옆집 노파는 말하곤 했다. 이 세상 사람들이 역병으로 다 뒈져도 저놈만은 남아 있을겨. 그랬다. 모든 건 민범의 잘못이었다. 공사판에서 아무리 숨이 찬다 해도 마스크를 벗어선 안 되는 거였다. 온몸이 땀으로 젖고 사지가 파들파들 떨려도 안 되는 거였다.

아들은 민범을 끝까지 알아보지 못했다. 흉측한 인간이 집에 머무는 것을 보고 내내 펄쩍펄쩍 뛰며 공포에 질리다가 어느 날 자취를 감추었다. 집에 돌아오지 않았다. 민범은 10년 넘는 세월 동안 아들을 찾았다. 찾다가, 찾다가 지쳐서, 결국엔 스스로에게 말하고 말았다. 차라리 죽었으면. 어디서 짐승처럼 살기보다는 차라리 곱게 죽었으면. 그리고 그 주 일요일에 말을 잃었다. 정부에는 조금 늦게 신고했는데, 그새 목을 그은 아들의 시신을 발견해 수습해야 했기 때문이었다.

민범은 그 모든 기억을 잃은 채 고명덕이 되었다. 고명덕이 되어서, 다시는 자신을 두고 사라지지 않을 것 같은 아내를 얻었다.

28

매캐한 연기가 가득한 공장 안에서 펜션의 사람들은 장희란을 비롯한 비구류들의 목에 전기톱 따위를 들이밀고 있었다. 비구류들은 기침을 하며 괴로워했다. 펜션 사람들은 저마다 하고 싶은 말들을 마구 뱉어냈다. 예성은 머리가 어지러웠다. 미솔은 우두커니 서 있었다. 아직도 머리 몇 개가 주위를 맴돌았다.

사실 해일의 주도로 공장에 들이닥친 펜션 사람들은 내막을 잘 몰랐다. 그저 아이가 잔뜩 흥분해서는 나쁜 사람들이 주변에 가득하다고, 모두가 위험한 것만 같다고 머리통이 울리도록 고래고래 소리를 지르기에 피가 끓어 얼떨결에 따라온 것뿐이었다. 그러나 이제는 누군가 설명을 해주지 않아도 죽을 듯 당황했고 죽일 듯 분노했다. 개목걸이라니. 사람에게 개목걸이라니. 심지어 다쳤다니.

장희란은 계속해서 시끄럽게 떠들었다. 주로 자신의 지위명을 읊는 내용이었다. 그러자 펜션 사람들은 저들끼리 말했다. 비구류 정부라고? 우리한테 아무짝에도 쓸모없는 그 하등한 인간들의 정부? 우리를 죽고 싶게 만들었던 바로 그 정부? 비구류를 만난 것이 너무 오래전이었기에 미솔을 제외한 누구도 문장을 적어낼 기기를 가지고 있지 않았다. 그리고 미솔은 핸드폰을 주머니에 넣은 채 꼭 쥐고 있었다. 땀이 찼다.

「그냥 죽여.」

누군가 말했으나 누군가는 고개를 저었다. 아무리 못나도 정부 사람을 적으로 둬서 좋을 게 어디 있어?

「이 사람들도 정부가 이렇게 만든 거 아니야?」

누군가 대답했다.

「맞아. 비구류들이 개처럼 부려 먹었지.」

아무도 알아채지 못했으나 두더지의 목소리였다.

「그것만으로도 충분히 죽을죄를 지은 거 아닌가.」

누군가는 또 말했다.

「어차피 발에 차이는 게 머리들인데 머리 하나 더 추가한다고 해서 딱히 달라질 게….」

그러더니 모두 시끄럽게 떠들었다. 몇몇은 바닥에 붙어 괴로워하는 안피류들의 상처를 살피고 있었다. 눈에 의아함이 가득한 빛이 떠올랐다.

강한은 해일을 바라보았다. 머리꼭지까지 펌프질한 것처

럼 돌던 아드레날린이 가라앉으니 덜컥 겁이 났다. 일단 사람을 구해야 한단 생각에 사람을 모아 달려들긴 했는데, 이젠 무얼 추가로 해야 할지 대책이 없었다. 갑자기 아무것도 모르는 어린애가 된 기분이었다.

「미솔 님이 대답을 하지 않아.」

해일이 중얼거렸다.

「내가 계속 말을 거는데 알은척도 하지 않아.」

예성은 눈을 감았다. 아무도 오지 않는 것이 차라리 좋았을 것이다…. 이제 모두 하나둘씩 미솔처럼 전염될 것이다…. 앞서거니 뒤서거니 시간차가 있긴 하겠지만 결국엔 모두. 저 사람들도, 해일도, 강한도, 그리고 자신도. 말을 잃고 찢기는 몸이 되고 종내는….

「그게 무슨 말이에요?」

강한의 목소리가 예성의 뇌를 비집고 들어왔다. 예성은 깜짝 놀라서 눈을 치켜떴다. 내가 생각을 그렇게 도드라지는 방식으로 했던가? 강한은 예성의 생각을 잘 읽지 못했다. 어린 아이여서인지, 아니면 예성의 생각을 숨기는 능력이 뛰어나서인지는 알 수 없었지만.

강한이 다시 말했다.

「설명해요. 설명해달라고요.」

「네가 관여할 일이 아니야. 우리 일도 아니고. 우리는 우리끼리 여길 떠나 돌아가면 돼…. 자취를 지우고 사라지면 되는 일이야…. 이곳 사람들끼리 해결하라고 하자….」

「됐어, 내가 누굴 믿겠어요. 이모 아니어도 설명해줄 사람은 많아.」

강한은 두더지에게 손짓을 했다. 그러고는 꿈틀대며 움직이려는 장희란의 어깨를 단단히 움켜쥐었다.

저이는 너의 할머니야.

예성은 눈을 질끈 감았다. 왜 이런 생각이 들까. 내가 나이가 들어서일까.

너는 모르겠지만 만약 이런 세상이 아니었다면 저이가, 정심이 아니라 저이가 너에게 뽀뽀하고 밥을 먹이고 몸을 씻기고 재롱에 박수쳐줬을 지도 몰라. 어긋나든 그렇지 않았든 자기 나름대로 바르다 생각한 방식의 사랑을 퍼주었을 거야.

너는 모르겠지만. 예성은 생각하며 눈을 뜨고, 희재를 찾았다. 희재의 시선은 엄마의 어깨를 틀어쥔 딸의 손아귀에 가 있었다.

그때 두더지가 쉰 듯한 목소리로 말을 시작했다.

「내가 설명해도 될까. 당신들이 나를 개무시하던 걸 알지만.」

두더지다, 두더지야. 갈대가 서로를 부딪는 소리처럼 한 차례 웅성거림이 지나갔다.

「김미솔은?」

누군가 물었다. 두더지가 고개를 저었다.

「김미솔은 이미 늦었어.」

「무슨 말이야?」

두더지는 초점 없는 눈으로 좌중을 훑어보았다.

「그리고 우리 역시 이미 늦었어. 이제 희망은 정말로 죽는 것뿐이야. 당신들이 까맣게 잊은 것 말이야.」

기민한 두더지의 감각은 펜션에서 울리는 희미한 비명들을 홀로 받아들이는 중이었다. 그리고 그 비명들이 이미 몇 분 전부터 씻은 듯 멎었다는 사실 역시 알았다.

그리고 두더지의 말이 끝나기 무섭게 장희란이 톱을 집어 들더니 목을 그었다.

아주 깊게 그었다.

무시무시한 힘으로.

머리가 반쯤 떨어질 정도로.

〈아름답고 푸른 도나우〉에 맞춰 춤추던 그 분수처럼 붉은 액체가 솟구쳤다. 예성은 엉뚱하게도 신라시대의 하얀 피를 흘리는 순교자를 떠올렸다.

누군가 아무 비명도 내지 못하고 주저앉는 소리가 들렸다. 희재였다.

장희란의 어깨를 붙들고 있던 강한 역시 몸서리를 치며 그 몸에서 팔을 떼었다.

뭐… 뭐야? 펜션의 안피류 중 누군가 말했지만 아무도 대답하지 않았다.

핏방울이 튄 강한의 손이 허공을 더듬었다. 해일이 그 손을 잡았다.

죽은 자의 몸이 서서히 무너져 내렸다. 비구류들이 빠르게 출입문을 향해 뛰었으나 펜션의 사람들이 조금 더 빨랐다.

그래서 그들은 바닥에 납작 엎드렸다. 개목걸이를 한 안피류들과 개목걸이를 채운 비구류들이 한데 엉켜 엎드렸다.

예성은 한순간 귀가 먹먹해지는 것을 느꼈다.

터지지 않았던 폭죽 몇 개가 이제서 갑자기 튀어 오르고 있었다. 머리들이 엎드린 사람들을 희롱하며 허공과 바닥을 번갈아 굴러다녔다.

예성은 엉금엉금 기어서 희재에게 갔다.

그 몸을 안았다.

두더지는 비칠비칠 일어나 톱을 들었다.

그러고는 천천히 목걸이를 잘라내기 시작했다. 목걸이를 하나 잘라낼 때마다, 펜션의 사람들은 두어 명 정도씩 말을 잃었다.

미솔은 수많은 질문과 표현할 방법 모르는 경악을 담은 펜션 사람들의 눈을 보고 싶지 않아 머리를 바닥에 대고, 장희란처럼 누웠다.

그리고 강한과 해일은 고명덕을 보았다.

계속해서 슬퍼하는 늙은 남자를 보았다.

자신이 민범인지 고명덕인지 도저히 확신할 수 없어서, 길을 잃은 아이처럼 겁에 질린 얼굴을 보았다.

그리고 곧 다른 고명덕들이 그처럼 울기 시작했다.

두 다리로 일어나서 팔을 죽은 가지처럼 늘어뜨린 채 울었다.

강한은 조금 주저하다가 마침내 눈꺼풀에 힘을 주어 시야를 차단시켰다.

해일의 손바닥을 검지로 문질렀다. 그 애의 손금이 어떻게 생겼는지를 천천히 기억하며 매만졌다.

「끝말잇기를 하자.」

해일이 말했다.

「얼어 죽지 않도록 서로에게 최대한 쓸데없는 말을 건네는 조난자들처럼, 그렇게 끝말잇기를 하자.」

그런 건 어디서 봐서 알고 있는 거야? 강한이 묻자 해일이 대답했다. 글쎄, 내가 그걸 어디서 봤겠어? 한 번도 경험한 적 없던 저 멀리의 세계를 누구 덕에 상상하게 되었겠어?

둘의 끝말잇기는 눈보라로 시작했다. 그동안 사람들은 울거나, 목을 긁거나, 화를 벌컥 냈다. 그러다 말을 잃었다.

라디오.

두더지는 공장의 전기를 다시 올렸다. 불이 반짝 켜졌다. 희재는 무릎을 꿇고 일어날 줄을 몰랐다.

오렌지. 오렌지가 뭔지 강한은 몰랐다. 오랜지라고 쓰면 될까, 생각했다.

두더지가 펜션의 사람을 몇 끌고 오더니 생명이 빠져나간 채 아무렇게나 널브러진 육체에 손을 댔다.

지렁이.

옷차림을 가지런히 정돈하고, 두 손을 모아 배에 올려주고는, 주머니를 뒤적거리더니 무언가를 꺼냈다. 천 원짜리 지폐들이었다. 딱지 모양으로 접더니 두 시신의 눈 위에 놓아주었다.

「만 원짜리도 없네.」

두더지가 말했다. 그게 두더지의 마지막 말이었다.

이야기.

그들은 모두 밖으로 나왔다. 다쳐서 거동하기 힘든 자들에게 펜션의 사람들이 붙어 거들었다. 사우나 안에 있는 것처럼 공기가 눅눅하다고 희재는 생각했다. 얼굴이 끈끈해졌다.

기차.

두 손을 늘어뜨리고 울던 민범이 가장 먼저 펜션 쪽으로 걷기 시작했다. 속도가 점점 빨라졌다. 민범이자 고명덕, 자기 안에 멋대로 세워지고 또 모르는 사이 버려졌던 두 가지 흉가 안에서 길을 잃고 평생을 헤매야만 할 운명의 사람이지만 머릿속에 단 한 가지 이정표만은 분명히 있었다. 가장 선명한 것이었고 아직 잃지 않은, 잃어선 안 될 표지였다. 그가 왜 서두르는지 알지도 못하는 예성이 가장 먼저 뒤를 따랐다. 혼자가 아니었다. 희재의 팔을 잡고 있었다.

차이점.

점박이.

기?

이, 일걸.

이유.

유치원.

그게 뭐야?

있어.

원인.

인간.

간호사.

사과. 아니다. 사람.

바꾸기가 어디 있어!

미안. 그래도 사람.

람으로 시작하는 말이 있나?

낱말을 생각하느라 뒤처진 둘은 미솔을 일으켜 마지막으로 공장을 나왔다. 앞에서 기다리고 있던 두더지가 굳게 문을 닫았다. 폭죽을 모으던 남자가 불을 꺼내 들었다.

「이런 걸 화장이라고 해. 아니?」

남자가 강한에게 물었다. 강한은 고개를 끄덕였다. 저는 바보가 아니에요. 대꾸하고 싶었지만 해일의 대답을 가로막을까 봐 아무 말도 하지 않았다. 그러면서 생각했다. 미음 대신 이응으로 마지막 글자를 받치고 싶었다고. 혹시 해일에게 생각을 읽힐까. 이젠 아무래도 좋았다.

　그때 해일이 눈을 휘둥그렇게 떴다. 크게 타오르기 시작한 불이 그 두 눈동자에 담겨 빛났다.

　해일이 강한의 어깨를 쳤다.

　강한은 해일의 목소리가 들리지 않는다는 것을 깨달았다. 남자가 중얼중얼 혼잣말하는 소리가 들렸으니 자신의 문제가 아니었다. 해일이 변하고 있었다.

　해일이 강한의 손을 잡더니 손바닥 위에 손가락으로 엑스자를 그렸다. 미솔이 그 손가락을 가만히 응시했다.

　강한은 손바닥 위에 투명하게 놓인 엑스를 해일의 손과 함께 쥐었다.

　이응으로 끝낼 걸 그랬다는 후회를 그때부터 참 많이 해야 했다. 그러면서도 생각했다. 만약 내가 조금만 더 어른이었다면 이응으로 끝낼 수 있었을까? 스스로 묻는다면 답은 우습게도 '아니요'였다. 그래서 강한은 민범, 혹은 고명덕을 자주 떠올렸다. 그가 뛰어가던 뒷모습을. 아내이지만 아내가 아니었던 이를 찾기 위해 딛던 빠른 달음박질들. 누군가 억지로 주입한 사랑 역시 사랑이라고 생각할 수 있는 사람들의 속도.

29

발가락이 간지러웠다.

허리를 굽히려고 애썼으나 왜인지 몸이 전혀 움직여지지 않았다. 답답한 건 아니었다. 조금 다른 느낌이었다. 무엇이었냐, 하면….

아, 기억이 났다.

잠을 잘 이루지 못하던 때 옆에 누운 이가 속삭이던 말의 질감과 덮어주던 솜이불의 무게를 닮았다.

갓난아기는 아주 단단히 꽁꽁 싸매야 울지 않고 잘 자는데. 아직도 이불로 김밥 말아주는 걸 좋아하니 아기 같네요. 아기인가.

그 말을 들을 때마다 부끄러워져서 일부러 등을 돌리곤 했는데. 나이 먹은 여자 놀리지 말라고 핀잔도 줘보았고, 손으로 그 뻔뻔스러운 가슴팍을 밀치거나 가끔은 발로 차는 시늉을 하기도 했었다. 몸에 돌돌 말린 무거운 이불 때문에 힘은 하나도 전해지지 않았을 테지만.

잠을 이루지 못하더라도 상관없으니 이불 대신 당신 몸으로 숨이 막힐 때까지 내리눌러 달라는 말을 할 걸 그랬다고 돌이킬 때마다 간지러운 발가락이 꿈틀거렸다.

그러고는 두피가 빳빳하게 곤두서는 느낌이 이어 찾아왔다. 긴 머리카락을 뿌리까지 단단히 끌어올려 새 고무줄로 꼭 묶을 때와 비슷한 기분이었다. 아직 젊었던 시절엔 그렇게 머리를 묶고 바삐 여기저기를 쏘다녔다. 바빴던 걸로만 따진다면, 그렇게 헤매는 내내 상처받았던 것만 헤아린다면 자신이 가장 잘살았어야 했다. 세상이 공평하다면 그랬어야 했다. 그러나 이제 다 잊어도 상관없는, 잊어야 좋을 일들이었다. 희망을 내려놓으면서 가장 먼저 변한 것이 바로 머리카락이었다. 한없이 얇아지고 뚝뚝 끊겼다. 숱이 줄고 뒷머리에 납작하게 달라붙었다. 허연 정수리가 보이기 시작했다. 이불을 덮어주던 자는 그것도 좋다고 말해주었지만.

머리카락이 조금씩 무거워지고 있었다. 확실했다.

손가락이 뻐근해지기 시작한 것은 아가미가 더 넓게 찢어지던 때와 거의 동시였다. 처음엔 사소하게 걸리적거리던 감각들이, 시간이 지날수록 점점 더 빠르고 무섭게 무너지는 산사태 같은 고통이 되었다. 산사태. 그 표현이 딱이었다. 무겁고 가볍고 모나고 둥근 모든 것들이 몸 위로 쏟아지고 있었다.

아가미가 제멋대로 자라 내 몸을 찢어발기는 것이 아닐까. 이렇게 나를 자멸시키나. 이렇게 끝인 건가. 겁이 덜컥 났다. 아무도 없이, 누구에게도 작별인사를 하지 못하고 이렇게? 자문하자마자 '누구'라는 단어가 단 한 사람을 가리킬 수밖에 없다는 것을 알았다. 이름을 알 수 없는 작은 동물들이 넓어지는 아가미 안으로 앞다투어 들어왔다. 따뜻하고 축축한 속살에 자리를 잡았다. 아가미가 커지면서 동물들도 커졌다. 언젠가는 그 사람도 여기 들어와 앉을 수 있을지 모른다. 그러나 그렇다면 그는 내게 다시는 이불을 덮어주지 못하리라. 그렇게 생각했고, 생각과는 관계없이 계속해서 구멍은 커졌다. 무럭무럭 자라났다.

마침내 빛이 다시 눈에 들어왔을 때 신명희는 흙을 털지도 않고 뚜벅뚜벅 걸어 흙이 얕고 나무그늘이 없는 곳으로 향했다.

향하고 있다고 착각했다.

신명희는 그 장소를 위성처럼 보이지 않는 줄에 묶어 자신이 있는 쪽으로 끌어당겼다.

그리고 자신도 모르게 생각했다.

개라고?

글쎄.

어쩌면 나무가 아닐까?

그리고 땅은, 물과 바람이나 공기나 바위 따위는 아마도 긴 한숨을 토해냈을 것이다.

결국 되었구나, 하고.

해냈구나.

16년이라면 그렇게 긴 시간은 아니었으나, 자꾸만 조바심이 나는 것은 어쩔 수 없었다. 사람들이 아가미라고 착각을 할 때마다… 죽지 않는다고 착각할 때마다… 말을 잃은 것을 두고 능력의 상실이라 착각한 채 괴로워할 때마다… 먹지 않고도 살 수 있는 것이 무슨 의미인지 파악하지 못할 때마다… 서로를 못살게 굴 때마다… 무위로 돌아갈 게 뻔한 전쟁을 치를 때마다… 왜 이렇게까지 어려운 길을 택해야 하나, 하고 서로에게 물었다. 그냥 밀어버려! 가끔씩 발작적으로 역정을 내는 소리가 여기저기의 하천에 녹아들어 흐를 때도 있었다. 왜 그렇게 하지 못해? 왜 군이 살려야 해? 어차피 언젠가는 다시 골칫덩이 종양이 될 게 뻔한 것들을.

그러나 그 물음이 서울을 가로지르는 커다란 강물까지 도달하면 이런 대답이 입을 쩍 벌리고 그것들을 잡아 삼켰다.

똑똑하게 굴자.

이용할 수 있는 건 손에 쥐자.

욕심을 부려보자.

아껴야 잘살지.

우리, 경제적으로 굴자.

또는 그런 말도 나왔다.

하다 안 되면 그때 밀어버리지, 뭐.

손해 볼 게 뭐가 있어?

영 지지부진해진 작업에 의기소침해지던 손길들이 팔랑팔

랑 신나게 춤을 추며 땅에 묻힌 자에게 가 붙었다. 발가락을 강하게 만들고 머리카락을 잡아당기고 목덜미에 이를 박아 넣은 후 끈끈하고 다디단 수액을 불어넣었다. 인간들이 뭣 하러 이 여자를 땅에 심어놓았는지 별로 알고 싶지 않았으나, 어쨌든, 그 손길들이 멋대로 할 수 없는 마지막 단계를 그 인간들이 대신 실행했고 그 덕에 드디어 이 짧으면서도 지난했던 실험은 커다랗게 도약했다.

진짜, 망하는 줄 알았네. 휴.

숲이 가슴을 쓸어내리며 부르르 떨었다.

강은 곧 소식을 싣고 바다가 될 것이었다.

태풍도 불어준다면 더할 나위 없이 좋을 터였다.

"무너진다!"

「무너진다!」

비구류들이 외치고, 안피류들이 외치고, 말을 잃은 사람들은 가장 가까이 선 자의 어깨를 치며 뛰었다.

그리고 이상한 종류의 거대한 기쁨이 그 자리를 덮었다. 땅에 묻힌 여자의 발가락을 받치고 머리카락을 당기고 목에 이를 박아 넣은 정령들은 자기도 모르게 신나게 웃고 말았다. 생각보다 훨씬 많은 재료들이 준비되어 있었기 때문이었다. 네가 귀띔했어? 네가 시켰어? 서로에게 물었으나 대부분 영문을 몰랐다. 아니, 하나 아는 이가 있긴 한 것 같았다. 인간들은 가끔 자기도 모르게 옳은 일을 할 때가 있어. 그게 제법 귀여운 점이지. 안 좋은 게 훨씬 많아서 문제지만! 그가 소리치며 여자의 머리채를 잡고 흔들었다.

신명희는 자신이 갑자기 팽창했다고 느꼈다.

이렇게 거대한, 혹은 위대한 존재가 된 것은 처음이라고 생각했다.

처음엔 몸이 커졌다고 생각했으나 곧 아니라는 사실을 깨달았다.

더 많은 몸이 생겨났다.

팔이 몇 개인지, 다리가 몇 개인지, 머리는 눈은 발가락은 손가락은⋯ 이제 더는 셀 수가 없었다. 조금 더 시간이 흐르자 팔이나 다리는 더 이상 쭉 뻗은 하나의 선이 아니게 되었다. 여러 개의 갈래였고, 단단히 엉킨 타래였으며, 여러 방향으로 숨을 쉬고 숱한 것을 빨아들여 제 안에 채우는 집이기도 했다.

가끔 신명희는 익숙한 형체에 발이 차이기도 했다. 걷어차지 않고 거기 발바닥을 한참 대고 있으면 뜨겁고 끈끈한 것이 발가락 사이를 채웠다. 그러면 이상하게도 가슴이 멋대로 장단을 두드리며 뛰었다.

인간이 나무가 되면 어떨까?

만사는 그토록 짧고 엉뚱한 아이디어에서 출발했고, 무엇부터 먼저 건드려야 할지 몰랐기에 정령들은 각자 멋대로 할 수 있는 것을 시작했다. 그 과정에서 참 많은 것을 배웠다고

308

어느 땅은 생각했다. 무엇을 배우게 될지 전혀 알지 못한 채로 손을 뻗고 뒤틀고 달리는 것이 때론 가장 좋은 돌파구가 된다는 것을 너무 오랫동안 잊고 있었다고 잠시 자책하기도 했다.

신명희는 대부분의 경우 입술이 꾹 다물려 있다는 데서 충만한 만족감을 느꼈다. 그러나 가끔, 이젠 더는 수를 셀 수도 없이 많이 뻗은 팔 중 어딘가에 부드러운 천 조각이 걸릴 때마다 왜 가슴팍을 덮은 껍질이 급히 근지러운 느낌이 들까 의아해하긴 했다. 천을 거는 남자가 들을 수 있는 말을 속삭이고 싶었다. 그곳보다 더 심장에 가까운 팔이 있다고. 혹은 그 팔의 둘레를 딱 당신의 손아귀가 단단히 감쌀 만큼으로 자라게 해두었으니 한 번만 감아보라고. 혹은 한 번만 당신의 온전한 무게를 실어 매달려달라고. 자신은 그만큼이나 강해졌다고. 그러나 남자는 감히 그러지 못하고 그저 조금 어색하게 팔을 벌려 밑동을 안아볼 뿐이었다. 그러면 껍질에서 신명희만이 들을 수 있는 툭, 툭 소리가 났다. 남자 대신 단단해진 가지에 매달리거나 올라가는 것은 남자보다 체구도 작고 가벼운 두 사람이었다. 신명희가 귀여워할 만큼 나이 어린 아이들은 아니었으나 언제나 손톱을 신명희의 몸에 박아 넣지 않도록 조심하며 매만지는 손길이 예뻐서 내버려두었다.

또 무엇이 필요한가.
어떤 일들이 있었는가.

누가 버림을 받았는가.
바람을 받았는가.

30

사람들이 그토록 바라던 대로 한국이 아닌 땅에서 똑같은 일들이 벌어지기 시작했다는 소식을 듣고 강한은 한참 동안 정처 없이 진흙 바다 위를 뛰었다. 그 소식을 누구보다 기다렸을, 물론 강한으로서는 그러한 식의 적의를 이해할 수 없었지만 어쨌든 즐거워했을, 자신의 일부를 이루는 기억의 또 일부를 이루는 조각인 남자가 이젠 자기 옆에 없었기 때문이었다. 자주 보고 싶었다. 아마 옆에 종민 삼촌이 선다면 절대 그런 마음을 드러내지 않을 테지만.

강한이 그렇게 뛰던 때 해일은 집을 청소했다. 사실 딱히 집이라고 명명하기는 조금 쑥스러운 장소긴 했다. 강한은 평생 집이란 걸 가진 적이 없었고, 해일에겐 펜션에 오기 전까지 집이란 게 있긴 했지만, 그게 썩 안온하다거나, 하는 공간은 전혀 아니었으니까. 그래서 두 사람은 자신들이 머무는 곳을 집이라고 잘 부르지 않았다.

대신 별장이라고 불렀다. 별장. 아이디어를 처음 낸 것은 해일이었다. 밝고 쨍한 태양 밑에서 손바닥보다도 작아 보이는 천으로 몸을 가린 채 주근깨가 가득 피어난 얼굴로 서로의 눈을 보며 웃는 사람들이 나오는 영화를 아주 많이 보았는데, 그런 류의 사랑은 항상 별장에서 이루어지기 마련이기 때문이었다. 이름도 예쁘다고 해일은 생각했다. 별이란 글자가 들어가서 좋았다. 자신의 성씨가 들어가서도, 역시 좋았다.

그리고 강한은 아무래도 좋다는 입장이었다. 유일하게 무너지지 않은 곳을 둘러싸고 창문을 두드리는 숲이 언제 현관문을 타고 넘어올까, 그게 신경 쓰일 뿐이었다.

화면이 영원히 꺼지기 전 마지막으로 봤던 장면은 역시 수영장이었다. 해일은 단정한 글씨로 아무도 읽지 않을 게 당연할 유서를 평생 고쳐 쓰는 사람처럼 그 영화를, 그 장면을 몇 번이고 돌려보았다.

그리고 다음 날 창고에서 찾아낸 청소도구 따위를 잔뜩 수레에 싣고는 수영장에 내려갔다. 철로 된 사다리에 몸을 지탱하고는 아득한 표정으로, 파란색 바닥이 전혀 보이지 않을 정도로 한참 퇴적된 숲의 산물들을 응시했다. 다 치울 수 있을까? 그러나 해일에겐 시간이 아주 많았다. 청소도구가 아니라 손으로 하나하나 집어 올려도 모두 치워낼 수 있을 만큼 많았다.

낮 내내 거기서 머무르고 있으면 목덜미에서 땀이 흘렀다.

절반쯤 치워냈을 때 숲의 언저리에서 돌아온 강한이 수영
장으로 내려와 손을 보냈다. 머리가 헝클어지고 겨드랑이 부
근이 흠뻑 젖어 있었다. 오늘은 사람들이 강한을 조금 덜 괴
롭혔기를 해일은 뒤늦게 바랐다.

날이 저물기 전에 일을 끝냈다. 물을 넣을 방법도 이젠 없
는데 왜 굳이 이런 짓을 했을까. 귀뚜라미 소리가 들리고 나
서야 해일은 그런 생각을 했고 조금 멋쩍어졌다.

그러나 그날 밤부터, 사흘 밤낮으로 몹시 많은 비가 왔다.

강한은 비가 창문을 때리는 소리를 들으며 낮잠을 잤다.
꿈에서도 사람의 말이 없어진 것은 퍽 오래되었다. 그러나 의
미라는 건 사라지지 않았다. 말이 부재하고 사방이 고요해지
니 곧 눈이 맑아졌다. 해일이 무슨 생각을 하는지, 어떤 의견
을 전하는지 다 보였다. 빽빽하지만 아직도 말랑거리는 나무
들이 저를 보고 무슨 감정을 가지는지도 다 읽혔다. 특히 꿈
에서는 더 잘 알 수 있었다.

혼곤한 잠에서 깨면 해일이 강한의 머리를 팔로 받친 채로
옆에서 눈을 감고 있었다. 해일은 팔베개를 잘 해주는 사람이

었다. 팔이 전혀 저리지 않다고 했다. 강한은 말도 안 되는 허풍이라고 생각하면서도 굳이 피하진 않았다.

몸을 돌려 해일의 배꼽 언저리에 몰래 손가락을 대면서 강한은 방금 꿈에서 마주한 이들을 다시 그려보았다. 무언가 강한에게 전하고 싶은 것이 있었을 것이다. 그러지 않고서야 나무가 되거나 거름이 되거나 둘 다가 된 이들이 굳이 이곳에 다시 비집고 들어올 리가 없었다. 그들의 얼굴이 어땠더라. 강한은 다시 희미해져가는 의식을 붙잡으려 애를 썼다. 빗소리가 규칙적이어서인지 눈이 자꾸 감겼다. 그 꿈에서, 분명히, 아주 놀란 순간이 있었는데, 그게 무엇이었더라….

해일이 잠결에 목을 긁었다.

✳

폭탄처럼 내리던 비가 이슬처럼 가볍게 허공을 떠다닐 정도로 약해지더니, 언제 그랬냐는 듯 시치미를 뚝 떼고 사라졌다. 그날 시퍼런 하늘 밑에서 드디어 수영장에 발을 담갔다.

신기하다고 해일은 생각했다. 본디는 위에 빽빽하게 드리워 있던 나뭇가지들이, 비가 오는 동안에는 내내 물을 양껏 받으라는 듯 멋대로 이리저리 움직여 뻥 뚫린 구멍을 만들어주었다. 지금도 역시 그랬다. 그래서 수영장에 담긴 물이 한없이 반짝였다. 곱게 갈아놓은 기억의 가루를 물 위에 살그머니 뿌린 것처럼. 가루는 뭉치거나 가라앉지 않고 가볍게 수면 위에서 물의 일렁임에 따라 무작위의 경로를 오가며 시선을 붙들었다.

　발목까지만 담근 채 숨을 고르던 해일의 옆에서 강한은 주저하지 않고 다섯 걸음을 달리더니 그대로 풍덩 뛰어들었다. 수백 개의 물방울이 해일의 얼굴을 때렸다. 몇 개는 눈으로도 들어갔다. 앞머리와 중안피가 촉촉하게 젖었다.

　둘이서 '토종닭백숙'이 적힌 그 식당 옆을 흐르는 계곡에 들어간 적은 몇 번 있었지만 수영장은 처음이었다. 실은 시간이 이토록 흐를 때까지, 그리고 계속해서 세를 넓혀나가는 숲이 이상하게도 독채 3호와 수영장만은 빙 둘러 지켜주고 있다는 확신이 생길 때까지 수영장에 발을 디딜 생각조차 하지 않았었다. 옛날 생각이 났으니까. 전기톱, 피, 잘린 팔, 철로 된 요람 같은 것들.

　게다가 더러운 물 안에서 죽은 이의 몸들이 둥둥 떠다니던 장면도 머릿속에서 자꾸만 영화처럼 거듭 재생되곤 했다. 종민과 정심이 그 몸들을 거두었다. 종민이 말리는데도 정심이 가장 큰 나무 아래 그 몸을 그대로 두었다. 다음 날 갔더니 몸들은 흔적도 없이 사라져 있었다. 종민이 멍한 표정으로 정심을 바라보았다. 정심은 절을 몇 번 하더니 지어서 가지고 온 쌀밥과 호박나물무침 같은 것들을 꺼냈다. 종민과 함께 나무 옆에 앉아서 그걸 먹고, 몇 숟갈을 무심하게 툭툭 나무 주위에 던져놓기도 했다. 두 시간쯤 뒤에 오자 그 음식들 역시 흔적 없이 사라진 후였다. 짐승이 먹었을 거라고 정심은 말했다. 그러나 한참 동안 나무를 바라보던 정심이 중얼거린 말을 종민은 놓치지 않았다. 유림 쌤처럼 젊은 사람이 호박나물을 좋아하는 건 본 적이 없어. 정심은 그렇게 말했다. 승조야, 너는 내내 맛있는 밥을 먹고 싶었잖니, 한 번에 대량으로 찐 밥 말고, 작은 냄비에 넣어 정성스레 불을 관찰하며 끓인 그런 밥 말이야. 그렇게도 말했다.

✴

종민과 정심은 해일과 강한에게 가끔씩 찾아왔다. 그들이 오면 네 사람은 천천히 글씨를 썼다. 종민과 정심은 말로 할 수 있었지만 그래도 글씨를 썼다. 종이가 부족하면 바닥에도 썼다. 펜이 없으면 숲에서 하얀색이 나는 돌을 찾아와 썼다. 말은 아주 느려졌지만 글씨가 예뻐졌고, 손가락의 섬세한 소근육이, 특히 작고 가느다란 물체를 잡는 힘이 발달했다. 그것은 누군가의 손을 잡아 깍지를 끼거나 유두를 급작스레 있는 힘껏 꼬집는 데 쓰기에 몹시 좋은 능력이었다.

희재가 찾아오는 날, 얼굴에 붙은 속눈썹이나 죽은 날벌레, 혹은 낙엽 부스러기 따위를 떼어줄 때도 소근육은 꼭 필요했다.

나는 평생 엄마가 된다는 상태의 심리를 이해하진 못하겠지. 강한은 생각했다. 나도 해일도 생식 능력이 없는 안피류니까. 가끔은 커다란 까마귀가 해를 잠시 가렸다 벗어나듯 엄마의 눈에 엄습하는 속 모를 그늘에 가슴이 철렁 내려앉는 적도 있었다. 세상 모든 것을 다 알고 싶은 강한에게 그 그림자는, 그리고 엄마라는 개념은 절대 뛰어넘지 못할 바위였다. 답답할 때면 가장 큰 나무의 가장 굵은 뿌리 부근에 가서 앉았다. 앉아서 내내 생각했다. 엄마를 이해하려면 어떻게 해야 할까?

희재는 독채로 들어오라는 강한의 거듭된 요청에도 언제나 고개를 저었다. 이유를 묻자 간단히 대답했다. 나는 내가 무서워. 괴물이 될까 봐 두려워. 내 피가 무서워. 몇 번을 거절당하자 강한도 맥이 풀렸다. 종민이 그때 옆에서 그렇게 말하기도 했다. 자신이 괴물이 될까 두려워하는 사람은 절대 괴물이 될 리가 없을 텐데. 그런 가능성을 한 번도 생각지 않는 사람들만이 괴물이 되지. 그리고 드물게 덧붙였다. 나는 너무 슬퍼. 아직도 담을 넘던 그 등이 생생한데. 열아홉 살짜리 남희재. 남자친구를 구해야 한다고 부른 배를 두 손에 받쳐 들고 넘던 남희재 말이야. 그땐 정말 용기 있었는데. 이상할 정도로. 그런 애 입에서 이제 괴물이 될까 무섭다는 말이 나오는 게 나는 좀 서글퍼.

숲의 어귀에는 가시나무가 하나 있었다. 꽃에 독이 있다는 소문이 돌았다. 꽃을 입에 넣고 굴리며 암술과 수술을 빨아먹으면 구역질이 나면서 눈앞에 헛것이 보인다고 했다. 입술이 시퍼렇게 변하고 목구멍이 저들끼리 들러붙는다고들 했다. 그 나무는 꼭 연리지처럼 생겼고 하나의 뿌리에서 여러 가지 꽃이 피었기에 더욱 해괴해 보였다. 자취를 감춘 주예성이 그 나무가 되었다는 전설도 있었다. 그러나 누구든 지구를 반으로 자른 후 그 뿌리에 두 눈을 고정시킨 채 쭉 단면을 따라가다 보면 알았을 것이었다. 그 뿌리는 모든 나무와 연결되어 있다는 사실을.

가시나무는 숲에 불청객이 드나들지 못하도록 지키려는 듯 굴었지만 곧 숲이 너무 커지자 그 안에 완전히 파묻혔다.

가장 굵은 뿌리엔 목걸이인지 팔찌인지, 혹은 발찌일 수도 있는, 알 수 없는 무언가가 걸려 있었다. 굉장히 이상하게 생긴 나무뿌리였다. 본체에서 멀어질수록 가늘어지는 뿌리들과는 달리 이 뿌리는 시작점이 가장 가늘었고, 멀어질수록 두꺼워졌다. 언뜻 보면 아주 긴 고구마 같기도 했다. 갈수록 두툼해지는 나무뿌리의 가장 가는 시작점에 걸린 은색 목걸이는 절반이 땅에 파묻혀 있었다. 거기 묻혀서 온갖 비바람과 햇빛을 번갈아 맞는데도 검게 변색이 되지 않았다. 은인 줄 알았는데 백금인가 봐. 종민이 그걸 보고 중얼거렸다. 그러나 정심은 알았다. 약간 두툼한 사슬처럼 생긴 그것은 백금이 아니었다. 내 나이쯤 되어야 알 수 있는 거지. 속으로 생각했다.

그것은 아마 팔찌일 것이었다.

게르마늄 팔찌.

차고 있으면 혈액순환이 잘되고 온몸이 저린 느낌도 사라지며 머리가 아주 맑아진다고 장사꾼들이 선전하며 돌아다니던 그 팔찌. 조리사들도 하나씩 구매하여 차고 있던 그 팔찌를 정심도 가지고 싶었다. 전혀 효과가 없을 걸 알면서도 괜스레 속아보고 싶은 마음이었다. 정숙이 핀잔을 놓지 않았더라면 하나 샀을지도 몰랐다.

그 팔찌가 신명희의 팔목에 소중히 감겨 있던 것을 정심은 기억했다. 그가 다칠 수 있는 몸이라는 것을 알기 전에는, 그러니까 그 비즈니스호텔에서 서로를 멀뚱멀뚱 바라보고 있던 그 순간에는, 다치지도 않을 안피류가 무엇 하러 저런 팔찌를 차고 다니나 조금 의아해하기도 했다. 나중에 고명덕의 팔목을 보고서야 알았다.

✳

정심은 뿌리를 손가락으로 훑으며 천천히 이동했다. 쪼그려 앉아서 가다가, 아예 무릎을 꿇고 기다시피 갔다. 뿌리가 어디까지 이어져 있는지 알고 싶었기 때문이었다. 낙엽이 많이 쌓여 있고 토질이 무르기 때문에 무릎은 생각보다 아프지 않았다. 그렇게 꿈틀꿈틀 움직이며 신명희와 고명덕의 삶에 대해 상상했다.

실제와는 많이 다르지만 정심이 짐작하는 만큼의 사랑만은 확실히 존재했다. 정숙 같은 이들이 비웃었던 그 팔찌를 남편에게 받았던 신명희가 얼마나 행복해했는지, 그 표정이 어땠는지 정심은 당연히 알 수 없지만. 백금도 순은도 아닌, 차라리 스테인리스처럼 생겼다고 비유하는 게 옳은 싸구려 빛을 뿜는 팔찌를 찾아다니는 고명덕을 보고 비구류 정부의 사람들이 얼마나 비웃었을지, 그 사연을 알지도 못할 테지만. 자기들이 진짜 사랑을 하는 줄 아나 봐! 그러니 인간의 감정이란 게 얼마나 우스운 거야? 이제 우린 그마저도 통제할 수 있게 된 거야! 어떤 종류의 비열한 탄성 따위가 오고 갔는지도 모르지만. 결국 아무것도 모르기에 정심은 계속해서 멋대로 상상했다. 그러다 보면 어느새 슬쩍 옆에 와서 몸을 부비는 어린 연인들이 있었다. 마치 정심이 지은 밥을 먹고 자란 것처럼 무럭무럭 사랑하는 연인들이 있었다.

✴

숲은 어느 순간부터인가 점차 뭍이라고 불렸다. 정확한 이유를 아무도 알 수 없어 짐작만 할 뿐이었다. 갑작스러운 비가 너무 많이 와서일까. 그런 비를 맞지 않을 수 있는 곳이 오직 그 빽빽한 숲뿐이기 때문일까. 아니면 그저, 음성언어를 쓰는 사람이 극단적으로 줄어들어 벌어지는 발음의 변화일까. 혹은 어떠한 종류의 비유인 걸까. 알 수 없었다. 확실한 것은 하나. 뭍은 하루가 다르게 넓어지고, 사람을 쉽게 집어삼키며, 성큼성큼 걸어 움직인다는 사실.

우리가 뭐길래 아직 집어삼켜지지 않고 살고 있을까?

물속에서 눈을 꾹 감은 강한은 궁금해했다. 그러나 해일에겐 말하지 않을 것이었다. 한 가지 일에 대해 열 개의 생각을 하는 연인에게 괜한 걱정을 끼치고 싶지 않았다. 그저 각각의 순간순간을 반짝이는 모래 알갱이처럼 닦듯 살면 되는 것이

다. 그렇게 자신을 다스렸다.

상대의 손이 자신의 손을 잡았다. 강한은 도리질을 쳤다. 오늘은 꼭 물속에서 눈을 뜨는 법을 배우리라고 생각했다. 몇 번이고 욕실의 세면대에서 연습을 했다. 한 번도 성공한 적이 없었지만. 수영장을 처음 쓰게 되는 날에는 꼭 해내리라 몇 번을 다짐했다.

그러나 힘들었다. 그 거대한 양의 물이 뚫린 제 구멍 안으로 쏟아져 붉은 피를 몰아낼까 봐 두려웠다. 갑자기 껍데기만 남을까 봐 무서웠다. 눈을 떴을 때 전혀 다른 세상이 펼쳐져 있을까 봐, 그리고 다시는 돌아오지 못할까 봐 두려웠다. 제멋대로 본능에 따라 움직이는 아가미와 달리 눈은 온전히 강한의 것이었고, 강한이 마음을 먹지 못한다면 움직이지 못할 것이었다.

손이 강한의 얼굴과 눈 부근을 어루만졌다. 제 딴에는 용기를 불어넣어주겠다고 구는 해일의 행동일 것이었다. 해일은 물을 참 좋아했다. 언젠가는 꼭 바다에 가고 싶다고 했다. 바다. 강한도 본 적이 없는 곳이었다. 아마 뭍이 아주아주 넓어지면, 그땐 나무와 나무와 나무들을 따라 걸어 바다에 닿을 수 있지 않을까. 강한과 해일은 뭍을 벗어날 용기는 아직 없었다. 뭍의 그늘이 사라진 곳에서는 죽은 자들의 패대기쳐진 머리들이 불을 뿜으며 빙빙 돌고 있을 것만 같았다.

「눈을 떠.」

목소리가 들렸다. 강한은 다시 고개를 저었다. 못 해, 난

321

안 돼.

「눈을 떠야 앞을 보지.」

못 해, 굳이 왜 앞을 봐야 해.

「앞을 봐야 뭐가 오는지 알지.」

이제 더는 올 게 없어. 와서는 안 돼. 그냥 지금 이대로만 살래.

「한 번만 해보면 다음부턴 쉬워.」

이미 할 줄 아는 너니까 쉽게 그런 말을 하지, 장해일. 나는 아니야. 나는 겁이 점점 많아져. 지금 이 순간의 안온함을 해칠 그 어떤 것에도 손을 대고 싶지 않아. 그냥 나무들이랑 같이 살자. 나무가 된 사람들이랑 같이 살자. 물은 딱 허리까지 담글 정도로만. 그러다 나무가 되어야 한다면, 그렇다면 되는 거지. 다시는 사람을 죽이고 싶지 않아. 그러려면 아무것도 변하면 안 돼. 아무런 일도 생기면 안 돼.

「진짜 안 뜰 거야? 나 안 볼 거야?」

강한은 결국 눈을 뜨지 못하고 대신 해일의 손아귀에서 벗어나 수면 위로 몸을 솟구쳐 올라갔다.

눈을 떴지만 햇빛이 너무 강했기에, 금세 물을 주르륵 아래로 흘려낸 귀가 먼저 밝아졌다.

웃음소리가 들렸다.

강
한
견
해

초판 1쇄 발행 2022년 6월 1일

지은이   설재인
펴낸이   박은주
편집장   최재천
편집   최지혜
일러스트   최지수
디자인   김선예, 서예린, 오유진
마케팅   박동준

발행처   (주)아작
등록   2015년 9월 9일(제2021-000132호)
주소   04050 서울특별시 마포구 양화로 156
              LG팰리스빌딩 1428호
전화   02.324.3945-6 **팩스** 02.324.3947
이메일   decomma@gmail.com
홈페이지   www.arzak.co.kr

ISBN   979-11-6668-694-8 04810
              979-11-6668-693-1 04810 (세트)